KB043006

변변찮은

Akashic records
of bastard magic instructor

마술강사 와 금기교전

7

"우리, 특무분실에 협력해. ……글렌."

"루미아도 사실은 선생님이랑 추고 싶었던 거지?!"

이브 이그나이트
제국 궁정 마도사단 특무분실의 실장. 글렌의 옛 상사이자 좋지 않은 인연이 있는 관계. 하늘의 지혜연구회가 『루미아 암살 계획』을 꾸민다는 정보를 얻고 글렌 앞에 나타난다.

시스티나 피벨
고지식한 우등생. 댄스 경연 대회 우승자만 입을 수 있는 마법의 드레스 요정의 우의를 동경하지만 파트너를 찾지 못해서 고전하는 중

"사교 무도회의
댄스 경연대회에서
나랑 춤추자."

"……어?! 나?!
나, 난 딱히 꼭
추고 싶었던 건
아니니까!"

"아, 아으……
하지만 저는……."

글렌 레이더스
마술을 싫어하는 마술강사.
알자노 제국 마술학원의 전통
행사인 이번 『사교 무도회』
에서는 벽쿵으로 루미아의
파트너 자리를 노린다.
하지만 그의 진짜 목적은—

루미아 틴젤
비밀을 품은 청초하고
마음씨 고운 시녀.
무도회에서 글렌의
파트너가 되라고
친우인 시스티나의
등을 떠밀지만…….

"잘 어울려."

"……어머? 린, 그 드레스……."

"응……. 글렌도 칭찬해줄까?

리엘 레이포드
글렌의 전 동료. 루미아의
반 친구 겸 호위. 여학생들이
모두 드레스를 입은 가운데
그녀만 연미복을 입는데……

"드디어 이날이
 왔군요……."

"내, 내 드레스는
 오래된 거라……."

"서로 힘내보자.
 시스티."

알베르트 프레이저

글렌의 옛 전우. 특무분실 소속의
마도사. 실장인 이브의 지휘에 따라
「루미아 암살 계획」 대책 임무를
맡았다. 전투에서 암살까지 모든
임무를 완벽하게 수행하는 초일류.

"피벨. 네가 내 눈이 되는 거다.
나는 저자를—— 쏘겠다."

버나드 제스터

특무분실의 고참 마도사이자
뛰어난 전투 센스를 자랑하는
베테랑. 첩보 활동을 주로 한다.
표표한 성격으로 글렌이 군에
있을 때 싸우는 법을 가르친
스승이기도 하다.

크리스토프 프라울

특무분실 소속의 젊은 마도사.
결계 마술이 특기. 과거에는
글렌과 함께 많은 임무를
해결했으며 후배로서 그를
존경하고 있다.

CONTENTS

변변찮은

Akashic records
of bastard magic instructor

금기교전

마술강사와

7

히츠지 타로 지음
미시마 쿠로네 일러스트
최승원 옮기

교전은 만물의 예지를 관장하고, 창조하며, 장악한다.
그러하기에 그것은
인류를 파멸로 인도하게 되리라——.

『멜갈리우스의 천공성』 저자 : 롤랑 엘트리아

Akashic records
of
bastard
magic
instructor

Character

Main

시스티나 피벨
— ↑ —
고지식한 우등생. 위대한 마술사였던 조부의 꿈을 자기 힘으로 이뤄내기 위해 흔들림 없는 정열을 바치는 소녀.

글렌 레이더스
— ↑ —
마술을 싫어하는 마술강사. 만사에 무책임하고 의욕 제로. 마술사로서도 삼류라서 장점은 전혀 없는 셈. 그런 그의 진정한 모습은—?

루미아 틴젤
— ↑ —
청초하고 마음씨 고운 소녀. 누구에게도 밝힐 수 없는 비밀을 가지고 있으며 친구인 시스티나와 함께 열심히 마술 공부에 매진하고 있다.

리엘 레이포드
— ↑ —
글렌의 전 동료. 연금술로 고속 연성한 대검을 다룬다. 근접 전투에서 비교할 자가 없는 이색적인 마도사.

알베르트 프레이저
— ↑ —
글렌의 전 동료. 제국 궁정 마도 사단 특무 분실 소속. 신기에 가까운 마술 저격이 특기인 굉장한 실력의 마도사.

엘레노아 샤레트
— ↑ —
알리시아의 직속 시녀장 겸 비서관. 하지만 그 정체는 하늘의 지혜연구회가 제국 정부로 보낸 밀정.

세리카 아르포네아
— ↑ —
제국 마술 학원 교수. 글렌의 스승인 동시에 길러준 부모이기도 한 수수께끼가 많은 여성.

Academy

웬디 나블레스
글렌이 담당하는 반의 여학생. 지방 유력 명문 귀족 출신. 자부심이 강하고 권위적인 성격의 세상 물정 모르는 아가씨.

린 티티스
글렌이 담당하는 반의 여학생. 약간 내성적이고 체격도 작아서 귀여운 동물처럼 보이는 소녀. 자신감이 없어서 고민이 많다.

기블 위즈덤
글렌이 담당하는 반의 남학생. 시스티나 다음가는 우등생이지만 결코 주변과 어울리려 하지 않는 냉소주의자.

카슈 윙거
글렌이 담당하는 반의 남학생. 덩치가 크고 튼튼한 체격. 성격이 밝고 글렌에게 호의적이다.

세실 클레이튼
글렌이 담당하는 반의 남학생. 조용한 독서가. 집중력이 높아서 마술 저격에 재능이 있다.

할리 아스트레이
제국 마술 학원의 베테랑 강사. 마술 명문 아스트레이 가문 출신. 전통적인 마술사와는 거리가 먼 글렌에게 공격적이다.

마술

Magic

—

룬어라고 불리는 마술 언어로 구성한 마술식으로 수많은 초자연 현상을 일으키는
이 세계의 마술사에게 지극히 『당연한』 기술.
영창하는 주문의 구절과 마디 수.
템포, 술자의 정신상태에 따라 자유자재로 형태를 바꾸는 것이 특징.

교전

Bible

—

천공의 성을 주제로 삼은 지극히 아동 취향인 옛날이야기로 세계에 널리 퍼져있다.
그러나 그 소실된 원본(교전)에는
이 세계에 관한 중대한 진실이 적혀있다고 전해지며, 그 수수께끼를 좇는 자에게는
어째선지 불행이 닥친다고 한다.

알자노 제국
마술학원

Arzano Imperial Magic Academy

약 4백 년 전, 당시의 여왕 알리시아 3세의 주도로 거액의 국비를 투입해서
설립한 국영 마술사 육성 전문학교.
오늘날 대륙에서 알자노 제국이 마도대국으로 명성을
떨치는 기반을 만든 학교이자, 늘 시대의 최첨단 마술을 배우는
최고봉의 교육 기관으로서 주변 국가에 널리 알려져 있다.
현재 제국의 고명한 마술사 대부분이 이 학원의 졸업생이다.

서 장 그날의 동경

　몇 년 전인가…… 제가 아직 정말 어린 소녀였던 시절의 이야기입니다.

　어머니…… 알리시아 7세 여왕 폐하의 제국 정기 시찰에 동행했던 제가…… 그 시찰지 중 하나였던 알자노 제국 마술학원에 들렀을 때였습니다.

　"우와아……."

　저는 어머니의 손을 잡고 눈앞의 광경에 놀라 눈을 휘둥그레 떴습니다.

　천장과 벽을 장식한 눈부시게 빛나는 샹들리에들—.

　하얀 테이블 위에 늘어선 다채로운 색상의 먹음직한 요리와 반짝반짝 빛나는 촛대들—.

　연미복을 갖춰 입은 악단이 우아하고 즐거운 곡을 연주하는 가운데 각자 최선을 다해 치장한 학생들이 남녀로 페어를 짜서 춤을 추고 있고, 벽 근처에서는 남녀노소 다양한 사람들이 거리낌 없이 대화로 꽃을 피우고 있었습니다.

　다들 웃는 얼굴로 무척 즐거워 보였습니다.

　이런 시으로 학교 최간의 디 묵격 홀에는 미치 꿈같은 꿩

경이 펼쳐져 있었습니다.

"후홋, 놀랐나요? 엘미아나. 이건 『사교 무도회』라고 한답니다."

화려한 분위기에 압도당한 저에게 어머니께서 그렇게 가르쳐 주셨습니다.

"사교 무도회는, 이 마술학원에서 거의 해마다 열리는 전통행사랍니다. 이렇게 말하는 저도 학창시절에는 입장을 잊고 무척 들뜨곤 했지요. ……후홋, 그리운걸요."

"그랬구나……. 어머니도 옛날에 이 무도회에 참가했던 거구나……."

"예. 그래요. 그럼 어디 무도회장을 잠시 둘러볼까요. 엘미아나?"

나는 어머니를 따라 무도회장을 돌아다녔습니다.

……마치 꿈같은 한때였습니다.

마치 다른 세상에 온 것처럼 아름답게 장식된 무도회장은 물론이고…… 댄스 경연대회가 병행해서 열린 모양이라 중앙의 무대에서는 많은 커플이 빙글빙글 화려하게 춤추며 관객들의 박수갈채를 받고 있었습니다.

정말로 무척 화려해서…… 이렇게 멀리서 보기만 해도 가슴이 설레는 기분이었습니다.

"……레닐리아 언니도 오면 좋았을 텐데……."

몸 상태가 나빠지는 바람에 이번 시찰에 참가하지 못한

언니를 떠올리며 안타까운 기분이 든 순간—.

　우오오오오오오오오오오오오오오오오오오오오오오오오!

　갑자기 한층 더 성대한 박수와 환호성이 울려 퍼지더니 무대 위로 한 커플이 모습을 드러냈습니다.

　쏟아지는 마술의 조명이 마치 두 사람을 축복하는 것처럼 더없이 밝게 비춰 주었습니다.

　"……어……?"

　그 순간, 저는 그 커플 중 여학생의 모습에 시선이 못 박혔습니다.

　더 정확히 말하자면 그 여학생이 자랑스럽게 입은 드레스에…….

　"괴……굉장해……. 예뻐……. 저렇게 멋질 수가…….."

　그 드레스는 마치 꿈같은 무도회장 안에서도 한층 더 현실을 벗어난 존재였습니다.

　부드럽게 퍼진 치맛자락은 마치 천사의 깃털 옷 같았으며 드레스를 눈부시게 치장한 보석 장식은 밤하늘에 빛나는 별님들 같았습니다.

　한 몸에 눈부신 빛을 받고 신비스럽게 반짝반짝 빛나는 드레스의 너무나도 환상적인 아름다운 모습에…… 저는 단숨에 영혼을 사로잡히고 말았습니다.

　"……후후, 저 드레스가 마음에 들었나요? 엘미아나."

　제 옆에 계신 이미니는 그리움에 짖은 목소리로 그렇게 밀씀하셨습니다.

 "당신이 마음을 빼앗긴 것도 어쩔 수 없겠네요. 저 드레스
는 요정의 우의(羽衣)……."
<small>호브 드 라 페</small>

 "호브 드 라 페……?"

 "예, 그래요. 마술학원의 『사교 무도회』에 대대로 전해지
는 유서 깊은 전통 드레스이자…… 동시에 개최되는 댄스
경연대회에서 우승한 커플 중 여성 참가자가 딱 하룻밤만
입는 것이 허락된 마법의 드레스…… 그 해의 가장 훌륭한
레이디라는 증거랍니다."

 어머니의 이야기에 따르면 저 드레스는 먼 옛날 무척 강력
한 힘을 가졌던 요정 처녀가 지은 명품이라고 합니다. 오랜
세월이 지나도 결코 열화하지 않는 영원한 아름다움을 유지
할 뿐만 아니라 입는 사람에 맞춰서 자연스럽게 사이즈를
바꾸므로 누구에게나 완벽하게 어울리는 『마법』의 드레스.

 그리고 착용자의 매력을 최대로 끌어올리는 매혹의 마력
이 깃들어 있기에, 소녀를 가장 아름답게 보이도록 하는 효
과도 있는 모양입니다.

 "후훗…… 실은 말이죠. 저도 저 드레스를 입어본 적이 있
답니다. ……제가 이 학교에 다니는 학생이었을 때요."

 "어? 정말?! 어머니도?!"

 "예. 당신의 아버지…… 당신이 철이 들기 전에 죽은 그이
와 경연대회에 참가해서…… 우승하고…… 그 권리를 얻었거

든요. 참 그립네요."

"아버지랑……?"

옛 추억을 떠올리는 어머니의 옆얼굴은…… 무척 온화해 보였습니다.

"……좋겠다. 나도 저 드레스 입어보고 싶은데……."

"어머? 그럼 엘미아나도 장래에 이 학교에 다니는 건 어떨까요?"

"응! 나도 저 사람이랑 어머니처럼 호브 드 라 페르를 입어보고 싶어!"

완전히 목적이 뒤바뀐 어린 시절의 저.

그래도…… 어머니는 부드럽게 제 머리를 쓰다듬어주셨습니다.

"후후, 그런가요. 그럼 당신이 조금 더 어른이 된 후에…… 댄스가 훨씬 더 능숙해진 후에…… 당신의 손을 잡기에 마땅한 멋진 남성분을 찾아봐야겠네요?"

"……남자……?"

나는 어머니의 말을 듣고 무심결에 고개를 갸웃했습니다.

"저기, 어머니. 왜 멋진 남자가 필요한 거야?"

"후훗, 엘미아나? 실은 말이죠. ……저 드레스에는 이런 일화가 있답니다."

　—그건 말이죠. 저 드레스를 입고 함께 춤을 춘 남녀는—.

제1장 벽쿵으로 시작되는 연회와 그 이면

"루~미~아!"

"……!"

갑자기 이름을 불리는 바람에 옛 추억에 잠겨 있던 루미아의 의식이 현실로 돌아왔다.

"왜 그래? 손이 멈췄잖아. 혹시 지쳤어?"

루미아가 고개를 돌린 그곳에는 마치 순수한 은을 녹여서 흘린 것 같은 은발의 소녀가 허리에 손을 댄 채 미소 짓고 있었다. 루미아의 친우인 시스티나였다.

"으응, 아무것도 아니야. ……조금 생각할 게 있어서."

루미아는 솜털처럼 부드러운 금발을 쓸어 올리며 미소로 대답했다.

지금 그녀들이 있는 곳은 알자노 제국 마술학원 부지의 남서쪽에 있는 학교 회관의 다목적 홀이었다.

사방이 탁 트인 이곳에는 마침내 사흘 후로 다가온 전통 행사인 『사교 무도회』를 준비하기 위해, 학생회와 실행 위원회와 선의의 협력자들이 다수 모여 있었다. 건물을 청소하거나, 내노구와 테이블을 나르거나, 상구류를 실지하거나,

당일 요리 당번과 급사의 일정을 조정하는 등…… 저마다 바쁘게 일하는 중이었다.

"정말 미안. 왠지 나 때문에 너까지 준비를 돕게 된 것 같아서……."

시스티나는 시선을 내리깔고 사과했다.

그녀는 이 마술학원의 학생회장인 리제라는 소녀와 친한 사이라 무슨 일이 있을 때마다 이렇게 돕곤 했다.

현재 시스티나는 개인적으로 행사 준비에 참가한 일반 학생들의 리더 역할뿐만 아니라, 학생회와 실행 위원회의 중간다리 역할 같은 다양한 업무를 맡은 상태였다.

그렇게 너무나도 바쁘게 일하는 그녀를 보다 못한 루미아가 또 한 명인 친우인 리엘과 함께 행사준비를 도와주겠다고 나선 것이었다.

"너랑 리엘은 학생회나 실행 위원회랑 아무런 관계가 없는데……."

"아니야, 괜찮아. 신경 쓰지 마, 시스티. 나도 이런 건 즐거운걸."

루미아는 시스티나가 부담감을 느끼지 않도록 밝게 말했다.

바쁜 그녀의 힘이 되어주고 싶은 건 사실이었고 매일 같이 눈이 핑핑 돌 정도로 바쁜 것도 사실이었지만…… 실제로 즐겁기도 했으니까.

"오히려 나도 참가하게 해줘서 고마워, 시스티."

그렇게 말한 루미아는 다시 촛대를 닦기 시작했다.

"어, 어쩜 이렇게 착할 수가……."

한편으로 시스티나가 그런 루미아의 배려에 감동한 순간—.

"실례. 루미아 양…… 잠시 시간 좀 내줄 수 있을까?"

한 남학생이 다가와서 루미아에게 말을 걸었다.

언뜻 봐도 조금 여자와 놀아본 것 같은, 경박하게 멋을 부린 도련님이었다.

"……예?"

"하아…… 또야……."

루미아가 손을 멈추고 아기 새처럼 고개를 살짝 갸웃하자 시스티나는 손바닥으로 얼굴을 노골적으로 가렸다.

하지만 남학생은 개의치 않고 루미아에게 달콤한 미소를 던지며 말했다.

"루미아 양…… 당신은 이번 『사교 무도회』에서 열리는 댄스 경연대회에 다른 분과 참가할 예정이 있나요?"

"저기…… 지금은 예정이 없는데요……."

"그런가요? 이야~ 당신 같은 여성이 참가하지 않는다니 정말 아깝지 않습니까."

남학생은 루미아에게 붙임성 있게 웃어 보였다.

"혹시 괜찮다면…… 제 파트너로서 함께 댄스 경연대회에 참가를—"

"아, 죄송해요. 모처럼 권해주신 건 고맙지만 사양할게요."

루미아는 손바닥을 맞대며 난감한 듯 고개를 숙였다.

"……"

설마 자신이 이렇게 간단히 차일 줄 몰랐던 남학생은 움찔움찔 경련을 일으키는 웃는 얼굴로 굳어 버렸고—.

"으아아아아아아앙! 제기랄! 루미아 양은 가드가 너무 단단해!"

이윽고 울면서 뛰쳐나갔다.

"정말이지, 이놈이고 저놈이고 음흉한 속내가 뻔히 보인다니까……."

그 상황을 시종일관 지켜보던 시스티나가 깊게 탄식했다.

"원래 이 『사교 무도회』는 그런 경박한 이벤트가 아니건만…… 이 행사는 타인과의 교류를 통해 인간으로서 한층 더 성장하기 위한…… 중얼중얼……."

사교 무도회. 매년 알자노 제국 마술학원에서 열리는 전통행사 중 하나다.

가만히 내버려 두면 좁은 인간관계에서 벗어나지 못하는 경향이 큰 학생들을 위해 폭넓은 교류를 목적으로 개최된 행사이며, 손님으로는 마술학원의 졸업생들과 크라이토스 마술학원을 비롯한 다른 학교의 학생들, 때로는 제국 정부의 고관이나 지방 귀족, 혹은 여왕 폐하까지 친히 왕림할 때도 있는 의외로 규모가 큰 파티였다.

"확실히 『사교 무도회』에는 전통적인 이벤트로 댄스 경연대회가 있지만……."

"남녀가 커플로 참가해서 사교댄스로 기량을 겨루는 거지?"

시스티나는 쓴웃음을 지은 루미아에게 불만스러운 표정으로 고개를 끄덕였다.

"맞아. 그리고 경연대회에서 우승한 커플 중 여성 참가자는 특전으로 딱 하룻밤만 『호브 드 라 페』라는 마법의 드레스를 입을 권리를 얻을 수 있는데…… 이거랑 관련된 소문이 좀……."

"호브 드 라 페를 쟁취한 남녀는 장래 행복하게 맺어진다……였지?"

루미아의 머릿속에 어머니가 옛날에 말해준 이야기가 떠올랐다.

"응. 그 징크스 때문에 속내가 훤히 보이는 남자들이 요즘 쉴 새 없이 널 권유하는 거라구! 아, 진짜! 짜증 나서 견딜 수가 없다니까!"

시스티나는 짜증스럽게 주위를 둘러보았다.

그러자 명백히 운영진도 아니고 준비를 도우러 온 것도 아닌 남학생들이 부자연스럽게 흩어진 상태로 루미아를 멀리서 훔쳐보고 있었다.

그들은 하나같이 루미아에게 댄스 파트너를 신청할 타이밍을 호시탐탐 엿보고 있었다.

시스티나가 그런 그들을 날카롭게 노려보자 일제히 시선

을 피하더니 자연스럽게 떠나갔다.

"정말이지, 진짜!"

참고로 시스티나는 아직 그 누구에게도 파트너 신청을 받은 적이 없었다.

그녀의 별명인 『진은(眞銀)의 요정』은 겉치레가 아니었다(주석 : 미스릴은 매우 아름답지만 터무니없이 단단하고 **융통성이 없어서 다루기 어려운** 금속이다).

"……그건 그렇고 루미아는 진짜 인기가 많네."

시스티나는 아주 약간 부러운 눈빛으로 루미아를 흘겨보았다.

"그, 그런가……?"

"저기…… 넌 진짜 댄스 경연대회에 참가할 생각이 없는 거야?"

"……!"

갑작스럽게 날아온 질문에 루미아는 무심코 작업을 중지했다.

"너, 작년에도 참가하지 않았잖아? 왕족이었으니 분명 댄스도 능숙할 텐데…… 왠지 아까워."

"아…… 그게…….."

"그리고 경연대회 우승자에게만 입을 권리를 주는 그 드레스……『호브 드 라 페』……. 루미아, 너 옛날에는 엄청 입고 싶어 했잖아. 아무나 잡아서 참가하면 좋을 텐데…….."

그러자 루미아는 잠시 자신의 진심을 확인하는 것처럼 입을 다물었다.

"음~ 그 드레스는 입어보고 싶지만…… 역시 그 일화가 좀……."

결국 평소와 다름없는 결론에 이르렀다.

"『호브 드 라 페』를 쟁취한 남녀는 장래 행복하게 맺어진다라……. 그런가…… 루미아는 그런 걸 꽤 신경 쓰는 타입이었구나. ……후훗, 진짜 귀엽다니까."

시스티나는 흐뭇하게 웃었다.

"저기, 루미아. 그 징크스에는 아무런 증거도 없어. 적어도 『호브 드 라 페』에 인연을 맺어주는 힘이 없다는 건 마술적으로도 증명된 사실인걸?"

그리고 자랑스럽게 가슴을 펴고 설명을 시작했다.

"결국 커플로 참가해야 하는 규칙상 처음부터 사이가 좋았던 남녀가 참가할 테고, 우승까지 할 정도라면 상당히 많은 연습을 해야만 해. 그러니 그 정도로 마음이 잘 맞는 남녀라면 필연적으로 장래에 맺어질 가능성이 크다는 게…… 그 징크스의 정체야."

"나도 네 말대로라고 생각하지만…… 역시 개인적으로는 좀 그래. 그러니까 올해도 경연대회랑 관계없이 춤추거나 이야기나 하면서 보내려고."

그러자 시스티나가 잠시 생각에 잠긴 듯 입을 다물었다.

"그, 그럼 있지……. 그, 그게……."

그리고 어째선지 말하기 곤란한 것처럼 입을 어물거리며 딴 곳을 쳐다보았고―.

"글렌 선생님……. 응, 선생님께…… 파트너가 돼달라고 하면 되잖아?"

은실 같은 머리카락을 손가락으로 빙글빙글 휘감으면서 갈라진 목소리로 그렇게 말했다.

"……응?"

어리둥절한 얼굴로 눈을 깜빡거리는 루미아의 긴 속눈썹이 당혹스럽게 흔들렸다.

"그, 그게! 루미아는 선생님을 마음에 들어 했잖아?! 선생님이 상대라면 그 징크스도 크게 신경 쓸 필요가 없을 테니까! 응,『호브 드 라 페』를 입고 싶다면 선생님이랑 같이 경연대회에 참가하는 게…… 그, 그리고 댄스 파트너가 정해지면 짜증나는 남자들도 틀림없이 포기할 테니……."

루미아는 쓴웃음을 짓고 그런 친우를 바라보았다. 마치 사춘기에 접어든 딸의 속마음을 눈치챈 어머니 같은 심경으로…….

'정말…… 솔직하지 못하다니까.'

루미아가 보기에 시스티나는 본인에게 자각이 없을 뿐 글렌을 좋아하고 있었다.

그러므로 사실은 자신이 글렌과 함께 경연대회에 참가하

고 싶을 터. ……본인은 절대로 인정하지 않겠지만.

그 징크스. 그녀는 겉으론 마술 이론이 적용되지 않는 주술을 완고하게 믿지 않는 것 같으면서도, 마음속 한구석에선 어렴풋이 믿는 소녀다운 일면이 있었다.

하지만 자신이 맺어져야 할 상대는『아버지와 할아버지 같은 진정으로 위대한 마술사』— 어릴 때부터 그런 식으로 완고하게 정해버린 탓에, 연애를 모르는 그녀로선 이상과는 거리가 먼 글렌과 춤을 춘다는 선택지가 처음부터 존재하지 않았던 것이다.

그런 까닭에 루미아와 글렌을 얼른 커플로 만들어서 이 자각 없는 갈등을 한시라도 빨리 해소하고 싶은 것이리라.

'……이건 좀, 장래가 불안해질 수준인걸……'

뭐, 그건 그렇다 치고……

루미아는 한 번 상상해봤다. 자신과 글렌이 함께 댄스 경연대회에 참가해서 우승하고 줄곧 동경했던 드레스를 입은 채…… 그와 함께 춤을 추는 그런 광경을……

'후훗, 괜찮은걸. 왠지…… 멋져.'

그런 미래를 거머쥐기 위해 글렌과 함께 노력할 수 있다면 얼마나 좋을까.

'……그래도 안 돼. 내가 그런 걸 원해선…… 안 돼.'

그렇다. 루미아는 마음속으로 맹세한 것이 있었다.

과거에 왕실에서 추방당하고 피벨 가문에 서워진 루미아

가 진정한 의미에서 그들의 일원이 된 순간…… 루미아는 남몰래 이런 맹세를 했다.

루미아와 시스티나. 만약 두 사람이 같은 걸 원하는 날이 온다면 그때는ㅡ.

시스티나에게 양보하자고, 그것으로 은혜를 갚자고…….

그래서ㅡ.

"그렇게 말해준 건 고맙지만 난 남들 앞에 나서는 건 좀 불편하니까…… 그보다……."

루미아는 장난스럽게 웃으며 이렇게 말했다.

"시스티가 선생님이랑 같이 경연대회에 참가하는 건 어때?"

"아…… 내, 내가?!"

시스티나의 얼굴이 삽시간에 새빨개지고 목소리도 완전히 뒤집혔다.

"어, 어, 어째서 내가 그런 마술사로서의 긍지와 품성이라곤 눈곱만큼도 찾아볼 수 없는 벽창호랑 같이 경연대회에 차, 참가해야 하는 건데?!"

"그야 시스티도 사실은『호브 드 라 페』를 입어보고 싶잖아?"

"그, 그건 확실히 그렇지만! 이러니저러니 해도 우리 학교에 다니는 여학생이라면 다들 그 화려한『호브 드 라 페』를 동경하기 마련이니까!"

"그럼『호브 드 라 페』를 목적으로 선생님에게 파트너 신청을 하는 건 어때? 시스티는 징크스를 믿지 않잖아?"

"그건 그렇지만…… 그, 그래도…… 왜 하, 하필이면 그 인간을?"

"그야 선생님이랑 시스티는 이러니저러니 해도 호흡이 척척 맞잖아? 얼마 전에 유적을 탐색할 때도……."

"그, 그건…… 그 인간의 사고방식이 단순해서 알기 쉬운 것뿐이랄까……."

"시스티, 댄스에 자신 있지? 선생님과 함께라면 분명 좋은 성적을 거둘 수 있을 거야."

"무, 무리야! 그, 그 인간은 극도의 게으름뱅이인걸……. 애당초 그 인간이 내 권유를 받아 줄 리도 없고……."

"후훗, 도시락을 만들어드리는 건 어때? 선생님이라면 분명 기뻐하면서 승낙해주실걸?"

"으…… 확실히……."

시스티나는 늘 빈털터리라 강제 다이어트 중인 글렌에게 의욕을 불어넣고 낚는 것이 의외로 어렵지 않은 일이라는 것을 떠올렸다.

"으음~ 루미아는 진짜 괜찮겠어? ……내가 선생님이랑 춤을 춰도?"

"아하하, 난 신경 쓰지 마. 항상 운영에 참가하느라 바쁜 시스티도 가끔은 일을 벗어나서 이벤트를 마음껏 즐겨봐. 나도 그러는 편이 더 기쁜걸."

"으으음……."

여기까지 퇴로를 차단하고 밥상까지 차려주자 마침내 시스티나의 머릿속에 글렌과 함께 댄스 경연대회에 참가한다는 선택지가 생겨나기 시작한 모양이었다.

"그, 그래…… 이 학교의 여학생인 이상, 한 번쯤은『호브드 라 페』를 입어보고 싶었으니까. 이러니저러니 해도 나랑같이 춤을 춰줄 남자는 선생님 정도밖에 없을 테고……"

속으로 결심을 굳힌 시스티나는 주먹을 굳게 쥐었다.

"응! 나, 그 인간한테 말해서 경연대회에 참가해볼게!"

"후훗. 힘내. 시스티."

루미아는 갓난아기가 태어나서 처음으로 스스로 일어나한 걸음을 내딛는 광경을 지켜보는 듯한 기분이었다.

"물론! 하지만 이건 딱히 별다른 뜻은 없어! 다시 한 번 강조하겠는데, 난 그 징크스 같은 건 눈곱만큼도 안 믿고 그냥 그 드레스를 입어보고 싶은 것뿐! 달리 괜찮은 사람이없으니까 어쩔 수 없이 선생님한테 파트너 신청을 하는 것뿐! 단지 그뿐이라구!"

시스티나는 새빨개진 얼굴로 쩔쩔매며 변명을 늘어놓았다.

루미아도 끝까지 솔직하지 못한 친우의 반응에 쓴웃음을지을 수밖에 없었다.

그 순간─.

"오, 너희들. 일 열심히 하나 보네. ……고생이 많다."

놀랍게도 당사자인 글렌이 느닷없이 두 사람 앞에 모습을 드러냈다.

"그런데 할 말이 좀 있다만……."

""글렌 선생님?!""

루미아와 시스티나는 기습이나 다름없는 글렌의 등장에 크게 동요했다.

하지만 먼저 마음을 가라앉힌 루미아가 바로 시스티나를 재촉했다.

"자, 시스티. 기회가 왔네."

"으……응!"

시스티나는 깊게 심호흡을 하고 글렌에게 달려갔다.

"서, 선생님! 저, 저기, 전 딱히 아무나 상관없지만, 따로 적당한 사람이 없으니까 어쩔 수 없이! 어쩔 수 없이, 지만! 호, 혹시 괜찮으시다면 저랑…… 응? 어라……?"

하지만 글렌은 자신에게 달려오는 시스티나를 화려하게 무시하더니 명백히 루미아가 있는 방향으로 성큼성큼 걸어갔다.

"저, 저기…… 선생님? 저한테 무슨 용건이라도……."

영문을 알 수 없는 글렌의 박력과 위압감에 압도당한 루미아는 자기도 모르게 뒷걸음질을 쳤다.

한 걸음…… 두 걸음…… 세 걸음…….

"아……."

뒤로 물러나는 루미아의 등이 벽에 사납게 닿은 순간―.

쿵!

글렌은 루미아의 얼굴 바로 옆에 있는 벽을 오른손으로 짚고 얼굴을 바짝 들이밀었다.

그리고 서로의 숨결이 느껴질 정도의 가까운 거리에서 글렌은 당황하는 그녀의 얼굴을 내려다보며…… 자신감 넘치는 미소를 짓고 이렇게 말했다.

"야, 루미아. 이번 『사교 무도회』의 댄스 경연대회에서…… 나랑 춤추자."

""예!?""

그답지 않은 거친 권유 방식에 두 소녀는 어안이 벙벙했다.

그리고 이 갑작스러운 전개에 주위에 있던 다른 학생들도 술렁거리기 시작했다.

"네가 수많은 남자에게 댄스 파트너가 되어달라는 부탁을 받고 있다는 건 알아. ……하지만 그 누구에게도 널 양보할 생각은 없어. 널 에스코트하는 건 나다."

"저, 저기요……. 선생님?"

어른스러운 루미아도 이 순간만큼은 비슷한 또래의 소녀들처럼 당황해서 어쩔 줄 몰라 했다.

퇴로를 차단한 벽과 글렌의 오른팔 때문에 이 상황을 벗어날 가망은 전혀 보이지 않았다.

긴장한 나머지 가슴 앞에서 주먹을 꼭 쥔 루미아의 손에는 땀이 송골송골 맺혀 있었다. 심장이 아플 정도로 크게 뛰었고 뺨은 마치 불에 댄 것처럼 뜨거웠다.

"훗, 네 의견은 내 알 바 아니야. 만약 네가 내 제안을 거절한다면…… 학점은 기대하지 마라."

루미아는 진심인지 농담인지 모를 글렌의 발언에 마음을 농락당했다.

그런 루미아의 모습을 가만히 지켜보는 글렌은 오늘따라 왠지 무척 와일드했다.

"시, 시스티……."

루미아가 시스티나에게 도와달라는 시선을 보냈지만—

"자, 잘됐네! 루미아도 사실은 선생님이랑 추고 싶었던 거지?! 그냥 받아들여! ……어? 나?! 나, 난 딱히 꼭 추고 싶었던 건 아니니까! 아하, 아하하하하하……!"

당사자인 시스티나는 완전히 공황 상태에 빠져서 도와줄 여유는 없어 보였다.

"뭐, 너에게도 나쁘진 않을 거다. 그 소문이 무성한 마법의 드레스……『호브 드 라 페』를 반드시 입게 해주마. ……자, 그럼 얌전히 고개를 끄덕여 봐."

"아, 아으…… 그치만 저는……."

루미아는 글렌의 왼쪽으로 살며시 도망치려 했지만……그 순간, 글렌의 왼손이 쿵! 하고 큰 소리를 내며 다시 퇴로를 차단했다.

"말 해두겠지만…… 널 놓아줄 생각은 없어."

글렌은 더욱더 얼굴을 가까이 들이밀고 루미아를 똑바로 바라보았다. 한없이 올곧은 시선으로…….

루미아는 마치 그 눈동자 속으로 빨려 들어가는 듯한 감각에 사로잡혔다.

자신의 가슴속에 숨겨둔 마음. 가장 사랑하는 친우에 대한 배려. 어릴 때부터 동경했던 마법의 드레스. 그 드레스에 얽힌 일화…… 뜨거워진 사고가 머릿속을 빙글빙글 맴돌았다. 심장이 터질 것처럼 크게 뛰었다.

마치 불시의 기습 같은 글렌의 권유에 완전히 혼란스러워진 루미아는 남들을 배려하는 것도 잊은 채 글렌을 거부하지 못했고―.

끄덕.

마침내 학교 안에서 압도적으로 단단한 가드로 유명한 미소녀, 루미아 틴젤이 함락당하는 순간이었다.

그리고―.

"으아아아아아아아악! 벽쿵이었냐아아아아아아아아!"

"루미아가 저런 방식에 약한 거였어어어어어어어어어?!"

아비규환의 지옥도가 무도회장에 구현되었다.

남학생들은 죄다 피눈물을 울리며 벽을 쿵쿵 두들겨대고 있었다.

"좋아, 좋은 대답이다. 루미아. ……미안하다. 까놓고 말해 이건 네가 아무리 거부해봤자 뒤집을 수 없는 결정 사항이었거든! 아무튼 이미 너랑 내 이름으로 몰래 참가 신청을 해 뒀으니까 말이지! 순순히 승낙해줘서 다행이구만, 카하하!"

글렌은 평소와 다름없이 변변찮은 소리를 지껄여대면서 벽에서 손을 떼고 루미아를 놔 주었다.

"아…… 저기…… 시스티……? 그게…… 미안. 나, 나도 모르게 그만……."

루미아는 아직도 두근거림이 멎지 않는 가슴을 손으로 누르면서 어색한 표정으로 시스티나에게 사과했다.

"시, 신경 쓰지 않아도 돼! 애당초 먼저 선생님과 페어를 짜라고 권한 건 나였으니까! 선생님도 반드시 너랑 춤을 추고 싶었던 모양이구! 루미아는 잘못한 거 전혀 없어!"

시스티나는 보는 사람이 애처로운 기분이 들 정도로 서툴기 짝이 없었다.

"그, 그런데 선생님! 왜 루미아예요? 게다가 이런 거친 방식으로…… 서, 설마 선생님도 그 징크스를 믿으시는 거예요?! 그렇다는 건 혹시 루미아를……!"

"……"

여유가 없는 시스티나의 추궁에 글렌은 잠시 진지한 얼굴로 입을 다물었다.

"훗, 그야 뻔하잖아? 돈 때문이라고! 돈! 경연대회에서 우승한 커플이 받는 상금 때문이지! 나도 다 들었다고! 나오는 거잖아? 금일봉이!"

글렌은 누가 봐도 악당 같은 미소를 지으며 시스티나에게 대답했다.

"이야~ 이번 달에는 지갑 사정이 엄~청 위험했거든~. 이런 상황에서 내 힘이 되어줄 만한 여자애는 학교 안에서도 루미아 정도밖에 없잖아?"

"……어, 어차피 그런 이유일 줄 알았어요. 저질……!"

시스티나는 게슴츠레한 눈으로 글렌을 노려보았다. 그래도 어째선지 한순간 안도한 표정을 지은 건 글렌도, 시스티나 본인도 깨닫지 못했다.

"……뭐, 뭐야? 하얀 고양이. 무슨 불만이라도 있어? 고작해야 학교에서 열리는 장난 같은 행사니까 누굴 꼬시든 내 맘이잖아? 참가하는 데 딱히 무슨 자격이 필요한 것도 아니고."

"그, 그건 그렇지만! 그래도 권유하는 방식이나 장소나 입장을 좀 고려하시라구요! 선생님은 항상 여자를 대할 때 섬세함이 부족—."

평소처럼 설교 모드에 돌입하려는 시스티나에게—.

"하항~ 하얀 고양이. ……너, 혹시 친우인 루미아가 남자한테 인기가 넘쳐서 댄스 신청을 실컷 받으니까 질투한 거냐? 풋…… 진짜 속 좁은 여자구만."

글렌은 해선 안 될 말을 지껄이고 말았다.

"어쩔 수 없지……. 내가 적당히 우리 반 남자애라도 설득해줄까? 가엾은 하얀 고양이의 댄스 파트너가 되어달라고.

로드나 카이라면 분명 울면서 기뻐할……."

빠직.

늘 익숙한 전개이긴 하지만, 시스티나의 왼손에 무지막지한 바람의 마력이 응축되었고……

"이……《바보》오오오오오오오오오오오오오오오오오옷!"

"끄아아아아아아아아아아아아아악?! 우째서?!"

글렌은 평소처럼 거의 천장까지 날아올랐다.

'……나 원 참, 손해 보는 역할이구만……'

글렌은 시스티나의 주문에 맞고 하늘을 날면서 뭔가를 체념한 듯 속으로 혀를 찼다.

'……루미아와 하얀 고양이에게는 미안하지만…… 이번만큼은 양보 못 해.'

그렇다. 글렌에게는 루미아와 함께 댄스 경연대회에 참가해야만 하는 이유가 있었다.

무슨 일이 있어도 경연대회에서 이겨 나가야만 했다. ……다른 그 누구도 아닌 루미아를 위해.

'그래……. 난 루미아를…… 이 학교를 지켜야 해! 그 빌어먹을 여자가 마음대로 하도록 내버려 둘까 보냐!'

글렌은 온몸으로 무중력 상태를 느끼면서 조금 전에 겪은 속이 뒤집히는 일을 떠올렸다.

시간을 약간 거슬러 올라가…… 루미아에게 파트너 신청을 한 글렌이 시스티나의 주문을 맞고 날아가기 전—.

"아아~ 귀찮네 진짜……."

글렌은 정말 귀찮은 얼굴로 투덜대면서 눈앞에 보이는 여학생 뒤를 따라갔다.

"왜 내가 이런 성가신 일을 해야 하는 건데……?"

"그건 선생님의 자업자득이잖아요?"

여학생은 토라진 글렌을 힐끔 흘겨보면서 장난스럽게 웃었다.

온화하면서도 사람의 마음속을 꿰뚫어 보는 듯한 눈빛과 어른스러운 미모. 누가 봐도 총명하고 이지적일 것 같은 소녀의 이름은 리제 필마. 이 학교의 학생회장을 맡은 재녀였다.

"예~ 예~. 그랬었죠~."

글렌은 이젠 될 대로 되라는 식으로 대답했다.

거듭되는 감봉 끝에 오히려 학교에 돈을 줘야 할 지경에 처한 글렌은, 이 상황을 벗어나고 싶으면 사교 무도회 개최 준비로 다망하기 짝이 없는 학생회장의 손발이 돼서 일하라는 학교 측의 통지를 받고 말았다.

"참 나, 단순히 힘쓰는 일뿐만 아니라 식재료 거래처의 조사, 가격 교섭, 학교 관계자들과의 징검다리 역할…… 사람을 진~짜 노예처럼 부려먹기는……."

"그래도 선생님 덕분에 일이 순조롭게 진행돼서 다행이네요."

"아니, 그보다 너! 내가 네 밑에서 일하도록 뒤에서 뭔가 수작을 부린 거지! 아무리 생각해도 내가 할 일이 미리 준비된 느낌이었거든?!"

"……글쎄요? 무슨 말씀이신지 영……."

"하필이면 세리카 녀석까지 널 제대로 도와주지 않으면 밥도 안 줄 거라고 하지 않나……. 왠지 묘하게 널 마음에 들어 하는 것 같던데……. 너, 대체 어느 틈에 그 녀석을 함락시킨 거야?!"

"아뇨, 그런……. 전 그저 저번 유적 조사 때문에 현재 자택에서 요양 중인 아르포네아 교수님께 문병을 갔을 때, 늘 신세를 진 글렌 선생님을 좋게 말씀드렸던 것뿐인데요……."

"이, 이 암여우가……!(아니, 그보다 세리카! 너, 사람이 너무 쉬운 거 아냐?!)"

이 만만치 않은 소녀는 시스티나의 한 학년 선배이자, 어떤 사건을 통해 글렌과 알게 된 후론 종종 성가신 문제를 가져오곤 했다.

글렌은 이 수완가 학생회장이 자주 자신과 얽히려는 이유를 이해할 수 없었다. 누구에게나 쿨한 리제가 그와 함께 있을 때만 묘하게 즐거워하는 것도 영문을 알 수 없었다.

뭐, 그건 그렇다 치고 글렌은 양팔에 사교 무도회에 관한 각종 자료를 대량으로 안은 채 짐말처럼 리제의 뒤를 따라다녔다.

이윽고 두 사람은 마술학원 부지의 서쪽에 있는 대강당에 도착했다.

안으로 들어가자 안쪽에 있는 무대 위에서 학교의 연주 동호회 멤버로 편성된 악단이 반원형으로 늘어서 있는 것이 보였다. 그들은 바이올린이나 첼로 같은 악기를 든 채 사교 무도회 당일에 연주할 곡을 연습하느라 여념이 없었다.

동호회의 실력을 보여줄 얼마 없는 기회이다 보니 연습에 열중하는 건 당연한 일이었다.

"······멋진 연주네요."

악단의 연주를 듣던 리제가 감탄한 것처럼 말했다.

"이 정도라면 당일은 틀림없이 멋진 무도회가 되겠죠."

"하하하! 그렇게까지 칭찬해주다니, 나도 동호회 고문으로서 기쁘기 그지없군요!"

옆에 서 있던 남자가 리제의 찬사를 듣고 만족스럽게 대답했다.

풍채가 좋은 중년 신사였다. 배가 조금 나오기는 했지만 칠칠맞기는커녕 관록이 넘치는 인상을 주었다.

이 남자의 이름은 로렌스 타르타로스. 학교에 적을 둔 마술 교수이자, 연주 동호회의 고문을 겸임한 문화인이었다.

"어? 이번에는 외부에서 지휘자를 초청하신 건가요?"

리제는 악단 앞에서 열심히 지휘봉을 휘두르는 남성을 멀리서 바라보며 그렇게 말했다.

"예, 원래 지휘를 맡던 학생이 팔을 다치는 바람에…… 이번에는 이 방면에서 유명한 분에게 의뢰를 했습니다."

"어머, 그 학생에게는 안 됐지만…… 이른 단계에서 문제없이 지휘자를 확보한 건 정말 다행이네요. 연주라는 건 지휘자의 역량에 따라 완전히 달라지기 마련이니까요."

"흥! 고작해야 봉을 휘두르는 인간 하나가 바뀐다고 달라지긴 뭐가 달라져!"

한편, 하고 싶지도 않은 일을 떠맡은 데다 짐꾼 노릇에 관심도 없는 연주를 듣느라 완전히 기분이 상한 글렌은 어린애처럼 빈정거렸다.

"사교 무도회는 어차피 먹고, 마시고, 춤추는 것뿐이잖아? 아무도 연주 따원 신경 안 써! 축음기로 적당한 레코드판이나 돌리면 그만인 것을!"

"그리고 보니 지금 연주하는 이 곡…… 당일의 댄스 경연대회에서 쓸 『교향곡 실피드』인 것 같은데…… 약간 편곡을 하셨네요?"

"오, 아시겠습니까! 과연, 학생회장! 안목이 뛰어나시군요! 아니, 이 경우에는 귀가 좋다고 말해야 할까요? 아하하하!"

로렌스는 연주에 귀를 기울이는 리제에게 호쾌하게 웃으면서 대답했다.

"편고옥~? 난, 전혀 모르겠는데~?"

"유감이지만, 교향곡 실피드 제8번의 편곡은 제시간에 맞추지 못해서 당일에 연주하는 건 제7번까지입니다만……."

"제7번까지 있으면 충분해요. 그런데…… 후훗. 듣고 있으려니 자연스럽게 가슴이 뛰네요. 원곡의 분위기를 유지하면서 학생간의 교류회라는 즐거운 자리를 북돋아 줄 만한 멋진 곡이에요. 이 편곡은 어떤 분이 하신 건가요?"

"실은 이번에 지휘를 맡은 분께서 제안을……."

"크아~! 별 한가한 사람도 다 있구만! 부럽기도 하지! 종이 위에 적당히 음표를 끄적거리기만 하면 되는 일이라니, 나랑 바꿔주면 안 되나? 진심으로!"

글렌이 우아하게 담소를 나누는 리제와 로렌스에게 찬물을 끼얹었다.

"……글 렌 선 생 님?"

"히익?!"

리제가 등골이 얼어붙을 듯한 차가운 미소를 짓자 글렌의 몸이 자연스럽게 움츠러들었다.

평소에는 누구에게나 친절하고 공명정대한 학생회장이라 자주 잊곤 하지만…… 절대로 화나게 해선 안 되는 부류의 인간이라는 것을 떠올렸다.

"하, 학생 대회장님께선 좀 더 대화를 나누고 싶으신 모양이군요! 그 사이에 밑바닥 영세 마술강사(웃음)인 저는 테이블 나르는 걸 도와주고 오겠슴다!"

글렌은 ㄱ 밀을 넘기고 잽싸게 도밍쳤나.

그리고 대강당에서 약간 떨어진 곳에 있는 학교의 창고 앞.

"아아~ 귀찮아……. 못 해 먹겠구만, 진짜……."

글렌은 고분고분하게 테이블 나르기라는 중노동을 나서서 하기는커녕 창고 벽에 등을 기대고 앉아 마음껏 땡땡이를 치는 중이었다.

눈앞에서는 많은 학생이 무도회장에 설치할 테이블과 샹들리에 등을 나르고 있었다.

"우오오오오오오오오오?! 리엘, 굉장해!"

"응. 이 정도는 별거 아냐."

자세히 관찰하니 아는 얼굴도 있었다. 늘 졸린 듯한 무표정, 마치 인형 같은 소녀 리엘과 카슈와 세실…… 글렌이 담당하는 반의 학생들이었다.

리엘은 아무래도 여자다 보니 처음에는 루미아와 같이 은 촛대를 닦는 일을 맡았지만, 쓸데없이 넘쳐나는 힘으로 비싼 촛대를 모조리 망가트리게 내버려 둘 수도 없는 노릇이라 이쪽으로 역할을 변경했다.

"젠장! 리엘에게 질까 보냐아아아아아아아아!"

"차, 참아! 카슈! 네가 저걸 따라 하다간 죽어!"

리엘이 고개를 들어야 간신히 끝이 보일 만큼 탑처럼 높이 쌓은 테이블을 아무렇지 않게 들고 글렌의 앞을 지나가자…… 카슈가 무모하게도 그녀를 따라 하려했지만 세실이

허겁지겁 말렸다.

"나 원 참…… 쟤들은 귀찮지도 않나."

글렌은 멍한 눈으로 그런 모습을 바라보았다.

그러자 학생들과 함께 짐을 나르던 작업복 차림의 직원이 갑자기 의자를 바닥에 놓고 글렌에게 다가왔다.

그리고 바로 눈앞에 멈춰 서서 글렌을 내려다보았다.

"……응? 무슨 용건이라도…… 어? 너는?!"

그 직원을 귀찮은 듯 올려본 글렌은 깜짝 놀라서 눈을 부릅떴다.

"……여전하군, 글렌."

작업복 차림의 남자는 글렌 앞에서 깊숙하게 눌러쓴 모자를 벗었다.

검고 긴 머리카락이 아래로 흘러내리며 매처럼 날카로운 눈빛이 드러났다.

이 남자의 정체는ㅡ.

"알베르트?! 잠깐, 네가 왜 여기 있는 거야?!"

제국 궁정 마도사단 특무분실, 집행관 넘버7《별》의 알베르트였다.

"할 말이 있다. 따라오도록."

그렇게 말한 알베르트는 글렌의 대답을 기다리지도 않고 등을 돌려 그대로 걸어갔다.

"아니, ㅗ선 딱히 상관없는네…… 닌 시끔 ㅗ 보습에 아무

런 의문도 없어?"

"……."

빠르게 걸어가는 알베르트는 아무런 대답도 하지 않았다.

알베르트를 따라서 도착한 곳은 학교의 뒷마당이었다.

울창한 침엽수림 때문에 약간 어둑어둑한 이곳에는 인기척이 전혀 없었다.

"이 근처에는 이미 사람을 쫓는 결계를 펼쳐놨구만……. 이렇게까지 하면서 할 말이라는 게 대체 뭔데?"

알베르트는 글렌을 힐끔 쳐다보더니 작업복을 능숙하게 벗고 마도사의 검은 예복으로 단숨에 갈아입었다.

그리고 날카로운 시선으로 잠시 글렌을 노려보다가 충격적인 사실을 밝혔다.

"……말도 안 돼……. 『사교 무도회』 중에 루미아를 암살……?!"

"그래. 마침내 하늘의 지혜연구회가 움직이기 시작했다."

알베르트는 경악해서 몸을 떠는 글렌에게 마치 남 일인 것처럼 담담하게 말했다.

"웃기지 마! 전에 했던 말이랑 다르잖아! 놈들은 루미아에게서 손을 뗐다며!"

"꼬치꼬치 시끄럽게 굴지 마. 상황이 변한 것뿐이다."

알베르트는 자신의 멱살을 잡고 고함을 지르는 글렌에게

얼음 같은 차가운 표정으로 대답했다.

"우리, 제국 정부가 한마음 한뜻으로 뭉친 게 아닌 것처럼 하늘의 지혜연구회도 한통속이 아니라는 거겠지."

"그게 뭐 어쨌다고!"

"그 이유는 현재 조사 중이다만…… 아무래도 놈들은 조직의 방침에 따라 두 파벌로 갈라진 것 같더군. 한쪽은 고참 멤버를 중심으로 뭉친『현상 유지파』…… 그리고 다른 한쪽은 신참 멤버를 중심으로 뭉친『급진파』……. 아무래도『Project : Revive Life』를 착수한 시점을 전후로 해서 그런 두 파벌이 생긴 모양이다."

백금술(白金術)『Project : Revive Life』.

죽은 사람을 의사적으로 되살리는 금단의 의식 마술이다. 지금은 사망한 희대의 천재 연금술사 시온 레이포드의 고유 마술이기에 그가 없으면 재현할 수 없는 그림의 떡이었지만, 어째선지 루미아의『이능력』이 있으면 재현이 가능한 모양이었는데―.

"하늘의 지혜연구회가 왕녀를 노리는 건 이미 주지의 사실이었지만…… 현상 유지파는 어디까지나 왕녀의 신병을『확보』하는 데 중점을 두고 있다. 하지만 급진파는 왕녀의『살해』를 노리고 있지."

"……어째서?"

"그것도 조사 중이다."

알베르트는 지긋지긋하다는 듯이 코웃음을 쳤다.

영문을 알 수 없는 적 조직의 동향에 그 역시 짜증이 난 듯했다.

"아무튼 저번 백금 마도 연구소의 사건을 기점으로, 조직 전체의 방침이 한동안 왕녀에게서 손을 떼는 것으로 결정이 난 덕분에 두 파벌의 항쟁이 일시적으로 멈춘 모양이었다만……."

"이번에는 그 방침에 이의를 제기한 『급진파』가 폭주했다는 거군?"

"그 말대로다."

"빌어먹을……!"

정말로 여전히 영문을 알 수 없는 놈들이었다. 하지만 하늘의 지혜연구회라는 건 결국 정신 이상자들의 집단. 일반인의 상식을 기대해봤자 소용없으리라.

그런 것보다―.

"어디로 가는 거지? 글렌."

"말할 필요도 없잖아?"

알베르트가 날카롭게 위협하듯 말하자 글렌은 걸음을 멈추었다.

"이 사실을 학교에 알리겠어. 속 편하게 『사교 무도회』 같은 걸 개최할 때가 아니잖아! 이딴 건 중지다! 중지!"

"그건……."

알베르트가 뭔가 말하려고 했지만 글렌은 완전히 무시하고 달려갔다.

하지만 갑자기 눈앞에서 진홍색 불꽃이 하늘을 찌르는 듯한 기세로 피어올랐다.

"앗?!"

이 부자연스러운 불꽃은 명백히 마술로 발생한 것이었다.

공기를 태우며 피부가 따끔거리는 열기에 글렌은 견디지 못하고 뒤로 물러났다.

"너, 이 자식! 알베르트! 이게 무슨 짓……."

"내가 아니다."

알베르트가 차갑게 부정한 순간—.

"……그건 안 돼. 글렌."

갑자기 나무 뒤에서 한 여성이 글렌 앞에 모습을 드러냈다.

젊은 여자였다. 나이는 아마 스무 살 전후…… 글렌과 거의 비슷하리라.

격렬하게 타오르는 듯한 진홍색 머리카락을 옆으로 땋은 굉장히 단정하고 아름다운 얼굴의 여자였지만…… 그 미모에서는 왠지 모를 얼음 같은 차가움이 느껴졌다. 날카롭게 뜬 눈 사이에서 어둡게 타오르는 자염(紫炎)색 눈동자와 입가에 머금은 흐릿한 미소는 어딘지 모르게 타인을 비웃는 인상을 주었다.

제국 궁정 마도사단의 예복을 입고 여유가 넘치는 동작으

로 팔짱을 끼며 차갑게 이쪽을 흘겨보는 모습은…… 결코
잊을 수 없었다.

"넌…… 이브!《마술사》이브……!"

글렌의 옛 상사— 제국 궁정 마도사단 특무분실의 실장
이자 집행관 넘버1인《마술사》이브 이그나이트. 제국의 전
통 있는 대귀족인 이그나이트 공작가의 영애였다.

"오랜만이야, 글렌. 만나서 기뻐."

"하! ……난 너만은 절대로 만나고 싶지 않았거든?!"

"어라? 왠지 꽤 미움을 산 것 같네? 옛날에는 참 많이 신
경을 써줬는데."

《마술사》이브는 빈정거리듯 웃었다.

"……잊었다고 하지 마……. 1년 전에 저티스가 저지른 사
건에서 넌 나와 세라를 미끼로 썼어! 알베르트를 이쪽에 보
내지도 않고……!"

"그래. 그랬었지. 그래서? 그게 왜?"

분노를 드러내는 글렌과 반대로 이브는 무척 즐거워 보였다.

"어머? 혹시 세라가 죽은 게 내 탓이라고 말하고 싶은 거
야? 나한테 책임을 전가하지 마. 그건 당신 탓이잖아? 그녀
를 지키지 못한 당신 탓. 이제 와서 그런 계집애 같은 소리
는 하지 말아줄래? 꼴사나워."

"……큭!"

으드득.

글렌이 이를 악무는 소리와 주먹을 쥐는 소리가 주위로 울려 퍼졌다.

이브를 노려보는 표정은 마치 타오르는 불꽃 같았다.

"확실히 내 지휘에도 실수가 있었다는 건 인정해. 아무튼 세라라는 우수한 장기 말을 잃은 데다…… 결과적으로 당신은《정의》의 저티스를 처분하지 못했어. 덕분에 내 경력에 흠집이 생겼잖아? 참 나……."

"너, 너어……?!"

"뭐, 그런 사소한 일은 지금은 아무래도 상관없어. 본론으로 들어갈게."

앞머리가 흔들릴 정도의 분노를 이브는 아무렇지 않게 흘려 넘겼다.

"결론부터 말하자면, 이번에 학교에서 개최하는『사교 무도회』는 중지 못 해. 이대로 학교에는 알리지 않고…… 우리, 특무분실이 비밀리에 놈들을 대처할 거야."

"뭐?! 너, 대체 무슨 생각이야! 제정신이야?!"

"조직의 이번 작전은 급진파의 중핵…… 제2단《지위(地位)》어댑터스 오더
가 직접 움직이고 있어. 그자를 사로잡는다는 건 즉, 조직의 꼬리를 잡을 절호의 기회…… 이런 기회를 놓칠 수는 없잖아?"

이브가 믿을 수 없는 말을 태연하게 지껄이자 글렌은 한순간 정신이 아득해졌다.

"웃기지 마! 행사 중에 학교 안에서 전투를 벌이겠다고?!

너, 미친 거 아냐?! 루미아뿐만 아니라 아무런 상관이 없는 학교 관계자들까지 말려들지도 모르는데……!"

"……그게 뭐?"

이브는 진심으로 불쌍하다는 눈으로 글렌을 흘겨보았다.

"그게 뭐……? 이 자식이……!"

"하아…… 당신은 이게 얼마나 중대한 일인지 모르는 모양이네. 역시 고작 여자 하나 지키지 못한 정도로 꼬리를 말고 군에서 도망친 응석쟁이다워."

이브는 어깨를 으쓱이며 눈살을 찌푸리고 차갑게 웃었다.

"제국의 오랜 역사 속에서 늘 사회의 이면에서 암약해온 최악의 테러리스트 집단, 하늘의 지혜연구회……. 겉으로는 『우수한 마술사들에 의한 세계 지배』라는 사상을 내걸고 있지만…… 그들이 더욱더 거대한 최악의 목적을 동기로 움직인다는 건 틀림없는 사실이야. 그리고 그 조직의 목적에 관해서 유일하게 밝혀진 단어는…… 금기교전^{아카식 레코드}."

"그래, 그랬었지! 그게 뭐가 어쨌는데!"

"극히 최근에 조직은 방침을 변경했어. 어떤 계기로 변경한 건지는 조사 중이지만…… 비밀리에 추진 중이던 아카식 레코드와 관계된 계획이 다음 단계로 넘어간 건 틀림없어. 이대로 놈들의 계획이 순조롭게 진행된다면…… 확실하게 돌이킬 수 없는 사태가 벌어질 거야. 그러니 정보가 필요해. ……이제 우리에겐 한 시의 여유도 없어."

"그래서 학교의 《사교 무도회》를 낚시터로 삼고 루미아를 미끼로 쓰겠다는 거냐! 고작 놈들의 꼬리를 잡겠다는 이유만으로……!"

"제국 정부와 군은 이 방침에 찬성했어. 마지막까지 난색을 보였던 여왕 폐하도 최종적으로는 승인……. 후훗, 참 현명한 분이셔서 다행이야."

그 순간 마치 책사처럼 『이렇게 될 줄 알았다』는 듯이 웃는 이브의 모습을 보고 글렌은 확신했다.

"너……! 폐하께 무슨 짓을 한 거군!"

이브의 친가인 이그나이트 공작가는 제국의 전통 있는 대귀족이자 수많은 우수한 마도사를 배출한 제국 마도무문(魔導武門)의 기둥이었다. 당주는 제국의 최고 결정 기관인 원탁회에도 참석하고 있기에 강력한 힘과 발언권을 가지고 있었다. 그런 가문의 힘을 동원한다면……

"옛날부터 넌 음험한 권모술수에 능했어! 뒤에서 뭔가 수작을 부린 거지?! 여왕 폐하께서 고개를 끄덕일 수밖에 없는 상황을 만든 거야!"

이브는 아무 말 없이 웃었지만 거의 틀림없으리라.

국내외에 용명을 떨치는 여왕도 만능은 아니었다. 현재 여왕은 제국과 냉전 중인 레자리아 왕국과의 국경 문제와 외교 알력에 대처하느라 여념이 없었다. 국내에서 우글거리는 벌레들까지 대처할 여유가 없는 것이다.

게다가 이번 일은 결코 여왕에 대한 반역 행위가 아니라 왕가와 제국에 대한 충성심으로 벌인 일이라고도 볼 수 있었다. 따라서 함부로 무시할 수 없었던 것이리라.

　"야, 알베르트…… 넌 이런 작전에 납득한 거냐?"

　글렌은 지긋지긋하다는 듯이 알베르트에게 물어보았다.

　"납득하지는 않았다. 하지만 이 작전의 유용성은 인정해. 그렇다면 난 임무를 수행할 뿐."

　그리고 굳게 다물었던 입을 열고 얼음처럼 차가운 목소리로 담담하게 대답했다.

　"……그러냐. 내가 사람 잘못 봤군. 망할 자식. 두 번 다시 그 뻔뻔한 낯짝을 내 앞에 드러내지 마."

　"……."

　글렌은 입을 다문 알베르트에게 등을 돌렸다.

　"너희들, 군의 계획 따윈 내 알 바 아니야. 난 지금 당장 학교와 담판을……."

　"어라? 이 작전은 국가 최고기밀이거든? 외부에 알릴 생각이라면 난 당신을 이 자리에서 처분할 수밖에 없어."

　"그래? ……네가 이 거리에서 날 이길 수 있을 거 같아?"

　글렌은 품속에 있는 『광대의 아르카나』를 손으로 잡으며 이브를 돌아보았다.

　"……하이. 네 별명을 잇은 모양이네?"

　이브가 반쯤 어이없는 표정으로 웃은 순간—.

글렌의 좌, 우, 후방에 갑자기 불꽃이 벽을 형성하며 솟구쳤다.

그제야 글렌은 자신이 싸우기 전부터 이미 졌다는 사실을 깨달았다.

'권속비주(眷屬秘呪)【제7원】?! 젠장! 당했구나! 이 일대는 이미 이브의 영역이었나?!'

시크릿이란 오리지널의 일종이자, 영혼의 마술 특성을 술식에 적용하는 오리지널과 달리 혈중(血中) 마나 특성— 즉, 마력 특성을 적용한 마술이었다. 그 특성상 대개 1대로 한정되는 오리지널과 달리 혈족 대대로 물려받아서 발전시킬 수 있는 비술이었다.

그리고 이브의 이그나이트 가문이 대대로 물려받은 시크릿【제7원】은 사전에 지정한 영역 한정으로 염열 계열 마술을 발동할 때 필요한『다섯 공정』을 전부 생략할 수 있는 터무니없는 능력이었다. 요컨대 영역 안에 들어온 적을 정신 집중, 마력 조작, 주문 영창 없이 불꽃을 손발처럼 자유자재로 다뤄서 불태우는 것이 가능하다는 뜻이다.

물론 사전에 시간과 공을 들여서【제7원】의 지배 영역을 마술로 구축할 필요가 있고, 영역 안에서 행사할 수 있는 마술은 염열 계열 마술뿐이었다. 마력 소비량도 막대했다.

하지만 일단【제7원】의 영역을 구축하고 그 안에 적을 끌어들이기만 한다면 어떤 결과가 벌어질지는 두말할 필요도 없으리라. 영역 안에 있는 이브는 알베르트의 마술 발동 속도조차 능가하는 세계 최고속의 마도사였다.

그리고 지금 시크릿【제7원】이 이미 마술로서 성립된 이상 — 발동을 봉쇄하는 글렌의 오리지널【광대의 세계】로 저지하는 건 불가능했다.

"《홍염공(紅焰公)》. 열기와 불꽃의 마술에 모든 것을 바친 이그나이트 가문이 대대로 계승해온 자랑스러운 별명. 근거리 마술 전투 최강의 증거. 글렌, 당신은 내 불꽃의 적수가 되지 못해."

이브는 손끝에 작은 불꽃을 피우며 여유 있는 미소로 글렌을 도발했다.

글렌은 이 상황에서 이브를 돌파할 온갖 수단을 머릿속으로 단숨에 검색해봤지만…… 결과는 허무했다. 단두대에 목이 고정된 상황에서 역전을 노리는 것이나 다름없는 짓이었다.

"제기랄……!"

글렌이 죽이든 살리든 마음대로 하라는 듯 바닥에 주저앉자 이브가 난감한 목소리로 말했다.

"그런데 이걸 어쩜 좋을까. 사실 당신을 여기서 처분하는 건 마땅치 않아. 당신 같은 모자란 장기 말도 쓰기 나름이니까…… 여기서 잃는 건 아까워. 하지만 지금 반응으로 봐선 내 말을 고분고분하게 들을 것 같지도 않으니…… 이쪽도 패를 꺼내 들 수밖에 없겠네."

이브가 손가락을 튕기자 글렌을 에워싼 불꽃의 벽이 단숨에 사라졌다.

"그런데 당신이 동생처럼 여기는 리엘…… 꽤 즐겁게 학창 생활을 보내는 모양이더라?"

"……?"

왜 여기서 갑자기 리엘의 이야기를 꺼내는 건지 이해하지 못한 글렌이 눈살을 찌푸리자—

"잠시 못 본 사이에 제법 인간다워졌어. ……**만들어진 인형 주제에.**"

"뭐……?!"

글렌은 갑자기 뒤통수를 망치로 얻어맞은 듯한 기분이 들었다.

이렇게 말하는 걸로 봐선 이브는 확실히 리엘의 정체를 알고 있었다.

지금 제국 정부 쪽 인물 중에 리엘의 진실을 알고 있는 건 알베르트뿐일 터……

'알베르트, 너! 설마?!'

글렌은 반사적으로 알베르트의 배신을 의심했다.

'……아니야, 그럴 리가 없어! 숫자를 신봉하고 효율만 중시하는 아니꼬운 자식이지만, 절대로 동료를 배신할 리는 없어. ……그렇다면.'

하지만 곧 생각을 고쳐서 한 번 내뱉으면 돌이킬 수 없는 말을 목으로 집어삼켰다.

그러자 예상했던 대로 언뜻 차분해 보이는 알베르트도 맹금류 같은 눈을 날카롭게 뜨고 적의를 드러내며 이브를 노려보고 있었다.

그렇다는 건—.

"둘이서 뒤에서 몰래 이것저것 은폐 공작을 벌인 모양인데…… 내 정보망을 너무 얕보지 말아 줄래? ……하지만 알베르트. 당신의 은폐 공작은 완벽했어. 응, 당신을 보좌한 파트너가 글렌만 아니었다면 나도 파악하지 못했을 거야."

'젠장…… 내가 무슨 실수를 저지른 건가?!'

자신의 꼴사나운 실수를 후회하며 이를 악물었다.

"자, 그럼. 글렌. 당신은 학교에 국가 최고 기밀을 누설해서 내 계획을 망치려는 모양인데…… 내가 리엘의 정체를 위에 보고해도 될까?"

"너……! 대체 어디까지……!"

글렌은 이젠 화가 나다 못해 눈앞이 새빨갛게 물드는 것 같았다.

폭발 직전의 격정을 마지막 한 방울까지 이성을 쥐어짜 내어 필사적으로 참고 있을 뿐이었다.

"리엘은 약간 다루기 어려워도 쓸 만한 장기 말이야. 잃는 건 아깝지만…… 아무튼 그녀는 세계 최초의 『Project : Revive Life』 성공 사례……. 그런 그녀를 실험용 노드모드

나 표본으로 헌상하는 건 나름대로 큰 전공이겠지?"

저 뻔뻔스러운 낯짝을 주먹으로 패주고 싶었지만 글렌은 이 순간 자신이 완전히 졌다는 것을 깨달았다. 리엘까지 인질로 잡힌 이상…… 더는 저항할 방법이 없었다.

"그렇게 무서운 표정 짓지 마. 괜찮아. 나도 리엘이라는 장기 말은 아까운걸. 당신이 우리를 방해하지 않고 작전이 전부 순조롭게 진행되기만 하면 문제없어. 당신이 협력적이면 더 좋겠지. 그러니 여기서 당신에게 한 가지 명령을 내리겠어.《광대》글렌."

"……아앙? 왜 내가 네 명령을 따라야 하는 거지? 난 이제 마도사가 아니고 군에 소속된 것도 아니거든?"

"하아…… 개 주제에 일일이 반항하지 말아 줄래? 난 한가한 사람이 아니거든?"

이브는 슬슬 지겹다는 듯 머리카락을 손으로 빗어 내리며 탄식했다.

"제국군법 제6장, 긴급 특례 9호 조항— 백기장의 계급을 가진 내 권한을 잊었어? 군에서 제대한 정도로 군역을 벗어난다고 생각하지 마. 글렌 정기사."

"너어……?!"

"그리고…… 그런 비협력적인 태도를 보여도 괜찮겠어? 왕녀와 리엘의 명운은 내 손 안에 있잖아? 그걸 반드시 잊지 마."

"……지옥에나 떨어져라."

지옥의 악귀 입에서 흘러나온 목소리가 이러할까.

하지만 글렌의 반항이 이 정도로 그친 것에 만족한 이브는 살포시 웃었다.

"자, 그럼 본론으로 들어가겠는데…… 우리는 사교 무도회에 참가하는 왕녀의 암살을 노리는 적 조직의 외도(外道) 마술사를 제압할 거야. 당연히 왕녀가 무도회장에 있지 않으면 곤란하고, 신상을 파악하지 못한 인간들이 왕녀에게 간단히 접근하는 것도 곤란해. 항상 왕녀에게 달라붙어 있는 호위가 반드시 필요하겠지. 사교 무도회의 규칙. 그리고 왕녀와 함께 있어도 부자연스럽지 않은 인물…… 그 두 가지를 고려해서 가장 자연스럽게 왕녀를 호위하는 방법은—."

—회상을 마친 글렌의 의식이 현재로 돌아왔다.

'그래……. 나는 루미아와 함께 댄스 경연대회에 참가해야 해. 그리고 끝까지 이겨야만 해. ……당일 다른 사람의 접근을 막고 될 수 있는 한 자연스러운 형태로 내가 루미아와 붙어있으려면 이 방법밖에 없어! 그리고 나와 루미아가 눈에 띄면 띌수록 적을 파악하기 쉬워질 테니…… 나아가서는 학교 관계자들을 지킬 방법이기도 하니까!'

당연히 내키지는 않았다.

이 상황은 그 여자— 이브의 손바닥 위에서 춤추는 것에 불과했으니까.

하지만 지금의 글렌은 시키는 대로 춤출 수밖에 없었다. 꼴사납고 우스꽝스럽게…….

그녀가 깐 레일 위를 광대 같은 꼬락서니로 전력 질주할 수밖에 없었다.

'좋아. 하라는 대로 해주마. ……하지만 두고 보라고, 이브. 반드시 나중에 엉엉 울게 만들어줄 테다!'

결의를 새롭게 다진 글렌은 이번에도 괴롭고 어려운 싸움에 도전하기로 했다.

'뭐…… 그건 그렇고 지금 당장 문제는…….'

위와 아래가 뒤집힌 시야 속에서 중력을 따라 서서히 다가오는 지면을 슬쩍 훔쳐보았다.

그러고 보니 자신은 시스티나의 마술에 직격당해서 하늘 높이 날아오른 상태였다.

'우와, 아프겠구만……. 이거 제대로 낙법을 취할 수나 있을까?'

글렌은 한숨을 내쉬며 몇 초 후에 찾아올 고통을 대비하기로 했다.

제2장 행사 준비 ~각자의 마음과 생각~

제국 3대 지방 중 하나인 칸타레 남동부에 있는 리키안 제7 주둔지.

이웃 나라 레자리아 왕국과의 국경선이 가까운 데다 변경에서 중앙으로 마수를 저지하는 방파제 역할도 완수하는 이 제국 군사 기지에는 제국군의 정예 마도병들이 다수 배치되어 있었다.

그 이름하여 제국 동부 칸타레 방면군 제3사단 제8 변경 경비대.

약 5백 명의 마도병을 주력으로 편성된 이 변경 경비대는, 병사들로부터 《백귀장》이라고 불리면서 두려움과 존경을 한 몸에 받는 미하엘 주드 백기장의 지휘하에 매일 마수(魔獸)를 상대하는 실전과 엄격한 군사 훈련을 반복했다. 그 덕분에 오랫동안 전쟁다운 전쟁을 치르지 않은 제국군 중에서도 굴지의 숙련도와 실전 경험을 자랑하는 유수의 실전 부대였다.

그렇다. 유수의 실전 부대**였다.**

일부러 **였다**라는 과거형으로 표현한 것은 참으로 단순한 이유이다. 지금은 **존재하지 않기** 때문이나.

"뭐……지? 대체…… 뭐냐고……! 저놈들은……!"

이미 치명상을 입고 꼴사납게 바닥에 엎드린 미하엘은 절망과 경악으로 굳은 표정을 지은 채 그 광경을 망연자실하게 바라볼 수밖에 없었다.

"여기가♪ 여기가♪ 이 나라, 병사들의 집♪ 응, 응♪ 재미있네♪"

"그래? 난 무척 지루했다만. 제국에서 유명한 무사들이 잔뜩 모여 있다고 들었는데…… 살짝 건드린 것만으로도 이렇게 간단히 망가지다니. 칼슘이 부족한 거 아닌가?"

소녀와 몸집이 큰 남자의 주위에 널려있는 것은 시체, 시체, 시체, 시체, 시체, 시체의 산, 산, 산…….

제국군 중에서도 굴지의 정예로 소문 난 강자들의 말로가 지옥을 형성하고 있었다.

"빌어먹을…… 어떻게 이런 일이……! 전멸……! 고작 10분도 채 지나지 않았는데…… 우리 제8 변경 경비대가…… 전멸이라니…… 마, 말도 안 돼……! 이건 악몽이야……!"

마치 볼품없는 장식처럼 보이는 그 파국의 광경 앞에서 미하엘은 현실을 제대로 받아들이지 못하고 한탄했다.

"이야~ 죄송하네요. 어째 폐를 끼친 것 같아서."

그 옆에는 어느 틈엔가 양복 차림의 청년이 미안하다는 얼굴로 서 있었다.

"일단 말씀드리겠지만…… 전 그들을 말렸답니다. 이런 곳을 일부러 지나갈 필요는 없으니…… 돌아서 가자고…… 입이 부르트도록 몇 번이나 말했다구요?"

"뭐? 네, 네놈은……?"

"아, 사실 저희는 페지테에 용건이 있어서 가는 길에 들른 것뿐입니다만…… 서쪽 산길로 가면 더 빨랐을 텐데 말이죠. 일부러 멀리 있는 여길 지나갈 필요는 없었어요. ……덕분에 일정이 반나절쯤 늦어졌네요. 하아…… 자이드에게 뭐라고 하면 좋지? 이거 참 난감하네……."

미하엘은 영문을 알 수 없는 청년의 독백을 듣고 자기도 모르게 입을 다물었다.

청년은 그런 미하엘의 반응에 개의치 않고 담담하게 말을 계속했다.

"하지만 글레이시아…… 저 소녀는 산길은 다리가 아프니까 싫다면서 반대하질 않나……, 제토…… 저 덩치 큰 남자는 자기보다 강한 녀석을 만나러 가고 싶다면서 제 말은 들은 척도 안 하고 있으니……, 하아…… 멍청한 꼬맹이랑 뇌가 근육으로 된 바보를 돌보는 건 진짜 피곤하네요……. 왠지 공감되지 않나요? 아무래도 당신이 이 기지의 대장님인 것 같습니다만."

"……."

지금 이 녀석이 무슨 소릴 하는 거지?

요컨대 이런 뜻인가? 놈들이 이 구두 기지에 온 것은……

평범한 산책.

이 학살은 산책하는 김에 벌인 **장난**.

그 장난 때문에…… 제국군에서도 이름을 떨친 제8 변경 경비대가 괴멸했다는 건가?

"……하지만 지금 돌이켜 보면…… 이렇게 다른 길로 돌아온 보람이 있었던 걸까요?"

갑자기 청년의 분위기가 돌변했다.

지금까지의 느긋하고 신사적인 분위기에서 마치 뱀 같은 냉혹한 표정으로…….

"앗……?!"

정신을 차리고 보니 어느새 청년의 옆에는…… 고개를 들어야 간신히 전모가 눈에 들어오는 거대한 괴물이 서 있었다.

"자, 먹어치우세요. 나의 하인이여."

청년이 손가락을 튕기고 괴물이 마치 하늘을 뒤덮는 것처럼 날개를 활짝 펼치자…… 소녀와 남자가 쌓아 올린 수많은 시체의 입에서 영혼이 빠져나와 괴물에게 모여들었다.

"아……! 아……아아…… 아아아앗……?!"

괴물은 그 영혼들을 모조리 먹어치웠다. 탐욕스럽게, 우걱우걱.

구역질이 치미는 듯한 모독적이고 배덕적인 광경.

미하엘은 공포와 절망으로 눈을 크게 부릅뜬 채 그저 몸을 떨면서 눈물을 흘릴 수밖에 없었다.

"……제법 질이 좋은 영혼이군요. 덕분에 하인의 육성이 빨라지겠어요. 하하, 과연 훈련받은 마도병답네요. 저 병사들은 당신이 애써 키운 자들이었겠죠? 아주 일처리가 훌륭하신 걸요. 당신, 목장일이나 밭일 같은…… 견실한 직업이 적성에 맞지 않을까요?"

청년은 떨고 있는 미하엘의 어깨를 가볍게 두드려주었다.

"자, 그럼…… 페지테로 떠나기 전에…… 조금만 더 하인의 배를 채워주고 싶은 심정이지만……."

"으, 으아아아! 그, 그만…… 그러지, 마…… 제발……."

움직이지 못하는 미하엘의 몸을 거대한 괴물이 튼실한 팔로 움켜잡고 하늘로 들어 올렸고—.

"아아아아아아아아아아아아아아아아아아아아아아아악!"

온몸의 털이 곤두서는 사령(死靈)^{밴시}의 절규 같은 비명을 마지막으로…… 그날 리키안 제7 주둔기지는 지도상에서 완전히 소멸했다.

글렌이 이브의 속셈대로 움직이게 된…… 다음 날.

"……저, 저기요! 선생님?!"

방과 후, 루미아는 글렌에게 손을 잡힌 채 학교의 안뜰로 끌려 나왔다.

"자, 어서 가자고? 루미아. 같이 댄스 연습을 해야지."

"그, 그치만……."

"미안하다. 제멋대로라. 하지만…… 어차피 참가할 거면 네가 『호브 드 라 페』를 입은 모습을 보고 싶다만…… 안 될까?"

"아, 안 되기는요……. 그치만…… 아, 아으……."

루미아는 얼굴을 붉히며 단단히 붙잡힌 자신의 손을 쳐다보았다. 어제부터 보기 드물 정도로 적극적인 글렌의 페이스에 완전히 말려든 그녀는 그저 쩔쩔맬 수밖에 없었다.

안뜰에는 글렌과 루미아처럼 사교 무도회의 댄스 경연대회에 참가할 예정인 커플들이 화목하게 댄스 연습을 하거나, 대회에 참가하고는 싶지만 아직 파트너를 못 찾은 불쌍한 남학생들이 파트너를 찾아 서성이고 있었다.

"어…… 야, 저기 좀 봐."

"아, 응……. 루미아 양이 마침내 파트너를 찾아서 댄스 경연대회에 출전한다는 소문이…… 사실이었어!"

"우리의 성천사가…… 으아아아아앙! 부러워어어어어어!"

"아니, 그보다 또 저 바보 강사야?!"

"죽어라, 강사. 자비는 없다."

안뜰에 손을 잡고 나타난 글렌과 루미아의 모습에 일제히 시선이 모였다.

지금까지 완고하게 파트너 신청을 거절해온 유명한 미소녀의 갑작스러운 참가 표명은 그 정도로 충격적인 뉴스였다.

"아으……."

루미아는 자신들에게 모여드는 선망의 시선과 손에서 느껴지는 글렌의 체온 때문에 부끄러운 듯 시선을 내리깔 수밖에 없었다.

한편, 글렌은 남몰래 이런 생각을 하고 있었다.

'……그래, 이걸로 됐어. 나와 루미아가 커플로 경연대회에 참가한다는 이야기가 퍼진다면…… 당일에 루미아의 손을 잡으려고 접근하는 자식들도 줄어들 터. 그렇게 되면 호위하는 것도 훨씬 더 편해지겠지. 또 묘~한 소문이 양산되겠지만…… 이제 와선 어쩔 수 없는 노릇이고.'

사실 글렌은 행사 당일의 호위보다 지금 시급히 대처해야만 하는 문제 때문에 골머리를 썩이고 있었다.

"……그런데 왜 너까지 따라오는 거냐?"

"……신경 쓰지 마세요. 전 그냥 좀 봐주려고 따라온 것뿐이니까요."

글렌은 뒤에 딱 달라붙어서 따라오는 시스티나를 힐끔 쳐다보았다.

그녀는 엄청나게 기분이 언짢은 듯 팔짱을 낀 채 게슴츠레한 눈으로 글렌을 노려보고 있었다. 그 시선이 등에 푹푹 박히는 게 느껴질 정도로…….

시스티나의 옆에는 평소처럼 졸린 듯 눈을 가늘게 뜬 리엘이 서 있었다. 이제부터 뭘 할 건지 궁금하다는 표정으로 고개를 갸웃거리며 마치 어미 새의 뒤를 좇는 아기 새처럼 뒤에서 졸졸 따라오고 있었다.

"뭐? 봐주겠다고? 왜……?"

"어차피 선생님은 사교댄스의 『사』자도 모르시죠? 이대로 있다간 대회 당일 파트너인 루미아가 많은 사람 앞에서 창피를 당할 게 불 보듯 뻔하니…… 어쩔 수 없이 제가 필요최저한의 지식은 가르쳐드릴게요. 고마워하세요."

"그, 그런 것치곤 표정이 안 좋은데…… 그리고 왠지 감시당하는 것 같은 기분이 든다만?"

"흥!"

시스티나는 팔짱을 낀 채 고개를 홱 돌려 버렸다.

"으음…… 아, 맞아! 그리고 보니 야! 요전에 포젤 선생님이 새로운 마도 고고학 마술 논문을 발표했잖아?!"

글렌은 어떻게든 시스티나의 기분을 달래보려고 억지로 화제를 끄집어냈다.

"그, 그거 이번에는 꽤 참신한 내용이더라! 우리는 내버려두고 지금 당장 도서관에 가서 너도 읽어보는 게 어때?! 어떤 낙서 같은 벽화가 실은 소리의 높낮이를 나타내는 고대의 표현법이었다는 황당무계한 설이었는데 요컨대, 그 벽화는ㅡ."

적당히 마도 고고학 화제를 던져주면 고대 마니아인 시스티나가 쉽게 낚일 거라는 오만한 의도였지만ㅡ.

"이미 읽었어요."

"……엥?"

"그 논문. 이미 학교 부속 도서관에서 빌려서 읽었어요."

"……아, 그러냐."

글렌은 난감한 듯 한숨을 내쉴 수밖에 없었다.

"저기…… 정말 미안해, 시스티. 여러 가지로…… 나 때문에……. 설마 시스티가 그런 말을 꺼내자마자 이렇게 될 줄은…….'

"너, 너는 딱히 잘못한 거 없잖아! 자, 잘못은 전부 널 이용해서 용돈이나 벌려는 선생님한테 있으니까!"

"아, 아무튼! 선생님! 당신의 음흉한 목적은 아무래도 상관없지만! 사람들 앞에서 루미아한테 창피를 주면 제가 가만히 안 있을 거예요! 아시겠어요?!"

'……하긴, 이 녀석이 화를 내는 건 당연해. 소중한 친우를 돈을 벌 구실로 이용해 먹겠다고 했으니…… 이거 참, 난 항상 손해 보는 역할만 맡는구만…….'

글렌은 한숨을 내쉬면서 마치 적을 위협하는 고양이처럼 신경이 곤두선 시스티나를 게슴츠레한 눈으로 내려다볼 수밖에 없었다.

"잘 들으세요, 선생님. 이번 『사교 무도회』에서 출 춤은 실프 왈츠의 1번에서 7번까지예요. 가장 어려운 8번은 곡의 편곡 문제로 빠졌으니까 안심하세요. 이건 어느 유목민족의 전통적인 전투 무용을 기반으로 해서 궁정풍으로 우아한 변화를 주고 완성한 춤인데—."

시스티나는 바로 왼손을 허리에 대고 오른손으로 검지를 꼿꼿하게 세우며 설명을 시작했다.

하지만 글렌은 적당히 흘려들으며 문득 옛 기억을 떠올렸다.

'실프 왈츠······. 왠지 그리운걸.'

그리고 의식이 과거로 돌아갔다.

"······글렌 군. 음악과 춤에는 신비한 힘이 담겨 있어."

글렌의 머릿속에 누군가의 말이 떠올랐다.

지금은 죽고 없는 옛 동료인 하얀 머리카락의 소녀— 제국 궁정 마도사단 특무분실 집행관 넘버 3,《여제》세라 실바스가 곧잘 그런 말을 입에 담았던 기억.

"음악과 춤은 마음을 움직이는 힘이고 마음은 육체를 지탱하는 힘이야. 음악은 무의식적으로 사람의 마음속에 파고드는 성질이 있어. 그래서 음악과 춤의 길에서 궁극에 도달하면 인간의 몸과 마음을 지배할 수도 있다고 해."

남원(南原)의 유목민족인 세라는 그 출신 때문인지 노래와 음악과 춤을 굉장히 좋아하는 소녀라 자주 이렇게 열변을 토할 때가 많았다.

"그걸 전문적으로 다루는 마술도 있을 정도라구. 음악과 춤으로 인간의 마음에 호소하는 마술은 의외로 역사가 깊어서 우리 선조님은 물론이고 고대에도 존재했던 전통적인 마술인데…… 즉, 그만큼 굉장하다는 뜻이야. 그러니까……."

매번 같은 말을 들어서 귀에 딱지가 생긴 글렌이 적당히 흘려듣자 열변을 토하던 세라가 갑자기 뺨을 부풀리더니—.

"……좀 더 성실히 연습하자구! 글렌 군!"

바닥에 드러누워서 딴청을 피우는 글렌에게 설교를 시작했다.

"이번에는 사교계에 잠입하는 임무잖아?! 나랑 글렌 군이 젊은 귀족 부부 역할을 맡기로 했잖아?! 그런데 춤도 제대로 못 추면 의심을 받을 거야!"

"……하지만 귀찮은걸."

글렌은 완전히 화가 난 세라를 성가신 표정으로 올려다보았다.

"아니, 너 사실은 이번 사교 모임에서 채택된 댄스가 실프 왈츠니까 춰보고 싶어서 분발하는 거 아니야?"

"하윽……."

적당히 넘겨짚어 본 건데 정곡을 찌른 모양이었다.

마치 누나처럼 설교하던 세라의 기세가 아주 조금 약해졌다.

"으으…… 그게…… 눈치챘어?"

"뭐, 대충은. 실프 왈츠라면…… 분명 원래는 너희 부족에서 예부터 전해 내려온 전투 무용이었지?"

"아하하…… 응, 맞아. 왠지 그리워져서……."

사실 세라는 레자리아 왕국의 종교 청화 성책 내문에 고향에서 쫓겨난 남원의 긍지 높은 유목민, 고귀한 피를 이은 실바스 일족을 이끄는 족장의 딸. 즉, 유력 씨족의 아가씨였다. 이래 보여도 꽤 신분이 높은 여성인 것이다.

그녀의 일족은 레자리아 왕국의 성당 기사단을 피해 각지로 흩어졌지만, 세라는 언젠가 일족을 다시 모아서 고향으로 돌아갈 날을 꿈꾸며 싸우고 있었다.

"곡이랑 안무는 궁정 무용이 되면서 많이 바뀌었지만…… 역시 실프 왈츠…… 아니, 『위대한 바람 정령의 춤』을 추는 건 기뻤거든……."

"나 원 참…… 춤이라면 추고 싶을 때 추면 되잖아."

"으으…… 글렌 군은 뭘 모른다니까. 『바일레 델 비엔토』는 위대한 바람의 정령님과 교신하는 특별하고 신성한 춤이야. 전무녀(戰巫女)인 나도 함부로 추면 안 되는 춤이라구!"

"그래? 난 잘 모르겠는데……."

"응. 『바일레 델 비엔토』에는 여덟 가지의 형(型)이 있는데 제1 연무부터 제7 연무까지는 정령님이 전장에 나서는 전사의 용기를 북돋워 주거나, 죽음의 공포를 잊게 해주거나, 통각을 마비시키거나, 싸우는 기쁨을 증폭시키는 마(魔)의 춤. 그리고 마지막 제8 연무는 그때까지 육체에 내린 마의 가호를 정화하는 신성한 춤…… 전장의 고양감과 광기에서 마음을 지키기 위한 춤이야. 이걸 게을리하면 이성을 잃은 광전사가 되고 마니까……."

"예~ 예~. 진짜 알아봤자 의미도 없는 토막 상식이었네요. 아니, 그보다 남원어(語) 짜증 나."

"아, 맞아! 실프 왈츠를 연습하는 김에 글렌 군에게 『바일레 델 비엔토』를 가르쳐줄게! 전부!"

"뭐?! 갑자기 그건 또 왜?!"

"후훗…… 그야 『바일레 델 비엔토』도 실프 왈츠처럼 파트너가 필요한 춤이니까. 서로에게 몸과 영혼을 맡기고 마음을 하나로 합칠 수 있는 유일무이의 파트너가……."

"그게 뭔 소리야! 에잇, 누가 그딴 귀찮은 짓을 할까 보—."

"자, 그만 일어나! 글렌 군! 에헤헤…… 먼저 이렇게 내 팔을 잡고 발은…… 응, 응. 그렇게. 그리고 이렇게 회전하는 것처럼……."

"으악! 나, 날 붕붕 돌리지 마! 눈이 핑핑 돈다고! 잠깐만, 빨라! 빠르다니까! 좀 천천히—."

"듣 고 계 세 요?!"

그리운 추억에 잠겼던 글렌은 시스티나의 화가 난 목소리를 듣고 현실로 돌아왔다.

"……아, 응? 뭐랬더라?"

"그러니까…… 실프 왈츠는 엄청 어려운 댄스라구요! 그리고 기본 스텝을 밟는 법은 방금 제가 설명한 것처럼……."

"아~ 그래, 그래. 거기까지 말했었지."

글렌이 계속 성의 없는 태도를 보이자 시스티나의 표정이 한층 더 뾰로통해졌다.

"으으으…… 진짜 제대로 들으신 거예요? 실프 왈츠라구요? 그 노블 왈츠나 퍼스트 스텝보다 훨씬 더 어려운 댄스라니까요?"

"예~ 예~. 잘 알고말고요."

"루미아를 위해서 제가 완전 초짜인 선생님께 기초부터 가르쳐드리려는 거니까 좀 더 성실하게…… 어라? 뭐, 뭐가 그렇게 우스우신 거죠?"

시스티나는 갑자기 쿡쿡 웃기 시작한 글렌의 모습을 의아하게 여겼다.

"아니, 뭐…… 이번만큼은 네 건방진 콧대를 꺾어줄 수 있겠구나 싶어서."

"예?"

그리고 글렌이 묘한 말을 꺼내자 눈을 휘둥그레 떴다.

"괜찮아. 걱정하지 말라고. 실프 왈츠였지? 본격적인 무용 경기대회라면 또 모를까 학생 수준의 소꿉장난 같은 대회에서 내가 질 리 없지."

묘하게 자신만만한 태도에 시스티나는 약간 울컥했다.

"자, 자신감이 아주 넘치시네요? 그럼 어디 솜씨 좀 볼 수 있을까요?"

그렇게 말하며 글렌에게 손을 내밀었다.

사교계에서 상대에게 댄스 파트너가 되어달라고 요구하는 동작이었다.

"시험 삼아 절 에스코트해보세요."

"칫…… 성가시구만 진짜."

퇴로가 막힌 글렌은 어쩔 수 없이 자신의 실력을 증명하기 위해 시스티나와 춤을 한 곡 추기로 했다.

"시스티~ 선생님~. 준비는 다 되셨어요? 시작할게요~."

안뜰 한켠에서 루미아는 축음기에 원반형 레코드를 얹고 그 위에 바늘을 올렸다.

그러자 축음기 위에 달린 나팔관에서 실프 왈츠용 곡인 『교향곡 실피드 제1번』이 흘러나왔다.

웅대하고 우아한 오케스트라인 동시에 왠지 모를 이국적인 향취가 느껴지는 곡조였다.

여기에 대응하는 댄스는 당연히 실프 왈츠 1번. 여덟 가지 형이 존재하는 실프 왈츠 중 가장 기초적인 댄스였지만 그래도 초보자가 추기에는 무척 어려운 춤이었다.

시스티나는 자신의 눈앞에 서 있는 글렌을 바라보았다.

그는 의욕 없이 온몸에서 힘을 전부 뺀 채 하품을 하고 있었다.

'흥. 어디 두고 보세요. 휘둘리다가 넘어져도 전 몰라요!'

시스티나는 그런 글렌의 모습을 보고 의기양양하게 웃었

다. 사실 그녀는 댄스에 자신이 있었다. 어릴 때부터 배우기도 했고 실제로 사교계에 얼굴을 내민 적도 있었으니까.

'선생님한테는 늘 당하기만 했지만…… 이번만큼은 제가 이겼어요!'

이미 시스티나는 자신이 뭘 하고 싶은 건지조차 모르는 상태였다.

애당초 그녀는 루미아에게 글렌의 파트너가 되라고 권하는 입장이었고, 지금은 그 목적을 달성한 상황이었다. 중간에 루미아가 말을 돌리는 바람에 오히려 자신이 글렌에게 파트너 신청을 할 뻔한 분위기가 된 적도 있었지만…… 파트너라면 딱히 글렌이 아니더라도 상관없었을 터……

루미아는 마치 자신이 글렌을 빼앗은 것 같은 상황이 되자 빈번히 사과했지만…… 그런 건 딱히 큰 문제가 되지 않았을 터였다.

하지만 글렌과 루미아가 앞으로 사교 무도회 당일까지 사이좋게 댄스 연습을 하거나, 사교 무도회에서 친밀하게 춤을 출 거라는 사실을 새삼스럽게 인식하자―.

어쩐지 무척 방해하고 싶어졌다. 이유는 잘 모르겠지만.

뭐, 그건 그렇다 치고 평소 행실이 엉망진창인 글렌의 콧대를 꺾어놓기에는 마침 좋은 기회였다.

'자, 그럼 어디 한 번 솜씨를 봐 드릴게요. 선생님♪'

전주가 끝나자 시스티나는 세련되고 우아한 동작으로, 글렌은 축 늘어진 채 의욕 없는 동작으로 의례상 서로에게 인사를 하고 다가가 손을 맞잡았다.

그리고 곡에 맞춰서 마침내 댄스가 시작된 순간—.

"……윽?!"

갑자기 글렌이 거칠게 시스티나의 몸을 끌어당겼다.

조금 전까지의 의욕 없는 모습에서는 상상도 못 할 정도로……

"……간다."

글렌은 당황한 시스티나를 힘차게 리드하며 스텝을 밟았다.

그리고 온몸을 생동감 있게 움직이면서 춤을 추기 시작했다.

"아……."

시스티나의 몸을 강하게 끌어당기는 글렌의 팔.

마치 큰 썰물에 휘말려든 것 같은 강렬한 에스코트.

형식을 파괴하는 카운트로 샤세#1, 완급의 낙차가 큰 퀵스텝, 폭풍 같은 스핀.

터무니없는 각도의 스웨이#2 때문에 휙휙 바뀌는 시야.

거친 탭 소리와 심장 소리가 공명하자 글렌은 갑자기 힐턴으로 시스티나의 몸을 한 바퀴 회전시켰다.

"잠깐만요……. 선생님…… 잠깐……."

호흡이 따라가질 못한 시스티나가 견디지 못하고 품에서

#1 샤세 댄스 용어. 3보의 스텝으로 빙하는 ▨▨을 가리킨다.
#2 스웨이 댄스 용어. 몸을 일직선으로 유지한 채 약간 경사지게 하는 자세를 뜻함.

달아나려 했지만 글렌은 단단히 붙잡고 놔주지 않았다. 그녀는 그저 글렌의 댄스에 농락당할 수밖에 없었다.

라이즈 앤 폴로 흔들리는 시야 속에서 시스티나의 의식이 새하얗게 물들기 시작했다.

이어지는 리버스 롤. 거친 어크로스에 시스티나가 발을 헛디디자 글렌이 남자답고 힘차게 몸을 끌어안아서 넘어지는 걸 막아주었다.

그리고 댄스는 계속되었다. 뜨겁게, 뜨겁게. 한없이 정열적이고 뜨겁게—.

그런 두 사람의 댄스를 본 루미아는 눈을 휘둥그레 뜨며 숨을 삼켰다.

"야, 저, 저기 좀 봐……."

"굉장해! 저건 또 뭐야?!"

물론 댄스 연습 중이던 다른 학생들도 잇따라 글렌과 시스티나를 주목하기 시작했다.

"저게…… 정말로 실프 왈츠인가요?"

"일단 안무는 실프 왈츠가 맞군. 묘하게 거칠지만……."

"우, 우아함은 부족하지만…… 열기가 충만하다고 해야 할지……."

"뭐, 뭐지?! 어째선지 눈을 뗄 수가 없어!"

시스티나의 몸을 이리저리 휘두르는 글렌의 댄스는 언뜻 보기에는 엉망진창 같았지만, 우아하고 깔끔한 궁정 무용에는 없는 이국적인 독특함과 야성적인 생명력이 흘러넘치고 있었다.

'뭐, 뭐야 이게? 난 이런 실프 왈츠는 모른다구!'

당사자인 시스티나는 도저히 견딜 수가 없었다.

'겨, 격렬해! 숨이 답답해! 눈이 핑핑 돌아! 피가…… 몸이 뜨거워! 영혼이 떨고 있어! 강제로 감정이 고조되는 기분……!'

한시라도 빨리 이런 파격적인 댄스는 그만두고 싶었지만…… 도저히 그만둘 수 없었다.

그만하라고 외치며 글렌의 몸을 밀쳐버리고 싶었지만…… 무리였다.

어째선지 모르겠지만 이대로 끝까지 몸과 마음을 맡기고 싶다는 기분이 들었다.

'……대, 대체 뭐냐구! 이게! 세상에 이런……!'

정열적인 글렌의 댄스에 시스티나의 사고가 점점 뜨겁게 달아오르고 몽롱해졌다. 땀이 구슬처럼 튀었다.

이윽고 곡이 가경에 접어들자―.

텅!

넋을 잃은 학생들 앞에서 글렌은 마침내 힘차게 댄스의 마무리를 지었다.

"하아…… 하아…… 하아……."

동요하는 심장. 달아오른 피부. 뜨거운 숨결.

무척 기분 좋은 피로감과 고양심에 휩싸인 시스티나는,

마무리를 취한 자세 그대로 마치 꿈을 꾸는 듯한 황홀한 표정을 하고 글렌에게 몸을 맡겼다.

짝! 짝! 짝짝짝짝짝!

구경하던 학생들은 자연스럽게 손뼉을 치기 시작했다.

"흐흥~. 어때? 나도 제법이지?"

"~~~~?!"

그리고 글렌이 귓가에서 그렇게 속삭이자 제정신으로 돌아온 시스티나는 황급히 글렌의 품에서 물러났다.

온몸이 뜨겁고 짜릿했다. 글렌에게서 떨어진 순간, 더는 얼버무릴 수 없을 정도로 그와 떨어지고 싶지 않았다는 자신의 진심을 자각한 시스티나의 얼굴이 한층 더 새빨갛게 물들었다.

"옛 동료 중에 댄스에 까다로운 녀석이 있었거든. 그 녀석에게 엄청 시달린 덕분에 나도 댄스에는 조금 자신이 있어. 의외지?"

글렌은 마치 이 순간을 기다렸다는 것처럼 의기양양하게 웃었다.

물론 시스티나는 입도 뻥끗할 수 없었다.

"그 동료분…… 혹시 남원 출신이신가요?"

"응? 용케도 알았구나, 루미아."

"예. 선생님의 댄스는 귀족의 댄스라기보단 그 원형……
남원의 유목민족 사이에 내려오는 전통춤 같은 느낌이었으니까요."

"오, 정답이다. 어느 일족의 정령 무용인 『바일레 델 비엔토』를 귀족의 유흥용으로 간략하게 바꾼 게 실프 왈츠거든. 『바일레 델 비엔토』를 정식으로 배운 내가 보기에 실프 왈츠 같은 건 너무 간단해서 하품이 나올 정도야."

"으, 으으……."

시스티나는 분한 나머지 주먹과 어깨를 부들부들 떨 수밖에 없었다.

"응. 글렌은 아직 멀었어. 너무 어설퍼. 이번에는 내가 상대가 돼줄게."

그리고 그런 글렌과 시스티나를 물끄러미 쳐다보던 리엘이 자신도 질 수 없다는 듯 글렌의 손을 잡았다.

"오, 자신만만한데? 리엘. 네가 댄스를 출 줄 안다는 건 예상 밖이다만…… 훗, 과연 내 움직임을 따라올 수우우오오아아아아아아아아아아아악~!?"

하지만 아무래도 리엘은 두 사람이 대련을 했다고 착각한 모양인지 그대로 글렌의 몸을 성대하게 내던져 버렸다.

"꺄악! 선생님?! 얘! 리엘! 사람을 던지면 못 써!"

"……안 돼?"

글렌 일행이 평소와 다름없이 떠들썩한 한편—.

"으이…… 느닷없이 강력한 우승 후보가 등장했는걸……."

"큭…… 우리도 질 수는 없지! 연습에 전념할 뿐!"

"그, 그래! 난 사랑하는 그녀에게 『호브 드 라 페』를 입게 해주겠다고 맹세했다고!"

이미 파트너가 있는 승리자들은 글렌에게 대항심을 불태웠고—.

"""죽어라, 강사. 자비는 없다."""

아직도 파트너를 찾지 못한 패배자들은 글렌에게 저주를 퍼부었다.

"아야야…… 리엘, 요 녀석이 진짜…… 뭐, 아무렴 어때. 어서 연습 시작하자, 루미아."

"아…… 예! 그런데…… 선생님께서 진심으로 추시면 전 분명 못 따라갈 테니 조금만 더 부드럽게 해주세요."

"걱정하지 마. 조금 전에는 나도 좀 지나쳤다고 생각한 참이니까."

이렇게 해서 글렌과 루미아가 손을 맞잡고 댄스 연습을 시작했다.

글렌의 움직임은 여전히 정열적이고 거칠었지만 이번에는 파트너를 배려해선지 그나마 얌전한 편이었다.

한편, 루미아도 처음에는 파격적인 글렌의 댄스에 당황했으나 곧 타이밍을 파악하고 글렌과 호흡을 맞추기 시작했다.

"""오오……"""

그러자 주위에서 감탄성이 터져 나왔다.

이렇게 보니 역시 전 왕족답다고 해야 할지, 루미아의 댄스 솜씨도 상당했다.

자기주장이 강한 글렌의 움직임에 맞춰서 와일드한 매력을 한층 더 돋보이게 해주는 절묘한 발놀림과 안무. 정열적인 글렌의 댄스에 부족한 우아함과 기품을 루미아가 보조해주는 모습은 그야말로 비익연리(比翼連理)라는 말이 딱 어울렸다.

틀림없이 상성이 좋은 조합인 것이리라.

"……좋겠다. 댄스? ……즐거워 보여. 난 잘 모르겠지만."

그렇게 중얼거리는 리엘 옆에서 시스티나는 뭐라 형언할 수 없는 심경으로 글렌와 루미아의 댄스를 지켜보았다.

왠지 직감적으로 느끼고 말았다.

'……아마 선생님과 루미아라면…… 우승하겠지……'

학생 수준에서 저 정도의 영역에 도달한 커플은 틀림없이 존재하지 않으리라.

그렇다는 건 올해는 저 두 사람이 우승해서 루미아가 『호브 드 라 페』를 입고…… 마지막으로 글렌과 춤을 출 것이다. 즐겁고 행복하게…….

'딱히 상관없지만…… 루미아는 선생님을 잘 따르니까. 나도 처음에는 그렇게 권했고…… 그런데 어째설까? 왠지…… 가슴이 답답해…….'

시스티나가 원인 불명의 석연찮은 기분에 사로잡혀 있자―.

"……시스티나, 기운 없어 보여. ……왜?"

"아."

리엘이 졸린 표정으로 자신에게 말을 거는 것을 보고 갑자기 머릿속에서 번뜩였다.

"맞아, 리엘. ……저기…… 우리 둘이서 선생님과 루미아를 깜짝 놀라게 해주지 않을래?"

"……?"

그날 늦은 밤.

글렌은 페지테의 모처— 남쪽 지역의 교외에 있는 창고 거리로 몰래 이동했다.

솔직히 내키지는 않았지만 어쩔 수 없었다.

'……지정된 장소는…… 여기인가.'

사람의 눈을 피하여 걷던 글렌은 쭉 늘어서 있는 목조 창고 중 하나 앞에 멈춰 섰다.

그러자 무거운 마찰음을 내며 창고 문이 저절로 열렸고 글렌은 그 틈 사이로 몸을 비집고 들어갔다.

뒤에서 문이 자동으로 닫히는 것도 개의치 않고 사방에 나무 상자가 빼곡하게 쌓인 창고 안으로 걸어갔다. 저벅, 저벅, 저벅 하고 바닥을 두드리는 메마른 발소리가 울려 퍼졌다.

창고 안쪽에 쌓인 나무 상자가 작은 방처럼 공간을 형성했고 그 안에는 이미 몇 명의 선객이 있었다. 랜턴의 빛으로 어둠속에서 모습을 드러낸 그들은—

"왔구나! 글렌 도령!"

그중 노인인데도 굉장히 체격이 좋고 근육도 우락부락한
데다 파릇파릇한 정기가 흘러넘치는 남자가 글렌을 보자마
자 손을 들고 호탕하게 웃었다. 연령에 어울리는 관록이 넘
치는 얼굴이었지만 웃으면 신기하게도 개구쟁이 같은 애교
가 있었다.

"오랜만이구만! 잘 지냈냐? 응?"

"……영감탱이…… 《은둔자》버나드……. 참 나, 당신은 여
전하군."

글렌은 거북한 표정으로 노인에게 대답했다.

마도사의 예복을 입은 이 노인은 제국 궁정 마도사단 특
무분실의 집행관 넘버 9 《은둔자》버나드 제스터. 특무분실
의 고참 마도사인 역전의 베테랑이었다. 궁정 마도사단에서
도 손꼽히는 괴짜이자, 글렌이 군에 있을 때 싸우는 법을
가르친 스승이기도 했다.

"건강해 보이셔서 다행이네요. 글렌 선배."

또 다른 인물— 높이 쌓인 나무 상자 위에 앉은 소년이
희미하게 웃었다. 차분한 분위기와 상쾌한 미모가 특징인
미소년이었다. 세상사에 달관한 듯한 눈동자와 표정이 어른
스러운 인상을 줬지만, 실제 나이는 글렌의 제자들과 한두
살 정도밖에 차이가 나지 않는 이 소년의 정체는—.

"크리스토프……. 너도 온 거냐."

버나드와 마찬가지로 특무분실의 집행관 넘버 5인《법황》크리스토프 프라울. 결계 계통의 마술에 관해서는 궁정 마도사 중에서도 견줄 자가 없다고 알려진 젊은 마도사였다.

"……글렌. 늦었어."

그리고 바닥에는 마도사의 예복을 입은《전차》리엘이 무릎을 모은 채 쪼그려 앉아 있었다.

"……."

오른쪽 벽에 등을 기댄 채로 팔짱을 끼고 명상 중인 건《별》의 알베르트.

과거에 글렌이 특무분실의 집행관 넘버 0인《광대》로 활동하던 시절에 특히 많은 임무를 함께한 동료들이 이 창고 안에 모여 있었다.

글렌이 옛 동료들이 모여 있는 앞에서 무슨 말을 꺼내야 좋을지 몰라 어물거리고 있자—

"……선배. 이번 일은 정말 죄송하게 됐습니다."

크리스토프가 먼저 미안한 얼굴로 사과했다.

"아, 미안하다. 글렌 도령. 설마 위에서 이런 황당무계한 작전이 내려올 줄이야. 우리도 처음에는 믿을 수가 없더구만. 정말 군 상부는 대체 무슨 생각을 하는 겐지……."

버나드 역시 겸연쩍은 듯 인상을 찡그렸다.

"게다가 이미 군에서 나간 선배를 특례 조항까지 써서 강제로 동원할 줄은……. 선배도 틀림없이 화가 나셨겠지요,

하지만 현재 다른 특무분실 멤버는 각자 중요한 임무를 맡고 있는 중입니다. 지금 저희들에게는 인력이 부족해요."

"이번만 자네의 힘을 빌려다오. 이렇게 부탁하마. 응?"

크리스토프와 버나드의 말을 들은 글렌은 예상과 다른 반응에 눈을 크게 떴다.

"너희는…… 제멋대로 군을 빠져나온 나한테 화가 나지도 않아?"

글렌이 그렇게 말하자 버나드와 크리스토프는 잠시 침묵했다.

"……뭐, 그 점에 관해선 알 도령이 우리 몫까지 매듭을 지어줬다고 들었다만?"

버나드는 씨익 웃으며 자신의 턱을 주먹으로 툭툭 두드렸다.

"굳이 말하자면…… 확실히 괴로운 일을 겪었으니 아직 젊은 자네로선 어쩔 수 없었겠지만…… 혼자서 전부 끌어안고 망가지기 전에 한 마디쯤 상담해줬으면 싶었지."

그러자 크리스토프도 대화에 끼어들었다.

"확실히 특무분실의 멤버 중에는 지금도 선배를 나쁘게 말하는 사람이 있어요. 저도 선배에게 하고 싶은 말이 전혀 없는 건 아니고요."

내용과는 반대로 크리스토프의 표정은 무척 온화했다.

"하지만, 그래도 선배는…… 우리와 함께 수많은 수라장을 거쳐 온 동료니까요. 누군가를 지키기 위해 그 누구보다도 몸 바쳐 싸웠던 그 시절의 선배를…… 전 믿고 있습니다."

"……그래. ……그게…… 뭐시냐…… 정말로 미안했다."

글렌은 그런 최악의 짓을 저질렀는데도 아직도 이렇게 대해주는 옛 전우들에게 뒤늦은 죄책감을 느꼈다.

"자, 그럼…… 친목을 다지는 건 그쯤하고 본론으로 들어가자."

안쪽에 있는 테이블 위에 앉아 일동의 대화를 구경거리처럼 관찰하던 《마술사》 이브가 손뼉을 치며 주의를 환기했다.

"……뭘 할 건데? 이브."

지금까지 아무 말도 못 들은 모양인 리엘이 작은 목소리로 물어보았다.

"후훗, 괜찮아. 리엘. 당신은 아무런 생각도 하지 마. 어차피 들어봤자 모를 테니까. 내가 하라는 대로만 하면 돼. ……알겠지?"

"……응. 알았어. 이브가 하라는 대로 할게."

이브는 뭔가 말하고 싶은 듯한 글렌을 무시하고 회의를 시작했다.

이번 사교 무도회에서 루미아를 호위하는 임무의 작전 회의였다.

"그럼 시작할게. 먼저 이번 임무의 개요부터 확인하자. 짧게 말하면 이번 임무의 내용은 모레 열리는 알자노 제국 마술학원의 사교 무도회에 편승해서 쌍녀의 암살을 노리는 직

조직의 계획을 저지하고 놈들의 주모자를 생포할 것. 이걸로 끝이야."

들으면 들을수록 무모한 작전이었다.

군 상부와 이브가 이런 명령을 내리는 건 예전에도 마찬가지였지만 이번에는 한층 더 심했다.

"현시점까지의 질문은?"

"그야 넘치고도 남지. 놈들이 자폭 테러나, 특공이나, 무차별 살인을 저지르면 어쩔 건데? 전부를 지키는 건 무리야. 역시 난 학교에 정보를 흘려서 사교 무도회를 중지할 것을 제안하겠어."

바로 글렌이 물고 늘어졌다.

"……괜찮아. 그건."

하지만 이브는 여유 있게 일축했다.

"어째서?"

"이번 적은 어디까지나 『암살』을 고집할 수밖에 없어. 이번 계획은 적 조직 전체의 의향이 아니라 극히 일부에 불과한 『급진파』의 폭주…… 진범이 명백히 드러나는 살해 방법을 동원했다간 조직의 의향을 거슬렀다는 명목으로 『급진파』 전체가 숙청당할지도 몰라. 그러니 증거가 남지 않도록 은밀히 진행할 수밖에 없겠지."

"……그래서 『암살』을 고집할 거라는 건가."

"주모자가 조직의 내부인 어뎁터스 오더인 이상 틀림없

어. 그들은 이번만큼은 예외적으로 관계없는 사람들에게 손을 대지 않을 거야. 그러니 우리는 오히려 그 점을 이용해서 학교를 사냥터로 삼을 수 있는 거지. 안심했어, 글렌?"

이브가 도발하는 것처럼 말하자 글렌의 관자놀이가 꿈틀거렸다.

바로 둘 사이의 분위기가 험악해졌다.

"······적의 전력은?"

"내가 수집한 정보에 따르면 어뎁터스 오더가 하나. 그리고 그 밑의 제1단《문》이 셋······ 총 네 명이야. 우리 여섯 명이 대처하기에는 충분하고도 남아."

"······확실하겠지?"

"어라? 내 정보가 언제 틀린 적 있었어?"

"······."

글렌은 입을 다물 수밖에 없었다.

"납득해준 모양이네. 당연히 이번에 가장 경계해야 할 대상은 어뎁터스 오더······ 주모자인 외도 마술사인데 이번에는 별명과 이름이 판명됐어. 다들 잘 아는 이름일 텐데······ 《마(魔)의 오른손》 자이드. 그자가 우리의 이번 적이야."

그 이름이 나온 순간 글렌은 눈을 부릅떴고, 알베르트는 표정이 날카로워졌으며, 버나드는 신음을 흘렸다.

"진짜냐······. 그《마의 오른손》이 나설 줄이야······. 이거 참, 골치 아프게 됐군."

"《마의 오른손》 자이드······ 확실히 악명 높은 인물이야. 주로 퍼레이드, 연설장, 파티 회장 같은 사람이 많이 모인 장소에서 아무도 눈치채지 못하는 사이에 표적을 처리하는 암살 특화의 외도 마술사. 직접적인 살해 수단은 척살, 교살, 박살······ 이유는 모르겠지만 패턴은 일정하지 않아. 지금까지도 제국 정부의 요인이, 몇 명이나 호위와 경비가 지키고 있는 와중에도 허무하게 《마의 오른손》에게 살해당했지."

"······큭!"

"암살 방법은 아직도 베일에 싸여있지만······ 전혀 문제 될 건 없어. 왜냐 하면······ 이번에는 바로 이 내가 있으니까."

그렇게 말한 이브는 주문을 영창하며 왼손을 들었다.

그 손에 불꽃이 피어올랐다.

"시크릿【이라의 불꽃】. 일정 영역 안에서 인간의 어두운 감정······ 특히 살의와 악의를 불꽃의 일렁임으로 시각화해서 찾아내는 탐색 마술. 누군가를 해하려 할 때 살의와 악의를 품지 않고 실행에 옮기는 인간은 이 세상에 존재하지 않아. 마치 기계처럼 살의를 억누를 수 있는 암살자도 실행에 옮기기 직전에는 반드시 머리카락 한 올 만큼이라도 살의를 노출하기 마련······. 내 불꽃은 결코 그걸 놓치지 않아. 인간의 감정을 생체 화학 반응의 산물로 본다면······ 그건 어차피 열을 지배하는 내 영역이니까."

"······."

"이 마술을 미리 내 【제7원】과 다중 발동으로 무도회장에 펼쳐둘 거야. 이번 암살자가 왕녀를 살해하려고 살의를 품은 순간, 내 불꽃이 그자를 단숨에 확실하게 처분하겠지. ……죽이지도 않고."

"켁…… 정말로 그런 일이 가능하겠냐?"

의심하는 것처럼 말했지만…… 글렌도 이미 알고 있었다.

아마 이브 이그나이트라면 가능할 것이라고…….

실제로 글렌이 군에 있을 때도 하늘의 지혜연구회 소속의 외도 마술사가 계획한 정부 고관 암살 사건을 이브가 그 시크릿으로 몇 번이나 미수에 그치게 한 적이 있었다.

시크릿의 영역 안에 있는 이브는 그야말로 무적. 최강의 마술사였다.

그 사실을 잘 알고 있기에 씁쓸한 표정을 지을 수밖에 없는 글렌을 본 이브가 기쁜 미소를 지었다.

"내 【이라의 불꽃】과 【제7원】은 사교 무도회장을 전부 커버할 수 있어."

"즉, 무도회장 안에 있는 한…… 루미아는 더없이 안전하다고 말하고 싶은 거냐?"

"그래, 맞아. 하지만 적들도 바보는 아니야. 이번 계획에 내가 개입했다는 정보를 사전에 입수하고 대책을 세웠겠지. 『왕녀가 내 영역 안에 있는 한 암살은 불가능』…… 그렇다면 마술의 영역을 벗어나 구…… 왕녀가 반드시 사교 무도회장 밖으로 나가야만 하는 구실을 만들려고 들 거야. 그러니까……."

그리고 이브는 자신이 입안한 작전을 담담하게 설명했다.

테이블 위에 펼친 무도회장의 지도를 가리키면서 적이 공격해올 예측 지점과, 모든 상황에 대비한 온갖 대책과 명령을 이 자리에 모인 멤버들에게 전했다.

일단 루미아는 이브의 시크릿 지배 영역에 둬서 안전을 확보.

그리고 만약을 위해 글렌과 리엘이 무도회장 안에 있는 루미아 근처에서 대기.

외부의 위협은 알베르트, 버나드, 크리스토프가 대응하는 구도였다.

"허허, 변함없이 멋진 작전이구만. 이브 양."

"예, 이거라면…… 왕녀의 안전을 최대한 확보하면서 최고의 효율로 적을 사로잡을 수 있겠네요."

이브의 설명이 일단 마무리되자 버나드와 크리스토프가 감탄했다.

"……어때? 글렌. 당신은 입만 열면 바보처럼 관계없는 인간을 끌어들일지도 모르니까 그만두라는 말밖에 할 줄 모르지만…… 의외로 간단하지? 『암살』밖에 방법이 없다는 걸 알면 대처하는 건 의외로 쉬워."

"……."

글렌은 분한 얼굴로 입을 다물 수밖에 없었다.

"호랑이를 잡으려면 호랑이굴로 들어가라는 동방의 속담이 있어. 우리의 싸움도 이미 그런 단계에 접어들었다는 걸 명심해."

글렌은 이브의 말에 반론할 수 없었다. 실제로 그녀의 말대로였기 때문이다.

이브, 알베르트, 버나드, 크리스토프, 리엘…… 그리고 일단 글렌. 적이 고작 네 명으로 이 포진을 돌파하고 루미아의 『암살』을 노리는 건 그야말로 미친 짓이었다.

불가능하다. 글렌의 냉정한 이성이 그렇게 말했다.

이런 완벽한 작전을 제시했으니 조금이라도 적의 정보를 얻고 싶어 하는 군 상부는 강력하게 추진할 수밖에 없었으리라. 여왕 폐하도 거부할 수 없었으리라. 국가 최고 원수는 타도해야 할 적과 이길 수 있는 적에게 약한 태도를 보일 수 없기 마련이므로…….

'그런데 뭐지? 이 불안감은? 대체 뭐냐고. 내가 뭔가 놓친 게 있는 건가?'

글렌은 완벽하다고 호언장담하는 이브 앞에서 일말의 불안감에 사로잡혔다.

글렌은 테이블을 손으로 짚고 지도와 요격 배치도와 예상되는 적의 공격 루트를 계속 노려보았다.

그 《마의 오른손》 자이드가 과연 어떤 암살 수단을 동원할지는 몰라도 확실히 이브의 마술에는 빈틈이 없었다. 정보가 옳다면 이쪽의 전력도 충분했다. 글렌이 이 작전의 약점과 모순을 지적하지 못한다면 이대로 결행될 것이 틀림없었다.

'……제기랄!'

글렌이 분한 나머지 이를 악문…… 순간—.

"……네가 불안해하는 건 이해한다."

지금까지 벽에 등을 기댄 채 팔짱을 끼고 입을 다물었던 알베르트가 작은 목소리로 말했다.

"하지만 주사위는 던져졌다. 넌 내키지 않겠지만 이젠 돌이킬 수 없어. 남은 건 완벽한 최고의 결과를 쟁취하는 것뿐. 하지만 약속하마. 난 쉽게 타협하지 않고 최선을 다하겠다고. 네가 지키고 싶은 것을 나 역시 지키겠다고. ……이 목숨과 바꿔서라도."

"알베르트…… 너……?"

옛날부터 아니꼬웠던 전우의 예상치 못한 발언에 글렌은 한순간 넋을 잃었다.

하지만 곧 잠시나마 느꼈던 믿음직함을 떨쳐내려는 듯 고개를 흔들며 시선을 피했다.

"칫…… 네가 이제 와서 그런 말을 할 자격이 있어? 앙?"

"……없군."

"알고 있으면 입으로만 떠들지 말고 행동으로 보여. ……똑똑히 기억해둬. 루미아나 학생들에게 무슨 일이 생기기만 해봐. 이브 다음은 너다."

"알았다. 그때는 마음대로 해."

그렇게 완전히 싸우기 일보 직전 같은 기세로 쏘아붙인 글렌과 알베르트는 마치 불구대천의 원수처럼 서로에게서 등을 돌렸다.

버나드와 크리스토프는 그런 두 사람을 보고 못 말리겠다는 듯 어깨를 으쓱이며 쓴웃음을 흘렸고, 리엘은 꾸벅꾸벅 졸고 있었다.

작전 회의의 밤은 그렇게 깊어져 갔다.

한편, 페지테 모처에 있는 어두운 지하묘지 안쪽에는 이틀 후에 열릴 사교 무도회를 대비해서 도시 안으로 잠입한 하늘의 지혜연구회 멤버들이 모여 있었다.

"……잠깐, 자이드. 정말로 『암살』이 가능하겠어? 이런 작전으로."

"가능해요. ……제 명령을 잘 따른다면요."

"흥. ……정말로 특이한 마술이군. 난 아직도 뭐가 뭔지 잘 모르겠어."

"실제로♪ 보지 않으면♪ 분명♪ 분명♪ 다들 그렇게 생각할 거예요☆ 자이드 씨의 암살 방법은~♪ 특별하니까요~♪ 쿡쿡쿡……♪"

"방금 생각 난 선네…… 과연 이길 『암살』이라고 부를 수

나 있나?"

네 개의 검은 그림자가 이번 루미아 암살 계획에 관해 말을 나누고 있었다.

"그런데 《마술사》 이브…… 들으면 들을수록 골치 아픈 시크릿이로군. ……그야말로 『암살자 킬러』야. 정말로 이 녀석을 어떻게 할 수 있는 거겠지?"

"물론이죠. 《마술사》 이브를 돌파할 수단은 있답니다. 아무튼 우리 뒤에는—."

같은 시각.

"……《마의 오른손》 자이드가 나를 돌파하는 건 불가능해."

이브는 작전 회의를 마치고 한산해진 창고 거리를 홀로 걸으면서 혼잣말을 중얼거렸다.

"놈들은 정보를 능숙하게 위장한 모양이지만…… 후훗. 유감이네. 내 눈에는 전부 보이는걸."

사실…… 이브에게는 아직 동료들에게 알리지 않은 정보가 있었다.

그것은—.

"《마의 오른손》 자이드. 당신의 뒤에는 한 사람이 더 있어. ……응, 이미 간파했지."

"……하지만 그 《마술사》 이브라면 바로 저, 《마의 오른

손》자이드 뒤에 숨어 있는 진정한 흑막의 존재를 눈치챘겠
죠……."

"……이미 눈치챈 이상 그들이 나를 돌파하는 건 불가능
해."

"……이미 간파당했기에 비로소 그녀는 우리에게 도달할
수 없을 겁니다."

"……다른 사람의 힘 같은 건 필요 없어. 나는 반드시 뒤
에서 조종하는 진정한 흑막의 꼬리를 잡고 말 거야. ……이
모든 것은 이그나이트 가문을 위해. 이그나이트 가문의 힘
으로."

"……아무리 이그나이트 가문이라고 해도…… 《마술사》
이브라고 해도 절대로 제 뒤에 있는 존재에게는 도달할 수
없을 겁니다."

—기이하게도 적대 세력에 속한 두 사람은 다른 장소에서
완전히 똑같은 타이밍에 동일한 결론을 확신하고…… 이렇
게 독백했다.

"이 승부…… 이기는 건 우리 제국 궁정 마도사단이야."

"이 승부…… 이기는 건 우리 하늘의 지혜연구회입니다."

제3장 사교 무도회의 긴 밤

그날 마술학원의 여자 탈의실은 수많은 여학생들로 북적거렸다.

"우후후…… 마침내 이날이 왔군요."

교복을 벗고 속옷 차림이 된 웬디가 옷 케이스에서 한 벌의 사교 드레스를 꺼내더니, 잡티 하나 없이 깨끗하고 새하얀 피부와 모양 좋은 가슴 계곡과 청초한 신체 곡선을 가리듯 들어 올렸다.

"어때요? 테레사. 제법 격식이 높은 걸로 유명한 오늘의 사교 무도회를 위해…… 저에게 어울리는 멋진 드레스를 준비해왔답니다!"

정열적인 붉은색을 바탕으로 한 아름다운 드레스였다. 입는 사람에게 높은 기량과 화려함과 기품을 요구하는 현격한 난이도의 옷이었지만, 그 세 가지를 높은 수준으로 겸비한 웬디에게는 전혀 문제 될 것이 없었다.

"어머, 좋은 천이네요. 역시 웬디…… 나블레스 공작가의 영애답네요."

테레사는 치마를 바닥으로 스르륵 벗어뜨리고 싱글클 빚

었다. 누가 봐도 여성적이고 기복이 심한 발칙한 육체를 드러내자, 갑갑하게 움츠리고 있던 둥그스름한 두 언덕이 갑작스러운 해방에 놀란 듯 푸딩처럼 탄력 있게 흔들렸다.

"그런데 저는 이런 드레스를 가져왔는데…… 어떤가요?"

테레사는 보라색을 바탕으로 한 어른스러운 분위기의 드레스를 들어 보였다.

"……괴, 굉장하네요. 몇 번을 봐도……."

"어머나, 우후후. 웬디가 그렇게 말해주니 저도 자신감이 생기네요."

"아, 아뇨……. 그쪽이 아니라…… 물론, 그쪽도 굉장하지만……."

"……?"

웬디는 고개를 살짝 갸웃하는 테레사의 어떤 부위를 응시했다.

그 순간—.

"……어머? 린, 그 드레스는……."

테레사가 구석에서 몰래 옷을 갈아입는 린을 재빠르게 발견했다.

"아앗! 보, 보지 마……!"

테레사와 웬디의 시선을 눈치챈 린이 품에 안은 녹색 드레스를 냉큼 숨겼다.

숨기는데 정신이 팔려서 자신이 지금 속옷 차림이라는 걸

잊었는지 작고 매끄러운 등과 삼각천으로 감싸인 귀엽고 둥근 엉덩이가 훤히 드러났다.

"내, 내 드레스는…… 오래된 거라…… 하지만…… 이것밖에 없어서……. 저기…… 웬디나 테레사 같은 부잣집 아가씨가 보기에는……."

"후훗, 그럴 리가요."

"예. 그 드레스에서는 역사가 느껴져요. 분명 린의 어머님이나 할머님…… 선조 대대로 소중히 입어온 드레스겠죠?"

"……흐에……? 두, 둘 다 알아보는구나……. 굉장해……."

"당당하게 있으세요, 린. 그 역사가 곧 긍지니까요. 그 드레스를 우롱하는 인간은 어차피 수준이 그 정도밖에 안 되는 것뿐이에요."

"……고, 고마워……. 웬디……. 테레사……."

린은 수줍게 웃었다.

"그건 그렇고…… 루미아. 시스티나는 어디에 있죠?"

"아…… 저쪽에서 리엘이 옷 갈아입는 걸 도와주고 있어."

루미아는 교복 가슴께에 달린 리본을 풀면서 탈의실 안쪽으로 시선을 던졌다. 이미 벗은 치마를 차곡차곡 개서 바닥에 둔 덕분에, 무심코 뺨을 문지르고 싶어질 정도의 각선미를 자랑하는 맨다리와 그 사이에 있는 하얀 삼각천이 눈부시게 빛나는 것처럼 보였다.

"흐흥, 승부를 내죠. 시스티나! 저와 낭신, 누구의 드레스가 더 격식이 높은지—."

웬디는 평소처럼 일방적인 대항심을 드러내며 시스티나의 모습을 찾아 탈의실 안쪽으로 시선을 돌렸다.

그리고 시스티나를 발견하는 동시에 리엘의 모습이 눈에 들어오자—.

"……어?"

웬디도, 그녀를 따라 시선을 돌린 테레사와 린도 그 광경에 눈을 휘둥그레 뜨면서 굳어버릴 수밖에 없었다.

"참 나, 이놈이고 저놈이고 남의 속도 모르고 들떠 있기는……."

글렌은 학교 서관의 복도와 인접한 남쪽 끝 창가에서 오가는 손님들을 내려다보고 투덜거렸다. 그는 파티용 연미복을 칠칠맞게 대충 입은 차림새였다.

오늘은 마침내 사교 무도회 당일이었다. 사교 무도회가 개최되는 오후 일곱 시가 바로 눈앞까지 다가오자 학교 안은 들뜬 분위기로 시끌벅적했다.

조금 전부터 줄기차게 들어오는 마차 안에서는 이번 사교 무도회에 초대받은 다른 학교의 학생들이나 학교와 인연이 있는 정부의 고관, 귀족 등이 잇따라 모습을 드러냈다.

그들은 학생회 임원들의 에스코트를 받아 학생회관에 있는 살롱으로 이동했다.

'이미 이 학교 부지 안 어딘가에 적이 숨어있어……. 학교의 마도 시큐리티를 어떤 수단으로든 돌파해서…….'

그런 생각이 들자 도저히 침착하게 있을 수가 없었다.

이브는 『적이 암살을 고집할 테니 비관계자들은 안전』하다고 믿어 의심치 않는 모양이지만, 놈들이 얼마나 제정신이 아닌지 뼈저리게 알고 있는 글렌은 도저히 그렇게 낙관시할 수 없었다.

'……세리카가 있었다면…… 믿음직했겠지만…….'

하지만 지금 세리카는 저번 유적 탐사 때 영혼에 입은 대미지가 완전히 낫지 않은 탓에 자택에서 요양 중이었다. 지금 같은 상태로 마술을 썼다간 정말로 목숨이 위험할지도 몰랐다.

'칫…… 없는 건 어쩔 수 없지. 지금 이러고 있을 게 아니라…….'

현재 루미아는 여자 탈의실에서 드레스로 갈아입는 중이었다.

탈의실에는 리엘도 있고, 그 아니꼬운 이브가 어제부터 몰래 원격으로 경호하는 중이었다. 자신보다 리엘과 이브가 훨씬 더 호위에 적합하다는 건 잘 알지만…… 그래도 손이 닿는 곳에 루미아가 없으니 불안해서 견딜 수 없었다.

초조해진 글렌이 여자 탈의실로 가려 하자—.

"오래 기나리셨죠. 신생님."

……한 소녀가 갑자기 글렌 앞에 모습을 드러냈다.

"죄송해요. ……입는 데 조금 시간이 걸려서……."

'……누구지?'

글렌은 한순간 눈앞의 소녀와 루미아의 존재를 연결 지을 수 없었다.

루미아가 입고 있는 옷은 그럭저럭 화려한 편에 연분홍색의 천을 써서 그녀와 잘 어울리는 것 외에는 딱히 큰 특징이 없는 평범한 드레스였다.

하지만 정성껏 묶어 올린 머리카락, 옅은 화장, 알맞게 장식한 액세서리의 선택 센스와 균형 감각이 완벽했다. 이 회심의 코디네이트는 루미아라는 소녀의 아름다움과 매력을 최대로 끌어내서, 평소의 약간 어려보이는 용모에서는 상상도 할 수 없을 정도로 어른스러운 분위기를 자아내게 했다.

지금의 루미아는 어느 사교계에 있어도 이상하지 않은…… 오히려 그런 장소에 상쾌하게 등장하여 모두의 시선을 사로잡을 듯한 훌륭한 숙녀였다.

"후훗…… 선생님도 참. 넥타이가 삐뚤어졌잖아요. ……잠시 실례할게요."

루미아는 싱글벙글 웃으며 글렌에게 다가가 매끄러운 손놀림으로 목깃과 넥타이를 단정하게 바로잡았다.

그 사이에도 글렌의 눈은 루미아의 모습에 못 박혀 있었다. 좋은 향기가 나는 머리카락이 바로 눈앞에서 부드럽게 흔들렸다.

입만 열면 빈정거리는 말이 튀어나오는 글렌도 지금 이 순간만큼은 꿔다 놓은 보릿자루처럼 얌전했다.

"……이걸로 끝. ……어라? 선생님? 왜 그러세요? 저기…… 제 얼굴에 뭐가 묻었나요?"

루미아는 조금 전부터 멍하니 있는 글렌의 모습에 고개를 갸웃거렸다.

"……아니, 아무것도 아니야. 잠깐 넋을 잃었군."

왠지 당황하면서 얼버무리는 것도 내키지 않아서 솔직하게 대답했다.

"아하하, 그렇게 띄워주셔도 드릴 건 없다구요? ……그래도 기쁘네요. ……고맙습니다."

루미아는 뺨을 살짝 붉히며 진심으로 기쁜 듯이 웃었다.

"시스티나와 리엘은 먼저 무도회장으로 갔어요. 저희도 슬슬 가죠."

'뭐? 리엘 녀석, 루미아를 내버려 두고 대체 뭐 하는 거야?'

글렌은 골치가 아프기 시작했다.

이번에 루미아를 가까이에서 호위하려면 상황에 따른 정확한 판단력이 필요하므로 자잘한 사항은 전부 글렌에게 일임되었다(일단 이브는 글렌을 생각보다 높게 평가하는 듯했다).

그리고 리엘의 역할은 무도회장 안의 루미아와 가까운 위치에서 파티 참가자를 가장하며 대기하다가 비상시에 통신 마술로 이브의 지시를 받아서 움직이는 것이었다. 이번 작전에서 리엘의 움직임은 전부 이브가 판단을 내릴 예정이었다. 마치 꼭두각시 인형을 부리는 것처럼……

리엘이 지금 루미아의 곁에서 떨어져 있다는 건, 이 학교 부지 안 어딘가에서 모든 상황을 감시하고 있을 이브가 그래도 상관없다는 판단을 내렸다는 뜻이기도 했다.

'그렇다 쳐도 지나치게 자유로운 거 아냐? 대체 무슨 생각이지? 이번 작전의 중요성을 제대로 이해하긴 한 거야?'

평소의 글렌이라면 그렇게 생각했겠지만—.

"어, 어어……."

즐겁고 기쁜 얼굴로 자신과 팔짱을 끼는 루미아에게 완전히 정신이 팔려 있었다.

'그건 그렇고 놀랐어……. 전부터 예쁘다고는 생각했는데…… 이 녀석, 진짜 미소녀였구나……'

글렌은 무도회장으로 가는 도중에 담소를 나누면서 루미아의 옆얼굴을 힐끔힐끔 훔쳐보았다. 몇 번을 다시 봐도 자신의 옆에 천사가 강림했다는 생각밖에 들지 않았다.

"후훗, 분명 선생님도 시스티와 리엘을 보면 놀라실 거예요."

"……아…… 그래……."

대답도 왠지 건성이었다.

평소에도 세리카라는 엄청난 미녀에 눈이 익숙해진 탓에, 글렌이 여성의 외모에 넋을 잃는 경우는 거의 없었다. …… 그런데도 지금 글렌의 시선은 루미아의 미모에 완전히 사로잡혀 있었다.

제법 품질이 좋기는 하지만 딱히 비싼 편도 아닌 드레스와 액세서리로 조금 치장한 것뿐인데도 이 정도라니…….

'왠지…… 진심으로 루미아가 『호브 드 라 페』를 입은 모습이 보고 싶어졌는걸…….'

머리로는 그런 속 편한 생각을 할 때가 아니라는 걸 알고 있었지만—.

자연스럽게 그런 생각이 들고 말았다.

글렌과 루미아는 나란히 무도회장에 도착했다.

아직 개최 전인데도 무도회장 안은 뜨겁게 달아올라 있었다.

미리 분위기를 고조시키기 위해 지휘자가 지휘봉을 휘두르자 악단이 연주를 개시했다.

거기에 맞춰서 벌써 댄스를 즐기는 남녀도 많았다.

한껏 치장한 학생들이 눈부신 샹들리에로부터 쏟아지는 빛의 호우 속에서 담소를 나누고 있었다. 처음 보는 얼굴들은 아마 다른 학교의 학생들이리라.

멀리서는 학생회장인 리제가 정부의 고관과 인사를 나누는 모습이 보였다.

"우와, 진짜냐. 이거 굉장한데! 고작해야 학교행사일 거라고 얕보고 있었다만……."

어쨌거나 파티 참가자의 주 연령층이 십 대 소년 소녀라는 걸 제외하면 귀족의 사교계와 비교해도 결코 뒤처지지 않을 정도로 호화스럽고 본격적인 행사였다.

글렌은 마치 꿈을 꾸는 기분으로 눈을 깜빡거렸다.

"오! 선생님!"

그런 글렌을 본 일부 학생들이 근처로 우글우글 모여들었다.

"다 들었어요. 이번에 루미아랑 같이 댄스 경연대회에 참가한다면서요? 남학생들의 『밤에 뒤에서 찔러버리고 싶은 남자 리스트』에 선생님 이름이 실렸더라고요."

그렇게 말하면서 태양처럼 밝게 웃은 소년은 카슈…… 글렌이 담당하는 반 남학생들의 리더격인 소년이었다. 그가 입은 연미복은 학교에서 빌려온 건지 미묘하게 사이즈가 맞지 않다 보니 덩치 큰 소년의 몸에는 다소 작아 보였다.

"……그, 그 무서운 리스트는 또 뭐야……."

"그야 당연하잖아요? 선생님은 학교의 모든 남학생들이 동경하는 천사를, 고작 월급날 전의 용돈벌이나 하겠다고 낚아채 갔으니까요."

"아니, 그보다 당신은 진짜 여전하시네요……."

고급 드레스를 입은 트윈 테일 소녀 웬디도 게슴츠레한 시선으로 쳐다보며 한숨을 내쉬었다. 대귀족의 영애라는 간판은 겉치레가 아니었는지 그 모습은 무척 화려하고 아름다운데다 당당하기까지 했다.

"정말이지…… 모처럼 저에게 어울리는 격식 높은 파티인데…… 남성 참가자의 수준은 완전 최악이네요. 다들 예의도, 섬세함도 없이 막무가내로 파트너 신청만 하질 않나……. 레이디를 다루는 법을 제대로 공부한 다음에나 말을 걸어줬으면 좋겠군요!"

웬디가 새치름하게 고개를 홱 돌리자 카슈와 루미아는 쓴웃음을 흘릴 수밖에 없었다.

"그런데 선생님. 선생님이 댄스 경연대회에서 돈을 벌겠다는 말을 듣고 저도 생각해본 게 있는데요……."

카슈는 장난꾸러기처럼 입가를 끌어올리면서 글렌에게 귓속말을 건넸다.

"놀랍게도! 2반 학생을 죄다 불러 모아서! 거의 전원이 댄스 경연대회에 참가하기로 했지 뭡니까!"

"뭐라고……?!"

"작전명은 『미션·선생님을 금전적으로 말려 죽이자! IN 댄스파티』!"

'쓰, 쓸데없는 짓을……!'

글렌은 마치 벌레를 씹은 것 같은 표정을 지었다.

그가 루미아와 함께 마지막까지 댄스 경연대회에서 이겨야만 하는 건 나름대로 사정이 있었다. 가장 가까운 곳에서 자연스럽게 그녀를 호위하기 위한 면도 있지만…… 사실은 이 전통적인 제국식 사교 무도회의 독특한 규칙 때문이기도 했다.

사교 무도회는 당연히 사교와 교류를 위한 자리다. 따라서 누군가가 댄스 신청을 하면 한 번은 받아들이는 것이 작법이자 규칙이었고 계속 완고하게 거부한다면 운영진은 퇴장 선고를 내릴 수밖에 없었다.

다만, 경연대회 참가자는 참가권을 가지고 있는 한 임의로 거부하는 게 가능했다. 파트너를 바꿔서 춤을 추다간 본경기에서 제 실력을 발휘하지 못할 우려가 있기 때문이다. 즉, 글렌은 루미아와 함께 댄스 경연대회에서 계속 이겨나가면 그 누구도 그녀의 손을 잡을 수 없다는 뜻이다.

파티에서와 댄스 경연대회의 동시 개최는 제국에서 흔히 볼 수 있는 사교 형식이므로 오히려 이 상황을 기회로 잡은 호위 작전이었지만—.

"이야~ 저도 참 멋진 결단을 내린 것 같네요! 이러니저러니 해도 다들 즐거워하더라고요! 커플은 제비뽑기로 정했지만, 카이나 로드는 태어나서 처음으로 여자 손을 잡을 수 있다고 울면서 기뻐하던데요?"

"……그건 너무 슬픈 거 아니냐?"

어디까지나 속 편한 학생들의 모습에 글렌은 이제 한숨밖에 안 나왔다.

"아아~ 여기에 아르포네아 교수님도 와 주셨으면 딱인데~."

"카슈 씨, 말이 되는 소리를 하세요. 교수님은 아직도 요양 중이신데…… 그보다!"

웬디는 글렌에게 검지를 척 들이댔다.

"저라는 최고의 레이디가 여기 있는데『호브 드 라 페』를 빤히 눈 뜨고 다른 사람에게 뺏기는 것도 내키지 않으니 저도 도전하겠어요! 오~호호호홋!"

"참고로 선생님. 웬디의 파트너는 저예요. 제비뽑기로 정했죠."

"……싸, 싸우기 전부터 졌네요……."

"너무해!"

웬디가 체념한 듯 손으로 얼굴을 덮고 탄식하자 카슈의 뺨이 경련을 일으켰다.

"참 나…… 왜 나까지…… 가뜩이나 바쁜데……."

"차, 참아. 기블. 인맥을 만드는 것도 마술사에겐 중요한 일이잖아?"

뒤에는 아마 카슈가 억지로 끌고 온 듯한 기블이 불만스럽게 투덜댔고, 세실은 그런 그를 다독였다.

"우후후, 오늘 대회는 살살 부탁드릴게요, 선생님. 실은 저도 댄스에는 제법 자신이 있답니다? 그리 쉽게 지지는 않을 거예요."

"아…… 서기, 선생님……. 호, 혹시 괜찮으시다면…… 그게…… 대회가 끝난 다음에 저…… 저, 저랑 춤……. 아……
아무것도 아니……에요……."

테레사는 평소처럼 싱글벙글 웃고 있었고 작은 동물 같은
포니테일 소녀 린은 뭔가 말하고 싶은 기색이었다.

"잠깐! 거기 있는 학생들! 그대로 얌전히 있어~!"

"우와, 큰일 났다. 들켰어! 로드, 도망치자!"

"으, 응!"

로드와 카이는 테이블에 차려놓은 요리를 제멋대로 집어
먹다가 운영 요원들에게 쫓겨 다니고 있었다.

그밖에도 알프, 빅스, 시사, 아네트, 벨라, 캐시 등 글렌이
맡은 반의 주요 학생들이 모두 이번 사교 무도회에 참가한
모양이었다.

"……응? 그러고 보니……."

늘 잔소리가 심한 백발의 설교 귀신과 내추럴 본 파괴 전
차의 모습이 보이지 않았다.

글렌이 두 사람의 모습을 찾은 순간─.

<u>우오오오오오오오오오오오오오오오오오오오오오!</u>

어딘가에서 환호성이 터지더니 곧 무도회장 전체로 퍼져
나갔다.

"……뭐야?!"

소리의 근원지, 지금 모든 참석자의 시선을 한 몸에 받고
있는 방향으로 글렌은 시선을 돌렸다.

그 한가운데에서 한 커플이 악단의 연주에 맞춰 댄스를 추고 있었다.

그 커플 중 한쪽은 멀리서 봐도 누군지 알 수 있었다. ……시스티나였다. 흐르는 듯한 은발, 하늘색을 바탕으로 한 드레스를 입은 요정 같은 아름다운 모습은 루미아 못지않게 사람의 이목을 잡아끌고 있었다.

그녀의 댄스 파트너는 처음 보는 작은 체구의 소년이었다. 산뜻하고 긴 파란 머리카락을 목덜미 아래로 땋아 내린 헤어스타일. 남자인 글렌도 한순간 눈을 휘둥그레 뜰 정도로 예쁘장한 절세의 미소년이었다. 마치 옷 갈아입히기 인형처럼 단정하게 연미복을 차려입은 그 소년은 흔들림 없는 표정으로 기계처럼 정확히 시스티나의 움직임에 맞춰서 담담하게 댄스를 추고 있었다.

시스티나의 리드도 능숙했지만 소년의 기량도 상당했다. 그 움직임은 그야말로 정확 무비. 약간 무기질적인 느낌이 묻어나기는 했지만, 소년의 인형 같은 쿨한 미모가 오히려 상승작용을 일으켜서 일종의 금단적인 매력을 자아내고 있었다.

"꺄아아아아아아아아아아아아~!"

"머, 멋져! 누구?! 저 멋진 남성분은 대체 누구야?!"

"아앙~! 저런 멋진 분이 이 학교에 계셨던가……?"

"이, 이렇게　　. 니, 니…… 왠시 새토운 경시에 눈 뜰 것 같아……."

"그, 그만둬! 루젤! 돌아와! 그쪽은 수라의 길이라고!"

"하지만 저런 귀여운 애가 여자일 리 없잖아……."

"루제에에에에에에에에에에에에에에에에엘?!"

덕분에 그 미소년은 온 여학생들의 뜨거운 시선과 새된 목소리. 그리고 극히 일부 남학생들의 고뇌에 찬 갈등의 표적이 되고 말았다.

이윽고 화려하게 댄스를 마무리 지은 시스티나와 소년은 박수갈채를 받으면서 어안이 벙벙한 글렌에게 다가왔다.

그리고 가까이에서 본 글렌은 그제야 소년의 정체를 눈치챘다.

"……너, 리엘이었어?! 진짜?!"

"응."

미소년— 리엘은 감흥 없는 목소리로 대답했다.

"흐흥, 어때요? 깜짝 놀라셨죠? 제 혼신의 프로듀스랍니다!"

리엘을 독점한 탓에 무도회장에 있는 모두의 선망 어린 시선을 받은 시스티나가 가슴을 활짝 펴고 자랑스럽게 말했다.

"왠지 리엘을 보니까 딱 떠오르더라구요! 잘 갈고 닦기만 하면 틀림없이 여자애들의 마음을 사로잡는 멋진 남장여자가 될 수 있을 거라구요! 예, 제 안목은 정확했어요!"

그리고 도발적인 눈으로 글렌을 흘겨보았다.

"그런데 선생님? 저도 리엘이랑 같이 댄스 경연대회에 참가할 거거든요?"

"뭐라고?!"

"왜요? 무슨 불만이라도 있으세요? 여자끼리 파트너가 되면 안 된다는 규칙은 없거든요? 저도『호브 드 라 페』를 입고 싶거든요? 저도『호브 드 라 페』를 입고 싶거든요?!"

"아, 아니, 딱히 불만은 없다만……."

시스티나가 이상할 만큼 도발적인 태도로 자신도『호브 드 라 페』를 입고 싶다는 말을 강조하자 글렌은 그저 쩔쩔맬 수밖에 없었다.

옆에 있는 루미아만 「시스티도 참, 솔직하지 못하긴」 하면서 쓴웃음을 지었다.

"그리고 보셨죠? 리엘은 굉장해요! 한 번 가르친 움직임은 바로 완벽하게 재현하는 걸요! 덕분에 저도 일약 우승 후보가 된 것 같다니까요?"

사실이었다. 방금 본 시스티나의 댄스 솜씨는 학생을 벗어난 수준이었고 리엘의 인형 같은 움직임도 적극적으로 리드하는 시스티나의 움직임과 완벽하게 조화를 이루고 있었다.

도중에 붙는다면 글렌이 질 가능성도 충분히 있었다.

"자~ 그럼 오늘은 정정당당하게 붙어보는 거야! 루미아! 네가『호브 드 라 페』에 어떤 마음을 품고 있는지는 나도 당연히 알아……. 상황이 이렇게 된 건 진심으로 미안하게 생각해, ……하지만!"

시스티나는 의기양양하게 웃으며 당당하게 선언했다.

"역시 이 학교에 다니는 여자로서 그렇게 간단히 『호브 드라 페』를 양보할 순 없어! 아무리 상대가 너라고 해도 봐주지는 않을 거야!"

"아하하…… 응, 그래. 서로 힘내보자. 시스티."

루미아는 그저 쓴웃음을 지을 수밖에 없었다.

시스티나에게 악의가 없다는 건 루미아도 잘 알고 있었다. 그저 글렌과 루미아가 함께 춤을 춘다는 상황 자체에 질투가 나는 걸 참지 못하고 끼어든 것뿐…….

어린애처럼 서투른 감정이 전력으로 뒤틀린 것뿐이었다.

"그리고 선생님! 루미아를 이용해서 하필이면 댄스 경연대회로 용돈이나 벌려고 들다니, 여전히 섬세함이라곤 눈곱만큼도 없으시네요! 그런 시시한 야망은 제가 무너트려 드리겠어요!"

"하아……?"

'……이 녀석은 또 왜 이렇게 의욕이 넘치는 거지?'

글렌이 기가 막힌 얼굴로 난감해하자 리엘이 옷소매를 꾹꾹 잡아당기며 얼굴을 올려다보았다.

"글렌. 나도 댄스? 열심히 배웠어. 나중에 나하고도 추자."

"……아니, 네가 배운 건 남성 파트잖아?"

"어?"

리엘은 이제야 그 사실을 깨달았는지 눈을 깜빡거렸다.

"자, 리엘! 사교 무도회가 시작되기 전에 한 번 더 추자! 후후후…… 오늘 밤의 진정한 우승 후보가 누구인지, 여기 있는 모두에게 똑똑히 알려주는 거야!"

시스티나는 그런 리엘의 손을 잡아끌고 의기양양하게 중앙 무대로 걸어갔다.

도중에 이상할 정도로 도발적인 시선을 글렌과 루미아에게 힐끔힐끔 보내면서……

"참 나, 저 녀석은 또 왜 저래?"

가끔 정말로 무슨 생각을 하는지 알 수 없는 제자의 모습에 글렌은 머리를 감싸 쥐었다.

루미아는 잠시 그런 글렌의 옆얼굴을 바라보다가…… 곧 웃음을 터트렸다.

"왠지…… 가슴이 두근거리네요."

"응?"

"실은……저, 오늘 이날을 줄곧 기대해왔거든요."

그리고 속삭이듯 말했다.

"이 학교의 사교 무도회에서 『호브 드 라 페』를 목표로 멋진 남성분과 함께 춤을 추는 게 어릴 때부터의 꿈이었지만…… 저는 평범하지 않으니까요. ……평범하지 않은 저와 친해지면 분명히 언젠가는 불행해질 테니…… 왠지 그 징크스가 무서워서……."

그래도 당신과 함께라면…….

루미아는 마치 그렇게 말하고 싶은 것처럼 글렌을 지그시 바라보았다.

　한없이 투명한 미소로. 개심한 성녀 같은 미소로…….

　"루미아……?"

　"후훗, 최고의 밤이 되면…… 좋겠네요."

　그런 더러움을 모르는 소녀의 순수한 미소에, 소망에…… 이 사교 무도회의 이면에서 암약하는 음모를 루미아에게 밝혀야 할지 줄곧 망설였던 글렌은 결국 끝까지 입을 다물자고 결심했다.

　'젠장, 이게 과연 옳은 방법인지는 모르겠지만…… 아니, 분명 내가 틀린 거겠지…….'

　명령 위반과 숙청 같은 건 개의치 않고 진실을 밝힌 후 루미아의 사교 무도회를 엉망으로 만드는 것이 가장 옳은 답이라는 건 고민할 필요도 없는 사실이었다.

　솔직히 말해서 하늘의 지혜 무도회의 표적이 된 루미아의 미래는 가혹하기 짝이 없으리라. 언젠가 반드시 행복해질 거라고 낙관할 정도로 글렌은 속 편한 바보가 아니었다.

　그렇다고 해서 지금 이 한때의 작은 소망조차 허락될 수 없는 것일까.

　신에게는 이 무구한 소녀의 작은 소망과 꿈조차 닿지 않는 것일까.

　'……빌어먹을! 엉망진창이지만 어디 한 번 해보는 수밖에

없어! 신도 깜짝 놀랄 욕심 많은 해피 엔딩…… 노려야 하는 건 그것뿐이야!'

하지만 이야기 속에 나오는 『정의의 마법사』도 아닌 자신이 과연 해낼 수 있을까?

모르겠다. 하지만 글렌은 각오를 다지고 오늘 자신이 보일 수 있는 최선의 미소를 지으며 말했다.

"……그래, 맞아! 분명 최고의 밤이 될 거다!"

그리고―.

'……미안, 미안해. 시스티……'

의도치 않은 결과로 글렌과 춤을 추게 된 루미아는 시스티나의 숨겨진 마음을 잘 알고 있는 만큼 내심 무척 괴로워하고 있었다.

하지만, 그래도―.

'오늘 밤만이라도 좋으니까…… 오늘 밤만은 날 용서해줘, 시스티……'

그날, 글렌이 자신에게 거칠게 댄스 신청을 한 순간―.

욕심이 나고 말았다. 원하고 말았다. 깨닫고 말았다.

자신의 진심을……

줄곧 동경했던 이 사교 무도회에서 나는…… 글렌 선생님과 춤을 추고 싶다고……

'……오늘 밤만은… 글렌 선생님과 함께…… 오늘 밤

만……'

글렌의 에스코트를 받으며 즐거운 듯이, 기쁜 듯이 웃는 루미아의 그런 애달픈 심정을 눈치챈 자는…… 당연히 아무도 없었다.

이렇게 다양한 생각이 소용돌이치는 가운데ㅡ.

『그럼 이 자리에 모여주신 신사 숙녀 여러분. 아무쪼록 오늘 밤 즐거운 한때를 보내시기를……』

학생회장 리제의 선언을 시작으로 마침내 사교 무도회가 개최되었다.

바로 지휘자의 섬세한 지휘를 따라 악단이 웅장한 곡을 연주하기 시작했고, 많은 남녀가 그 곡에 맞춰서 춤을 추기 시작했다.

입식 형식으로 마련된 호화스러운 음식과 음료가 풍부하게 넘쳤다.

그것들을 한 손에 들고 평소에 이야기를 나눠볼 기회가 좀처럼 없는 학년이 다른 학생이나, 남녀, 다른 학교의 학생들이 다양한 입장과 장벽을 뛰어넘어서 담소를 나누는 와중에 급사 역할을 맡은 학생들은 그들 사이를 분주하게 왕래하고 있었다.

그리고 이윽고 마음이 맞는 사람끼리 손을 잡고 무대로 오르는 즐거운 밤은 이제 막 시작된 참이었다.

'……다들 하나같이 이 화려한 무대 뒤에 피비린내 나는 음모가 숨어있다는 건 눈곱만큼도 모르면서 말이지……. 아주 살판 나셨구만…….'

글렌은 그런 화려한 무도회장의 분위기를 차갑게 식은 눈으로 흘겨보았다.

"잠깐만요! 선생님도 참! 그렇게 먹을 것만 집착하지 마세요! 다른 학교나 외부에서 오신 분들이 쳐다보고 계시잖아요! 꼴사납다구요!"

산더미처럼 요리가 담긴 접시를 손가락 사이에 네 장이나 끼고 다람쥐처럼 뺨을 빵빵하게 부풀리며 음식을 흡입하는 글렌을 보다 못한 시스티나가 시끄럽게 설교를 시작했다.

"시끄러어어어어어어어어! 난 요즘 제대로 된 밥을 먹어본 적이 없다고! 여기서 영양을 보급해두지 않으면 죽을지도 몰라! 앗! 거기 너! 왜 제멋대로 가져가는 거야?! 그 고기는 내 거야! 거기 서!"

"다, 당신이나 좀 가만히 있으라구요오오오오오오!"

이러니저러니 해도 평소와 다름없이 떠들썩한 글렌 & 시스티나의 옆에서는—.

"……♪"

테이블 위에 올린 접시 위로 아득히 높이 쌓아 올린 딸기 타르트 거탑 앞에서 묵묵히 타르트를 우물거리는 리엘도 평소와 다름없는 졸린 무표정이었지만 엔지 만족스러워 보였다.

"아하하…… 격식을 따져봤자 결국 평소랑 다를 게 없네……."

루미아는 그런 그들을 쓴웃음을 지으면서 흐뭇하게 지켜보았다.

한편, 카슈를 필두로 카이와 로드를 비롯한 2반의 주요 남학생들은 다른 학교에서 참가한 여학생들에게 헌팅을 시도하다가 모조리 퇴짜를 맞는 중이었다.

웬디와 테레사처럼 사교계에 익숙한 아름다운 아가씨(진짜)들은 남자들의 끊임없는 댄스 신청에 진저리를 내고 있었으며, 세실은 『귀여운 남자애』이다 보니 여학생들에게 워낙 인기가 많아서 계속 댄스를 추느라 분주했다.

린은 멀리서 하고 싶은 말이 있는 표정으로 글렌을 지그시 바라보았고, 타인의 접근을 거부하는 늑대 기질이 다분한 기블은 뜻밖에도 다른 학교에서 참가한 강사들과 마술을 주제로 뜨거운 담론을 나누고 있었다. 이 무도회장의 즐거운 분위기에 어느 정도 영향을 받은 걸지도 모르겠다.

아무튼 다들 제각기 즐거운 한때를 보내고 있자—

『신사 숙녀 여러분, 오래 기다리셨습니다. 그럼 이제부터 마술학원 사교 무도회 전통의 댄스 경연대회, 예선 1회전을 시작하겠습니다. 참가 자격을 소유하신 분들은……. 아직 참가 신청을 못 하신 분은…….』

리제가 마술에 의한 확성 음향으로 안내를 시작했다.

마술학원 사교 무도회의 댄스 경연대회는 예선이 세 번, 본선이 세 번 있고 30분 또는 1시간마다 한 번씩 순서대로 진행될 예정이었다. 참가 방법은 기본적으로 사전 등록제였지만, 당일에 마음이 맞은 사람끼리 도중부터 신청하는 것도 가능했다. 다른 학교의 학생들은 주로 이런 형식으로 참가한다.

예선은 여러 커플이 동시에 춤을 추면 각 심사위원이 규정에 따라 각 커플을 체크하며, 가장 많은 체크를 받은 커플부터 다음 예선에 참가할 수 있는 서바이벌 형식이었다.

본선은 한 번에 세 커플씩 참가하고 심사위원들이 다양한 관점에서 예술 점수를 매겨 가장 높은 점수를 받은 커플이 다음 본선으로 진출하는 토너먼트 형식.

결승전은 마지막까지 남은 두 커플의 정면 대결이었다.

그리고 멋지게 우승을 거머쥔 커플의 여성 쪽은 『호브 드라 페』를 빌려 입고 모두가 보는 앞에서 이 사교 무도회의 대단원인 피날레 댄스를 선보이는 것이다.

이것은 이 학교의 학생뿐만 아니라 이 전통 행사에 참가한 모든 이에게도 무척 명예로운 일이었다.

그리고 바로 지금 자신이야말로 그 명예를 거머쥐기에 어울린다고 생각하는 자들이 첫걸음을 내디디며 혈기왕성하게 예선 1회전에 도전하고…… 연주에 맞춰서 댄스를 선보였다.

글렌과 루미아도. 시스티나와 리엘도. 글렌의 학생들도.

모든 참가자들이 지금까지 갈고닦은 기량을 한껏 발휘하며 춤을 췄다.

"……뭐, 예선 1회전은 무난하게 돌파했군."

"예."

예선이 끝나자 글렌은 안도의 한숨을 내쉬었고 루미아는 그 옆에서 기쁜 얼굴로 웃었다.

"시스티랑 리엘도 여유 있게 예선을 통과했으니…… 왠지 재밌어질 것 같네요."

'……이거 꽤 위험한걸…….'

하지만 글렌은 내심 식은땀을 흘렸다.

고작 학생들이 참가하는 소꿉놀이 수준의 대회라고 얕보고 있었건만 참가자들의 댄스 솜씨는 글렌이 예상했던 것보다 훨씬 더 훌륭했다. 테레사처럼 사교댄스에 익숙한 진짜 아가씨나 귀족 자녀들은 물론이고 이 학교의 학생들이나 다른 학교의 학생들도 이날을 위해 상당히 많은 훈련을 쌓은 듯했다.

'……이것도 『호브 드 라 페』의 마력이라는 건가……. 이거 원, 한 번이라도 실수하면 끝장이겠군. 힘들어…….'

참고로 귀족 자녀의 필두인 웬디는—.

"이이이이익! 왜 제가 예선 1회전 탈락이라는 수모를 겪어야 하는 거죠?!"

분한 얼굴로 손수건을 씹고 있었다.

"아…… 일단 말해두겠는데, 웬디. 이번만큼은 내 잘못 아니다?"

"으윽! 그건 저도 알아요!"

예선 전반부에는 누구나가 탄식을 내뱉을 정도로 세련된 댄스를 선보였고 파트너인 카슈도 타고난 운동 실력과 학습 능력을 발휘해서 웬디의 화려한 움직임에 급조 파트너치고는 잘 따라와 주었다.

웬디 & 카슈 페어도 우승 후보……. 이때는 누구나가 그렇게 확신했다.

하지만 마침내 피니시에 접어든 순간, 웬디가 자신의 치맛자락을 밟고 성대하게 넘어져 버린 것이다. 아무래도 중요한 순간에 실수를 저지르는 고질병은 여전한 모양이었다.

"나이스으으으으으으! 1회전 돌파아아아아아아!"

"젠자아아아아앙! 모처럼 합법적으로 여자랑 손을 잡을 기회였는데~!"

글렌의 주위에서는 그밖에도 예선을 돌파한 자와 떨어진 자가 저마다의 이유로 소란을 피워댔다.

"나 원 참…… 이놈이고 저놈이고 시끄럽구만……."

글렌이 무심코 쓴웃음을 흘린 순간—.

"……실례. 조금 전의 예선 1회전은 잘 봤습니다. 두 분 굉장히 댄스 솜씨가 훌륭하시더군요."

어떤 소년이 다가와 글렌에게 말을 걸었다.

"올해는 전체적으로 기량이 뛰어난 분들이 많으셨지만, 제가 보기에는 특히 당신 두 분이 눈에 띄더군요. ……참으로 훌륭했습니다."

온화한 용모가 특징적인 선량해 보이는 소년이었다. 연미복을 단정히 차려입었고 나이는 루미아와 비슷한 열다섯이나 열여섯 정도. 하지만 오늘 처음 보는 얼굴이었다.

"……실례했군요. 저는 카이트 에이리스라고 합니다. 이번에 크라이토스 마술학원에서 초대를 받고 왔습니다. 괜찮으시다면 성함을 알 수 없을까요?"

소년은 크라이토스 마술학원의 학생증과 초대장을 보이면서 말했다.

"아하하, 감사합니다. 전 2학년의 루미아 틴젤이라고 해요."

"글렌 레이더스. 알자노 제국 마술학원의 강사다."

루미아는 명랑하게, 글렌은 경계심을 드러내며 무뚝뚝하게 말했다.

"루미아 양이셨군요. 이야~ 당신의 댄스에 무척 감동했답니다. 혹시 이 무도회장에 천사가 강림한 게 아닐까 하는 착각이 들 정도로요."

소년은 글렌을 자연스럽게 무시하고 루미아에게 즐거운 목소리로 말을 걸기 시작했다.

'이 녀석은 뭐지? 또 헌팅남인가?'

글렌과 루미아의 상황을 몰라서 그런지 다른 학교에서 참가한 남학생들은 마치 불 속에 뛰어드는 불나방처럼 루미아에게 끊임없이 접근하려 들곤 했다. 물론 사교 무도회는 원래 그런 자리이다 보니 딱히 상관은 없었지만, 유감스럽게도 이번만큼은 호위하는 데 방해가 됐다.

사교 무도회가 시작된 후부터 몇 번이나 이런 상황을 겪은 글렌이 이번에도 음흉한 속셈으로 루미아에게 접근하는 몹쓸 벌레를 쫓아내려고 입을 연 순간, 귀에 꽂은 통신 마술용 보석에서 경악스러운 말이 들려왔다.

『글렌. 그 소년이 우리의 이번 적…… 《마의 오른손》 자이드야. 틀림없어.』

불시의 기습 같은 이브의 정보를 듣고 그대로 굳어 버렸다.

『후후, 표정으로 드러내면 안 돼. 글렌.』

이렇게 가까운 거리에 적이 있다는 사실을 깨닫자 온몸에 긴장감이 내달렸다.

"……어라? 왜 그러시죠? 글렌 선생님. ……안색이 안 좋아 보이십니다만."

카이트…… 아니, 자이드가 왠지 서늘하게 느껴지는 미소로 글렌을 배려했다.

그 확신범에 가까운 표정을 본 글렌은 단숨에 깨달았다.

'이, 이 녀석……! 설마 진짜!?'

『그래, 맞아. 글렌. 자이드는 이미 나에게 자신의 정체를 들켰다는 걸 알고 있어. 그래도 굳이 우리 앞에 모습을 드러냈다는 건…… 오늘 밤의 선전 포고가 아닐까?』

보석형 통신 마도기 너머에서 이 무도회장 어딘가에 숨어 있는 이브의 즐거운 웃음소리가 들려왔다.

"……선생님?"

'이브! 지금 당장 여기서 이 자식을 확보하겠어! 엄호해!'

글렌은 루미아를 자신의 몸으로 가리며 보석을 통해 염화(念話)로 이브에게 자신의 뜻을 전한 후, 암살자 킬러의 눈으로 자이드를 노려보고 허리 뒤에 숨긴 권총에 손을 뻗었지만─.

『기다려, 글렌. 지금은 잠시 내버려 둬.』

또 경악스러운 말이 돌아왔다.

'뭐?! 웃기지 마! 그게 대체 무슨 소리야!'

『어쩔 수 없네……. 이건 극비 정보인데…… 그 자이드의 뒤에는 또 한 명, 조직의 정체를 알 수 없는 마술사가 있어. 내가 파악한 정보에 따르면 자이드의 암살은 본인과 그 또 다른 공범이 실행에 옮겼을 가능성이 커. 그리고 그 인물이야말로 조직의 심연에 더욱더 밀접해 있을지도…….』

글렌은 마치 뒤통수를 망치로 얻어맞은 것 같은 정신적인 충격을 받았다.

처음 들었다. 그런 정보는 지금까지 단 한 번도 들은 적이 없었다.

'이브……! 너, 왜 그런 중대한 정보를 지금까지 숨긴 거지?! 다른 녀석들은 그걸 알고 있었던 거야?!'

『그 정체를 알 수 없는 마술사의 정체를 간파하고 끌어낼 때까지는 일단 내버려 둬. 괜찮아. ……왕녀의 호위는 완벽해. 그렇다면 자이드는 조만간 빈틈을 드러낼 수밖에 없어. 난 완벽하게 그 꼬리를 붙잡고 말 거야.』

이브는 글렌의 질문을 완전히 무시했다.

애당초 자이드의 잠입 위장 공작과 얼굴까지 파악한 이브가 그 핵심 정보를 자신들과 공유하지 않은 이유는 무엇일까. 진심으로 자기 혼자만 알고 있으면 충분하다고 생각한 걸까? 그건 말도 안 된다.

묻고 싶은 건 산더미처럼 많았지만—.

'……망할! 그딴 것보다 루미아의 안전을 우선하라고! 당장 이 녀석을 확보, 혹은 여기서 처분해야 해!'

『안 돼. 이건 명령이야, 글렌. 전 왕녀의 안전보다 자이드의 뒤에 숨은 정체불명의 흑막을 끌어내서 구속하는 것. 이것이야말로 내가 입안한 이번 작전의 핵심이자…… 진짜 목적이니까.』

이브는 완고하게 거부했다.

『그보다 내 【이라의 불꽃】은 악의나 살의…… 부정적인 감정의 벡터를 탐지하는 거라고 말했었지? 지금 당신이 소란을 일으켜서 무도회장의 부정적인 감정이 일제히 당신들에게 모인다면, 그 순간만큼은 나도 살의를 읽을 수 없어. ……오히려 흑막에게 빈틈을 내주는 결과가 되고 말겠지.』

'……그, 그건……!'

『지금 리스크가 높은 데다 얻는 것도 없는 소란을 일으킬지, 아니면 뒷일을 위해 내버려 둘지…… 정말로 왕녀가 안전해지는 건 과연 어느 쪽일까?』

'……너어?!'

『괜찮아, 글렌. 자이드도 그 뒤에 있는 진짜 흑막도 이번에는 내가 움직이고 있다는 걸 아니까. 이 무도회장 안에서 왕녀를 죽이려고 함부로 살의를 드러낸 순간, 탐지에 걸려서 타죽을 수밖에 없다는 건 흑막도 이해하고 있어. 동시에 내가 자이드의 뒤에 있는 흑막을 끌어내기 위해 지금은 손을 대지 않고 내버려 둘 거라는 것도. 조금 전에 말한 것처럼 이건 그냥 인사…… 선전포고에 불과해.』

뭐지? 이 마치 살얼음판 위를 걷는 것 같은 위태로운 상황은?

루미아를 노리는 적 중 하나가 바로 눈앞에 있는데 손을 댈 수가 없었다.

그 부조리함에 글렌은 이를 갈면서 평정을 가장했다.

『쿡쿡쿡…… 참 재미있는 상황이지? 글렌. 서로 함부로 손을 댈 수 없는 이 상황…… 그들은 이런 상황에서 대체 어떻게 왕녀를 암살하려는 걸까? ……뭐, 어차피 내가 있는 한 불가능하겠지만.』

이 상황을 여유 있게 즐기는 듯한 이브의 목소리에 구역질이 치밀었다.

"……그러셨군요. ……오늘은 은사이신 글렌 선생님과 함께 경연대회에 참가하신 거군요?"

"예, 맞아요. 이날을 위해 무척 열심히 연습했답니다."

그런 글렌의 갈등을 전혀 모르는 루미아는 자이드와 즐겁게 담소를 나누고 있었다.

그리고 자이드는 경계심을 노골적으로 드러내며 노려보는 글렌을 도발하듯 한순간 냉혹한 웃는 얼굴로 그를 흘겨보았다.

"그럼…… 루미아 양. 대회가 끝난 후에 부디 한 번만이라도 제 댄스 상대가 되어주시지 않겠습니까? 오늘 밤의 만남을 기념하는 의미로요."

"아, 예. 평범하게 추는 거라면 상관없어요. 저야말로 잘 부탁드릴게요."

"후후, 감사합니다. 건투를 기원하죠."

'젠장……! 그런 수법으로 나오는 거냐! 이 녀석은 적의 선봉이었나?!'

한 방 먹은 글렌은 이를 악물었다.

'져서 출장 자격을 잃은 대회 참가자는 무도회장 안에 있는 한 바이의 댄스 신청을 거부할 수 없어……. 계속 거부하

면 운영진의 퇴장 권고를 받겠지. 그때가 바로 루미아를 『암살』할 기회…….'

아무튼 무도회장 밖에는 틀림없이 잠복한 외도 마술사들이 그 순간만 애타게 기다리고 있으리라. 이브의 지배 영역을 벗어난 무도회장 밖은 완벽한 사지였다.

'무도회장 밖의 안전은 아직 확보되지 않았어! 다른 녀석들이 잘 해주기를 기도하는 수밖에 없지만…… 만에 하나라도 놓친 녀석이 있다면 밖으로 나가는 건 자살행위야!'

하지만 소동이 일어나는 걸 각오하고 억지로 무도회장에 눌어붙는 건 하책이었다.

'이 경우에는 반드시 혼란이 발생해. 그리고 우리에게 부정적인 감정이 모이겠지. 이 무도회장 어딘가에 숨어 있는 또 다른 흑막이라면 당연히 그 순간을 노릴 테고!'

이 자리의 분위기를 망치면 많은 참가자의 부정적인 감정이 글렌과 루미아에게 집중하므로 이브가 흑막의 살의를 찾아낼 수 없게 된다. 수많은 사람이 모인 혼돈의 도가니 속에서 이브의 지배 영역을 한순간이라도 무효화할 수만 있다면 『암살』 수단은 얼마든지 있었다.

'물론 댄스를 요구하는 《마의 오른손》 자이드를 루미아와 접촉하게 내버려 둘 수도 없지…….'

능력의 정체는 불명이지만 《마의 오른손》이라는 거창한 별명까지 붙었을 정도다.

그런 자이드의『손』에 닿은 루미아가 과연 무사할까.

그리고 지금 새롭게 드러난 정체불명의 흑막이 누군지 모르는 이상, 루미아가 자이드가 아닌 누군가와 춤을 추도록 해서 시간을 버는 것도 위험했다.

애당초 그런 위험한 상황에 관계없는 학생들을 말려들게 할 수도 없었다. 암살자의 표적이 된 지금의 루미아에게 접근하는 건…… 사신의 손을 잡는 것이나 마찬가지니까.

'이브가 흑막을 확보하겠다는 욕심만 부리지 않았다면…… 애초에 처음부터 정보를 공유했다면! 조직이『암살』을 고집하지 않고 무턱대고『살해』를 노렸다면! 학교에 이 음모를 폭로할 수 있었더라면! 아무것도, 아무것도 문제는 없었을 텐데!'

복잡하기 짝이 없는 실타래 같은 상황에 글렌은 무심코 머리를 부둥켜안고 싶어졌다.

"그럼 아무쪼록 힘내세요, 글렌 선생님. 진심으로 응원하겠습니다."

그리고《마의 오른손》자이드는 글렌에게 악수를 요구하며『오른손』을 내밀었다.

'……윽?!'

글렌의 등을 타고 전율과 긴장감이 질주했다.

이 자리에서 자이드가 글렌을 공격할 리 없다는 건 머리로는 알고 있었다. 글렌이 죽는다면 무도회는 즉시 중지될 수밖에 없으니 루미아의 『암살』이라는 목적을 달성하지 못할 테니까.

하지만 상대는 수많은 요인을 남몰래 암살해온 정체불명의 《마의 오른손》이었다. 글렌이 저 『오른손』을 잡고 무사할 거라는 보장은 어디에도 없었다.

'상관없어! 난 루미아를…… 무도회장에 있는 모두를 위험에 노출시켰잖아! 그런 내가 목숨을 아까워해서 어쩔 거야!'

만에 하나 글렌이 여기서 《마의 오른손》에 죽임을 당하더라도—.

분하지만 이브라면 글렌의 죽음을 통해 《마의 오른손》의 정체를 간파해낼지도 몰랐다.

그 또한 루미아를, 무도회장에 있는 모두를 지켜내는 방법이리라.

그래서—.

"……그래, 우승해주마. 너 같은 자식이 루미아의 손을 잡게 내버려 둘까 보냐, 《마의 오른손》."

글렌은 《마의 오른손》이라는 단어를 소리 없이 입술만 움직여서 표시한 후, 마치 수라(修羅) 같은 표정으로 자이드의 『오른손』을 잡았다.

"망설임 없이 제 오른손을 잡으시는 겁니까. ……굉장한 배짱이시군요. 마음에 들었습니다, 《광대》."

자이드도 《광대》라는 단어를 소리 없이 입술만 움직여서

표시한 후, 의기양양하게 웃었다.

이 순간 마치 두 사람 사이의 기온이 2, 3도 정도 떨어진 듯한 착각이 들었다.

"……."

그런 살얼음판 위를 걷는 듯한 대화를 나누는 글렌과 자이드 옆에서 루미아는 조용한 표정으로 글렌의 옆얼굴을 바라보았다.

한편—.

"그런데 이번 무도회는 참으로 훌륭하군요! 이거 참, 흥분되지 않습니까!"

"저는 매년 이 사교 무도회에 참가하고 있습니다만, 올해는 특히 더 굉장한 것 같습니다!"

"지휘자의 기량과 악단의 숙련도도 뛰어나지만 이 독자적인 편곡이 무척 좋군요!"

"음, 훌륭한 연주다. 듣기만 해도 마음이 떨리는군!"

아무것도 모르는 참가자들은…… 그저 즐겁게 담소를 나눌 뿐이었다.

—그 무렵, 싸늘한 밤기운에 감싸인 학생회관 옥상에는 세 명의 그림자가 은밀하게 서 있었다.

알베르트, 버나드, 크리스토프였다.

"아아아아, 진짜! 모처럼 안에는 젊고 팔팔한 여자애들이 우르르 몰려있는데! 이봐, 알 도령…… 나, 잠깐만 안에 들어갔다 오면 안 되겠냐……?"

"진지하게 해, 노인장. 그러다 등을 쏴버리는 수가 있다."

버나드와 알베르트가 그런 대화를 나누는 옆.

"……."

조용히 명상에 잠긴 크리스토프의 발밑에는 전개된 오망성 법진이 흐릿하게 빛나고 있었다. 크리스토프는 이 법진을 통해 자신의 표층 의식 영역과 접속한 학교 부지 전체에 펼쳐놓은 광역 색적 결계에 온 신경을 집중했다.

"그런데 어떤가? 크리 도령. 뭔가 반응은 있었나?"

"아뇨, 지금은 아직 아무것도……."

숨을 한 차례 내쉬고 눈을 뜬 크리스토프는 결연히 이의를 제기했다.

"버나드 씨, 알베르트 씨…… 겁쟁이라고 여길지도 모르겠지만…… 역시 전 이런 작전에는 반대합니다."

"안심해라. 나도 알 도령도 같은 의견이니까."

버나드는 과장스럽게 어깨를 으쓱이면서 대답했다.

"이브 씨의 능력은 저도 알고 있어요. 그 사람은 틀림없는 천재, 저 같은 건 발끝에도 미치지 못하겠죠. 하지만 이번 작전은 너무나도 무모하고 위험해요. ……이브 씨도 그걸 모르지 않으실 텐데…… 이래서는 마치……"

"……차려놓은 밥상. 그렇게 말하고 싶은 건가?"

갑자기 알베르트가 날카로운 목소리로 끼어들자 크리스토프와 버나드가 그쪽으로 시선을 돌렸다.

"어쨌든 그 여자는 공적이 필요한 거다. 그래서 이런 작전을 입안한 거겠지."

"뭐야…… 자네도 눈치채고 있었구만? 알 도령."

"예? 두 분…… 그게 대체 무슨……."

크리스토프는 허를 찔린 표정이었다.

"크리스토프. 그 여자…… 이브 이그나이트의 시크릿을 보고도 눈치채지 못했나?"

팔짱을 낀 알베르트도 크리스토프를 힐끗 쳐다보았다.

"압도적인 공격력과 공격 속도를 자랑하는 영역, 살의 탐지에만 특화된 색적 마술, 그리고 정보 수집 능력…… 즉, 아군을 제치고 자신의 손으로 적을 해치우는 것에만 특화한 마술이라고도 볼 수 있지. 그것이 제국 유사 이래부터 왕가를 섬기며 마도무문의 기둥으로서 제국 전토에 용명을 떨친 이그나이트 공작가가 자랑하는 『불꽃의 마술』이라는 거다."

"이그나이트 가문은 말이다. 지위도 명예도 영광도 힘도, 항상 제국에 존재하는 모든 마도사들의 정점에 서야만 하는…… 그런 가문이다."

"……설마…… 이브 씨는 개인적인 공적을 세우기 위해 이런 무모한 작전을? 달성하기 곤란하면 곤란할수록 차후에

얻는 명성이 크니까……? 그런 말도 안 되는……."

알베르트는 눈살을 찌푸린 크리스토프에게 말없이 긍정했다.

"어디 그것뿐일까. 저 꼬락서니로 봐선 이브 양은 틀림없이 우리에게 뭔가를 숨기고 있을 게다. 요컨대 적뿐만 아니라 우리조차 경쟁상대로 보고 있는 셈이지."

"서, 설마 그렇게까지……?"

"흥. 그 여자는 원래 그런 방심할 수 없는 여자다. 하지만 우리는 주어진 조건 속에서 최선을 다해 결과를 낼 뿐. 군에서 상관과 부하의 관계라는 건 원래 그런 법이지."

알베르트는 평소와 다름없는 담담한 목소리로 말했다.

"《마술사》 이브 씨…… 예전부터 의문을 느끼긴 했습니다만, 그녀는 대체 왜 그렇게까지 하는 건가요?"

크리스토프는 당혹스러움을 감추지 못했다.

"일단 어릴 때부터 이브 양을 아는 사람으로서 변호는 해주겠다만…… 그녀는 가문에서도 입장이 약간 복잡해. ……그렇게 할 수밖에 없는 이유가 있는 게다."

버나드는 턱수염을 쓰다듬으며 뭐라 형언할 수 없는 씁쓸한 표정을 지었다.

"제국 궁정 마도사단에는 다양한 실전부대와 연구실과 부서가 존재하는데…… 그중에서도 특무부실은 마술과 관련된 사안을 비밀리에 처리하는 성예 중의 정예…… 요컨대 궁정 마도사단 최강의 전투 집단이라 볼 수 있지. 이브 양은 이그나이트 가문의 차기당주로서 그런 조직의 실장 자리를 맡게 된 셈이다만. 이 인사는 뭐…… 제국군의 전통이랄까 관습 같은 게다."

"예, 특무분실의 실장인 집행관 넘버 1《마술사》는 대대로 이그나이트 가문 출신자가 받는다고…… 하더군요."

"그런데 사실 그녀는 애비가 평민 여자에게 낳게 한 사생아라…… 사고로 마술 능력을 상실한 가문의 적자인 언니를 대신해서 차기 당주로 추대된 게야."

"……!"

"자네도 알다시피 제국에서도 가장 오랜 역사를 자랑하는 대귀족인 이그나이트 공작가는 화석처럼 고리타분한 귀족주의의 화신이지. 그러니 평민의 피를 이은 사생아인 이브 양이 일족과 그 애비에게 얼마나 혹독한 대우를 받았을지는…… 크리 도령도 대충 상상이 가겠지?"

머리를 긁적이는 버나드는 떨떠름한 얼굴이었다. 당시의 이브를 떠올리고 있는 걸까.

"저렇게 보여도 그녀는 필사적인 게야. 어떻게든 자신이라는 존재를 일족에 인정받고 싶어서…… 아무튼 공적을 욕심낸 게지. 옛날에는 다소 공상벽이 있어도 착한 애였는데…… 인정받으려고 분발하는 사이에 어느새 저런 강철의 여인이 되고 말았더군."

"그런 일이……."

"그 아이는 그런 환경에 지지 않으려고 필사적으로 강한 척을 하고 있을 뿐인 게야. 타인에게 공격적이고 위압적인 태도는 약함의 반증인 게지. 그러다 보니 아무래도 난 그 아이를 내버려 둘 수가 없어서……."

그 순간―

"……그만해. 버나드."

도머 윈도― 지붕 경사면에서 돌출된 창문의 덮개에 등을 기대고 팔짱을 낀 채 다리를 꼰 상태로 서 있던 것은―.

"나는 나야. 가문 따윈…… 아버지나 일족 따윈 관계없어……."

"이브. 왜 나온 거지? 네 담당은 무도회장 안쪽일 텐데?"

"괜찮아. 영역 내의 경계는 소홀히 하고 있지 않으니까. 그보다……."

알베르트가 질책하자 이브는 언짢은 듯 코웃음을 치더니 크리스토프를 힐끗 쳐다보았다.

"……슬슬 오지 않았어? 크리스토프."

그리고 주의를 재촉했다.

"예, 지금…… 왔습니다! 결계에 반응이 있어요!"

"……오호라, 드디어 우리가 나설 차례로군?!"

"……."

일동이 분위기가 흰층 더 무섭고 날카로워졌다.

"적영(敵影)은 셋. 좌표를 비롯한 적의 정보는…… 여기에."

크리스토프는 손에 쥐고 있던 마정석을 엄지로 튕겨서 다른 셋에게 던져 주었다.

그 마정석은 크리스토프가 결계에서 얻은 정보를 기록한 것이었다.

"……파악했다."

마정석 안에 기록된 적의 정보를 표층 의식에 고속으로 전개한 세 사람은 단숨에 상황을 파악했다.

"자, 그럼 어떻게 대처해야 좋을까……."

"적은 셋으로 갈라졌습니다. 이쪽의 소모를 가장 줄일 확실한 방법은 3인 1조로 행동하면서 적을 하나씩 대처하는 겁니다만……."

"그건 안 돼. 한 명을 대처하는 사이에 다른 두 명이 이쪽으로 올 거야. 그러면 내가 상대할 수밖에 없어. 내 예정이 어긋나잖아. 난 그런 건 싫어."

이브가 갑자기 끼어들었다.

"내가 지시를 내리겠어. 《별》은 북쪽의 적을, 《은둔자》는 서쪽의 적을, 《법황》은 동쪽의 적을 각자 대처해. ……가능하잖아? 당신들이라면."

자신의 지휘 능력을 눈곱만큼도 의심하지 않는 거만한 태도였다.

"음…… 그게 말일세. 크리 도령은 단독 전투 적성이 낮

아. 집단 전투에서 능력을 발휘하는 타입이지. 너무 무모한 짓은 시키고 싶지 않네만……."

버나드는 난감한 표정을 지었다.

"아뇨. 확실히 이게 가장 효율적인 방법인 건 사실이에요. 이대로 가죠."

하지만 크리스토프는 차분한 표정으로 이브의 지시를 긍정했다.

"……그래. 그럼 맡길게. **나의 믿음직한 동료들.**"

이브는 그렇게 노골적으로 강조하며 등을 돌렸다.

"하아~ 안에는 귀여운 여자애들이 와글와글한데 우리는 분위기 파악도 못 하는 바보 자식들과 정면대결인가……. 하다못해 적이 귀여운 여자라면 좋겠네만……."

버나드는 진심으로 귀찮다는 듯이 투덜대면서 일어났다.

"……죽지 마라."

알베르트는 시선을 돌리지도 않고 퉁명스럽게 그런 말을 남기며 크리스토프의 어깨를 두드리고 지붕 끝으로 걸어갔다.

"예, 여러분. 무운을 빌겠습니다."

크리스토프는 어렴풋하게 웃었다.

알베르트, 버나드, 크리스토프는 그 자리에서 산개하며 밤의 어둠속으로 몸을 날렸다.

알기노 제국 마술학원 부지의 동쪽에 있는 약초 농원 근처.

"우후훗, 일이네요♪ 우후훗, 일이에요♪"

광대한 주변 일대에 다양한 형태의 약초가 자란 밭 한가운데에서, 육감적인 드레스를 입은 요염한 소녀가 마치 즐겁게 산책이라도 하는 것 같은 발걸음으로 학생회관을 향해 걸어가고 있었다.

"라라라~ 아름답고 덧없는 공주님♪ 라라라~ 아름답고 덧없는 공주님♪ 부디 밖으로 나와 주세요♪ 오늘 밤은 예쁜 달님♪ 밖으로 나오셔서 인사하죠♪ 자장가를 불러드릴게요♪ 안녕히 주무세요♪ 라라라~ 아름답고 덧없는 공주님♪ 어머, 가엾기도 해라☆"

그 열기에 들뜬 것처럼 흥분한 소녀가 있는 공간만 기온이 낮았다.

소녀의 모양 좋은 입술에서 새어 나오는 숨결은 항상 하얗게 물들었고, 소녀가 약초를 짓밟으면서 걸을 때마다 발에 닿은 모든 것은 서리가 끼고 얼어붙었다.

"겨울 하늘은 사랑의 형태♪ 라라라~ 아름답고 덧없는 공주님♪ 어머, 가엾기도 해라☆ ……."

소녀가 갑자기 걸음을 멈추었다.

어느새 소녀의 십몇 미트라 앞에 한 소년이 모습을 드러냈다.

"……이 앞은 지나갈 수 없습니다. 제가 상대해드리지요."

크리스토프였다. 그는 시원스럽고 늠름한 패기를 드러내며 의연하게 서 있었다.

"우후후, 어머나☆ 만나서 반가워요♪ 귀여운 도련님이 등장하셨네요♪"

소녀는 어딘가가 망가진 듯한 미소를 짓더니 치맛자락을 들어 올리며 우아하게 인사했다. 요염하고 바닥을 알 수 없는 어둠을 내포한 눈빛을 그 공허한 눈동자에 번뜩이면서……

"어서 오세요,《법황》씨. 당신이 오늘 밤의 제 댄스 파트너군요♪ 라~ 라~♪ 당신의 친구들은 참 잔혹하네요♪ 이 한겨울에 당신만 혼자 두고 가다니♪ 아아, 가엾어라♪ 아아♪ 비극이네요♪ 희극이네요♪"

그 순간, 요사스럽게 웃는 소녀 주위의 기온이 한층 더 떨어졌다.

"적어도 전 당신을 잊지 않을 거예요♪ 추억을 얼음 속에 가두고~♪ 저는 영원토록 아름다운 당신을 사랑할 거랍니다♪ 그야말로 영원히♪ 영원히~♪"

갑자기 소녀 주위에 눈보라가 소용돌이쳤다. 얼어붙어서 결정화된 대기가 달빛을 반사하여 반짝반짝 빛났다. 소리를 내며 바닥이 얼어붙었다. 주위의 약초는 점점 커져가는 얼음덩어리 사이에 갇히고 말았다.

소녀의 공허한 눈빛과 언동은 이미 제정신이라고 볼 수 없었다.

"……하늘의 지혜연구회에 소속된 포털스 오더 《겨울 여왕》 글레이시아. 외립되오나…… 당신은 저를 이길 수 없습니다. 여기서 물러나시지요."

크리스토프는 전혀 위축되지 않고 말했다.

"……귀여운 작은 새가 기특하게 재잘대고 있네요♪ 가엾은 새장 속의 작은 새♪ 아아, 비극이로다♪ 작은 새는 새장 밖의 세상을 몰라♪ 아아, 비극이로다♪"

소녀 주위의 온도가 한층 더 떨어졌다. 영하를 돌파했다.

글레이시아의 온몸에 새겨진 찬란하게 빛나는 마도 각인. 거기에 막대한 마력이 질주하자 한층 더 눈부시게 빛나며 주위를 뒤덮은 눈보라가 더더욱 거세졌다.

이곳은 이미 극저온의 제6원— 빙결 지옥이었다. 마술적인 방어 없이 발을 들여놨다간 단숨에 온몸의 피가 얼어붙고 심장이 멈춰서 절명하리라.

"……자, 그럼☆ 착한 아이는 코~ 잘 시간♪ 자장가를 불러드릴게요♪ 겨울에 안겨서 잠드시길♪《영원히·영구히·편안하게》."

글레이시아는 노래하듯 주문을 영창하며 춤을 추듯 크리스토프에게 손가락을 내밀었다.

그러자 빛나는 냉기 폭풍이 파공성을 울리며 거친 파도처럼 크리스토프에게 휘몰아쳤다.

하지만 크리스토프는 위축되지 않고 양 손목에 스냅을 줘서 손가락 사이에 낀 에메랄드 몇 개를 주변 바닥에 내던졌다.

에메랄드는 원을 그리듯 바닥에 박혔다.

"《고속 결계 전개·취옥 법진》!"

바로 에메랄드 사이의 공간을 마력선이 질주하더니 단숨에 오망성 법진을 완성했다.

그 법진을 따라 솟구친 녹색 장벽이 맹렬한 눈보라를 정면에서 막아냈다.

크리스토프의 친가— 마도의 명문 프라울 가가 자랑하는 보옥식 결계 마술.

원래 결계 계통 마술이라는 건 수많은 절차를 밟아서 구축해야만 쓸 수 있는 의식 마술이다. 그러나 마술의 명문 프라울 가는 그런 결계 마술을 정밀도와 위력을 떨어트리지 않은 채 지근거리 마술 전투에서도 쓸 수 있도록 만들었다.

그중에서도 크리스토프가 특히 자신 있어 하는 분야는 방어 결계술이었다.

옥식 결계【에메랄드 서클】은 평범한 마도사가 펼치는 흑마(黑魔)【포스 실드】열 배의 방어력과 훨씬 더 넓은 효과 범위를 지닌 마술이었다.

제국 궁정 마도사단에서도 굴지의 방어력을 가진 마술이었지만, 눈보라를 막은 장벽의 표면에 조금씩 금이 가기 시작했다.

이윽고 유리가 깨지는 듯한 소리가 울리며 결계가 붕괴, 소멸하고 말았다.

"……아."

"우후후♪ 소용없답니다☆ 극저온의 세계에서는~♪ 모든 운동이 정지하거든요☆ 분자도♪ 근원소(根源素)도♪ 그리고, 그리고~ 마나도♪ 모르셨어요?"

글레이시아는 믿을 수 없다는 듯 경악한 크리스토프에게 만면의 미소를 보냈다.

"다시 말씀드리죠♪ 어서 오세요♪ 크리스토프 님♥ 제가 사랑하는~ 겨울 세계에♪"

그녀의 사지에서 흘러넘치는 냉기가 주위에 수많은 거대한 얼음기둥을 급속도로 생성했고 공기도 얼어붙어서 반짝반짝 빛나기 시작했다.

"……큭?!"

자신 있게 펼친 방어 마술이 간단히 파훼당하고 말았다.

그 사실에 긴장하면서 표정을 살짝 굳힌 크리스토프는 다음 결계를 펼치기 위해 새 에메랄드를 꺼냈다.

알자노 제국 마술학원의 서쪽 정원.

"뜨아아아아아아아아아아아아아아아아아아아아아~?!"

버나드는 머리를 쥐어뜯고 분수대를 발로 차면서 하늘을 향해 울부짖었다.

"우째서 하필이면 내 상대가 너 같은 사내자식인 거냐아아아아아아아아아아아~!"

버나드와 대처한 남자는 하늘의 지혜연구회에 소속된 외

도 마술사였다.

나이는 대략 30대에서 40대 사이. 덩치가 크고 근육이 우락부락한 버나드보다도 한층 더 키가 큰 데다 어깨도 넓고 근육도 우락부락했다. 또한 그 험상궂은 용모는 마술사라기보다 격투가나 동방의 수행자 같은 인상을 주었다. 체면치레 정도로 로브를 걸치고 있지만 부풀어 오른 근육 때문에 지금 당장에라도 터질 것처럼 보였다.

"자네의 그 울끈불끈한 근육은 대체 뭐냐고! 징그러! 진심으로 김샜다고! 징그러! 젠장, 역시 동쪽이었나?! 그러면 (겉모습만이라도) 귀여운 여자애랑 만났을 텐데에에에에~! 이봐, 자네. 혹시 그 안에서 엄청난 미녀가 튀어나오지는…… 않는다고? 아, 그래?"

버나드는 피눈물을 흘리면서 발을 동동 굴리고 울분을 토했다.

남자는 전장과 어울리지 않는 버나드의 바보 같은 태도를 완전히 무시하고 낭랑하게 선언했다.

"……나는 만난 게 네놈이라 오히려 기쁘군,《은둔자》버나드. ……아니, 전 제국 궁정 마도사단 특무분실 집행관 넘버 8《힘》의 버나드여."

"……참 나, 대체 언제적 이야기를 하는 건지."

남자의 입에서《힘》이라는 코드네임을 흘러나온 순간 버나드의 표정이 굳어졌다.

"뒷세계에서는 꽤 유명한 이야기다. 마투술(魔鬪術)을 극한까지 끌어올렸다는 《힘》의 전설은 말이지."

블랙 아츠. 주먹과 다리에 마술을 담아서 상대를 타격한 순간 체내에서 마술을 직접적으로 폭발시킨다고 일컬어지는 마술과 격투술을 접목시킨 이색적인 근접 격투술.

원거리에서 상대를 공격하는 마술 최대의 이점을 버리고 일부러 마술을 써서 근접전을 벌이는 참으로 바보 같은 전투법. 마력 조작 센스가 뛰어나지 않으면 평범한 기본기 하나조차 습득할 수 없는 난해한 기술이었지만…… 일단 달인의 영역에 도달하면 그야말로 강력하기 짝이 없는 위력을 자랑하는 기술이기도 했다.

"흘러넘치는 마력에 몸을 맡긴 채 파괴의 폭풍을 몰고 다녔다는 파괴 마인……. 근접전에서의 순간 파괴력만 놓고 보면 세리카 아르포네아와 필적한다는 찬사를 받았고, 40년 전의 봉신 전쟁에서는 그 《쌍자전(雙紫電)》 제로스와 함께 상당히 활약했다고 들었다만?"

"아~ 그런 일이 있었나……? 기억이 잘 안 나는구만 그래."

버나드는 시치미를 떼며 턱수염을 쓰다듬었다.

"여기서 만난 것도 인연…… 어디 한 번 전설로 승화되기까지 한 네놈의 블랙 아츠를 보여다오. 버나드 제스터. 그리고 네놈은 내 구도(求道)의 영양분이 되는 거다!《파(破)》!"

남자는 짧은 주문을 외치며 주먹을 들었다. 손등에 새겨진 룬이 빛나자 주먹에서 어마어마한 전격이 뿜어졌다.

"……으엑. 자네도 마투술사였구만……."

진심으로 성가신 얼굴이 된 버나드는 남자의 블랙 아츠를 게슴츠레한 눈으로 흘겨보았다.

"뭐, 알았다. 그렇게까지 말한다면 잠시 놀아줘 볼까……."

버나드도 마지못해 주먹을 들고 짧은 주문을 외웠다. 바로 손에 폭염이 피어올랐다.

"하늘의 지혜연구회 소속 포털스 오더…… 《포효》의 제토! 간다!"

"……지금은 그냥 버나드일세. 뭐, 적당히 가볼까……."

그 순간, 두 사람의 모습이 단숨에 안개처럼 사라졌고 딱 중간쯤 되는 위치에서—.

"하아아아아아아아아아아아아아아아아앗!"

"우오오오오오오오오오오오오오오오오오오오오!"

전격을 두른 주먹과 폭염이 흘러넘치는 주먹이 맞부딪쳤고, 마력이 작렬하면서 발생한 어마어마한 대폭발이 천지를 뒤흔들었다.

위력은 호각인 것처럼 보였으나—.

버나드의 주먹이 천천히…… 천천히…… 제토의 주먹에 밀리기 시작했다.

"우오오오오오!"

그리고 완전히 힘에서 진 버나드의 몸이 몇 미트라 정도

뒤로 미끄러졌다.

"……이, 이런……?!"

"홋……."

제토는 경악해서 눈을 깜빡거리는 버나드에게 의기양양한 미소를 보였다.

"진심을 보여라, 알자노의 파괴 마인. 전설로까지 승화한 그 힘, 그 기량을…… 나에게 보여다오. ……네놈이 죽기 전에 말이지."

"……크, 큰일 났네……. 이거, 진짜로 위험한 녀석이었잖아?"

말로는 태연한 것 같아도 버나드의 미소는 명백히 굳어 있었다.

울창하게 우거진 숲속.

"크크크…… 당신이 알베르트 프레이저 씨입니까."

알베르트의 앞에 모습을 드러낸 청년이 은근히 무례한 태도로 인사했다.

"처음 뵙겠습니다. 제 이름은 바이스 사나스. 조직의 포털스 오더입니다. 아무쪼록 기억해주시길. ……아, 당신에게는 오늘이 마지막이 되겠지만 말입니다."

"……."

"하하 당신의 소문과 무용은 익히 들어서 알고 있습니다. 참으로 영광이군요. 당신 같은 제국 궁정 마도사단 최고의 영걸과 이렇게 마주할 수 있다니……."

알베르트는 말이 없었다. 그의 매처럼 날카로운 눈은 바이스라는 청년이 아니라…… 청년 바로 옆에 서 있는 존재에게 향하고 있었다.

"어라? 이게 신경 쓰이시나 보죠? 당신 정도의 무용을 자랑하는 이라도 역시 이건 무시할 수 없나 봅니다? ……흐응?"

바이스는 그런 알베르트의 반응이 즐거워서 어쩔 줄 몰라 하는 것처럼 웃었다.

그의 옆에 있는 것은 괴물이었다.

외견은 인간형이지만 키와 어깨너비는 보통 인간의 두세 배는 됐다. 온몸의 근육이 우락부락한 데다 피부는 칠흑색. 머리에는 비틀린 뿔, 등에는 고룡(古龍) 같은 이형의 날개가 달려 있었다.

마치 성서나 종교화에서 나올 법한 포악함을 구현화한 이형의 정체는―.

"그렇습니다. 예상하신 대로…… 이 녀석은 『악마』입니다."

바이스는 기쁨에 잠긴 표정으로 알베르트를 흘겨보았다.

"……네놈, 악마 소환사인가."

"정답입니다. 이 녀석은 제가 소환한 『악마』입니다. 더구나 흔해빠진 하급 악마가 아닌…… 어엿한 상급 악마. ……유명한 대악마이기도 하죠."

악마, 그것은 인간이 공통 심층 의식에서 널리 인지되고 공유되어온 강대한 개념 존재들을 가리키는 말이었다.

기원을 찾아보면 역병, 가뭄, 기근, 폭풍, 우레, 지진, 산불 같은 인간의 힘으로는 어찌할 수 없는 자연재해나 혹은 배신, 시샘, 욕정, 질투, 파괴 충동을 비롯한 부정적인 감정 같은 인간이 기피하고 금기시해온 공포가 종교와 신앙과 결부되어서 인간 같은 모습을, 성격을, 일화를, 신격을— 개념을 얻게 된 존재였다.

그리고 이 세계가 인간의 관측과 인지로 성립된 것인 이상, 이런 공통 심층 의식의 개념 존재들은『이곳이 아닌, 그 어디도 아닌 장소』— 인간이 공유하는『의식의 장막』너머 — 즉,『마계』에서 확고한 자아를 가진 채로 현실에 존재하고 있었다.

마술 이론상 신과 악마는 처음부터 세계에 존재했던 것이 아니라 어디까지나 인간이 만들어낸 환상의 존재라는 뜻이다. 그런 인간이 공유하는『의식의 장막』너머에 있는 개념적인 존재를 이 세계에 육신을 가진 채 구현, 강림시키는 것이 바로 악마 소환술이었다.

"아하하하하하하! 자, 그럼《별》의 알베르트 씨? 소문에 따르면 당신은 제법 강하신 모양이던데…… 어디까지나 인간을 상대로 말입니다. 하지만 인간이 기피하는 공포의 상징……『악마』가 상대라면 어떨까요? 크크크크큭!"

대답할 필요도 없었다. 못 이긴다.

『악마』는 처음부터 인간이 이길 수 없는 위협으로 개념이 정의된 존재였다.

인간이 맞서 싸우기에 『악마』는 너무나도 강대한 존재였다.

그러나―.

"……《광소(狂騷) 백작》 나르키스인가."

알베르트는 조용히 그렇게 중얼거렸다.

"……?!"

"그 악마의 진명은 36악마장의 일익인 《광소 백작》 나르키스. 육마장(六魔將) 중 하나인 《흑검의 마왕》 메이베스가 이끄는 흑검 사(死)기병단에 속한 군단장의…… 분령(分靈). 주군인 메이베스의 이름하에 목 없는 말이 끄는 전차를 타고 종말의 전장을 질주하며 광소의 나팔을 불어서 이 세상 모든 것을 시산혈해의 전투 지옥으로 바꾸는…… 전장의 광란을 관장하는 악마다."

"호오? 당신은 마술사 주제에 신학에도 제법 식견이 있으신 모양이군요? 아니, 이 경우는 악마학일까요? 아무튼 각악마의 모습에 관한 설과 해석은 한둘이 아니거늘…… 제악마의 정체를 한눈에 간파한 건 당신이 처음입니다."

바이스는 감탄한 목소리로 말했다.

"그래도 무의미! 악마의 진명은 제가 완전히 장악하고 있습니다! 당신에게 제어가 넘어가는 일은 결단코 없습니다! 그리고 분령이리고는 애모 내익바는 내악마! 당신 따위에게 질 리가······."

"······몇 명을 희생했지?"

그러자 알베르트가 서슬이 시퍼런 눈빛으로 담담하게 질문했다.

"예?"

"분령이라고는 해도 그 정도로 강대한 개념 존재를 이 세계에 소환하는 것에 그치지 않고 유지까지 하려면 대량의 영혼이 필요할 터. 대체 몇 명의 영혼을 제물로 삼은 거지?"

알베르트의 말 구석구석에서 배어 나오는 날카로운 분노는······ 사악한 존재에 대한 격렬한 증오의 분노였다.

"네놈이 악마 소환사인 이상 난 일절 자비를 베풀 생각이 없다. 덤벼라, 외도. 진짜 전투라는 게 어떤 건지 가르쳐주마."

"······풋."

알베르트가 그렇게 말하자 청년이 이제 못 참겠다는 듯 배를 잡더니―.

"푸하하하하하하하하! 으햐하하하하하하하하!"

얼굴을 손으로 가리며 폭소를 터트렸다.

"설마하니! 《별》(웃음)의 알베르트 씨가 농담에도 일가견이 있으셨을 줄이야! 무슨 말씀을 하나 싶었는데 설마 그겁니까?! 허세나 강한 척도 이 정도면―."

"《뇌창(雷槍)이여》."

알베르트는 더는 대화를 나눌 필요성을 못 느끼겠다는

듯 바이스를 손가락으로 겨누고 주문을 영창했다.

신속하게 펼쳐진 흑마 【라이트닝 피어스】가 어둠을 가로질렀다.

청년을 향해 전격이 일직선으로 날아든 순간, 마치 바람처럼 움직인 악마의 팔이 전격을 튕겨냈다.

"옳거니. 악마는 못 당하겠으니 소환자 본인을 직접 노리겠다 이겁니까. 흔해빠진 데다 어리석은 방법이 아닐까요? 고작 인간 주제에 악마의 반응 속도를 제칠 수 있을 거라고 진심으로 생각한 겁니까?"

알베르트는 역시 대답하지 않았다.

"《금색의 뇌수(雷獸)여·땅을 질주하라·하늘로 날아올라 춤춰라》"

이번에는 재빨리 흑마 【플라스마 필드】를 영창했다.

광역 섬멸 공격 주문으로 청년과 한꺼번에 해치우려는 의도였을까.

"그러니까 어리석다고 말했잖습니까!"

바이스가 그렇게 외치자 악마의 온몸에서 하늘을 찌를 듯한 무시무시한 기세로 검은 벼락이 발생했다.

무차별적으로 발산된 검은 벼락의 난무는 알베르트의 【플라스마 필드】를 막는 것에 그치지 않고 오히려 밀어붙이기까지 했다.

알베르트에게는 근거리 마술 결투의 필살 오의나 다름없

는 B급 군용 마술이 종잇장처럼 찢어지고 소멸했다.

"큭?!"

그리고 역류한 파괴의 폭풍이 인정사정없이 알베르트를 향해 육박했고— 어마어마한 낙뢰음과 폭음이 앙상블을 이루며 대지를 충격으로 뒤흔들었다.

"어허…… 이거 참…… 예상보다 쉽게 끝날지도 모르겠네요. 제국 궁정 마도사단도 소문만큼은 아니었다는 뜻일까요……?"

한편, 자이드는 무도회장의 벽에 기대서 남몰래 비웃음을 흘렸다.

"—적은 그렇게 생각하고 있겠지만…… 어리석기 짝이 없네. 내 지시는 완벽해. 외도 마술사 놈들…… 너희들에게 미래는 없어. 어디 한 번 열심히 발버둥 쳐 보시지."

이브는 무도회장의 옥상 한켠에서 남몰래 비웃음을 흘렸다.

"후후후……."

그리고 마치 그런 두 사람의 속내를 간파한 것처럼 비웃음을 흘리는 제삼자.

한없이 어두운 심연의 암흑으로 뒤덮인 자가 지금 은밀히…… 무도회장 안으로 침입했다.

제4장 예상치 못한 방문자, 어둠 속에서 싸우는 자들

지휘자가 오른손에 쥔 지휘봉을 높이 들어 올리는 포즈를 취한 순간, 악단의 뜨거운 연주가 극적인 여운을 남긴 채 끝을 맺었다.

동시에 음악에 맞춰서 춤을 추던 커플들도 제각기 온 힘을 다한 마무리 연기를 선보였다.

─우와아아아아아아아아아아아아아아아아아아아아!

그러자 관객들의 건물이 떠나갈 듯한 박수와 환호성이 우레처럼 쏟아졌다.

지금 막 세 번째 예선이 끝났는데도…… 무도회장의 열기는 좀처럼 식을 줄 몰랐다.

"……후우……."

루미아의 손을 잡고 마무리 포즈를 취했던 글렌이 그녀의 손을 놓아주었다.

"아……."

글렌에게 몸을 맡겼던 루미아는 마치 꿈이라도 꾼 듯한 표정이었다.

" ……후우…… 벌써…… 끝나 버렸네요."

그리고 아쉬운 목소리로 말하며 글렌에게서 몸을 뗐다.

"저기 봐! 루미아! 우리의 평가는…… 좋았어! 톱으로 본선 진출 결정이다!"

글렌은 심사위원 석 옆에 있는 기록판을 멀리서 보고 승리의 포즈를 취했다.

"어라?! 칫! 하얀 고양이, 리엘 페어랑 똑같은 점수잖아! 그 녀석들도 당연히 본선에 진출했겠지……. 이거 힘들겠는걸……."

시스티나와 리엘의 페어는 글렌이 상상했던 것보다 훨씬 더 강적이었다.

예선은 다수의 커플로 경기 그룹을 편성해서 그룹별로 치러졌지만, 시스티나와 리엘의 페어는 몇 회전에서건 누가 상대건 간에 항상 그룹 내 최고점을 달성했다.

지금 막 끝난 예선 3회전에서 마침내 같은 그룹으로 맞붙게 됐지만…… 점수는 동점. 실력은 완전히 호각이라는 뜻이리라.

'……이거 원 상황이 위험해졌는걸…….'

지금까지의 예선은 일정 점수만 획득하면 다음 경기에 진출할 수 있었다.

요컨대 커트라인만 통과하면 충분했던 것이다.

하지만 세 커플씩 경기가 치러지는 다음 본선부터는 심사위원이 채점한 예술 점수와, 기술 점수의 총합이 가장 높은 페어만 다음 경기에 진출할 수 있는 토너먼트 방식이었다.

운 나쁘게 시스티나 페어와 도중에 부딪혀서 바로 탈락할지도 모르는 위험성이 존재했다.

'사교 무도회의 밤은 아직 길어⋯⋯. 자이드 자식은 그 후로 별다른 거동을 보이지 않았지만, 방심은 금물⋯⋯. 될 수 있으면 마지막까지 올라가고 싶은데⋯⋯.'

빈틈없이 주위를 경계하는 글렌 곁으로—.

"흐흥~ 어때요? 선생님? 저희도 제법이죠?"

"응. 칭찬해줘."

시합이 끝날 때마다 시스티나는 의기양양한 얼굴로, 리엘은 평소와 다름없는 졸린 듯한 무표정으로 다가와 글렌에게 시비를 걸었다.

'으그그그⋯⋯ 요 녀석들, 내 속도 모르고⋯⋯!'

글렌이 지면 호위에 실패할 우려가 있는데도 이브는 리엘을 막지 않았다. 즉, 그때는 그때 가서 다른 책략이 있는 것이리라. 아마도 루미아를 미끼로 삼는 부류의⋯⋯. 리엘은 이브가 시키는 대로 행동하는 것에 불과했다.

'⋯⋯제길, 그렇게 하도록 내버려 둘까 보냐! 난 루미아를 지켜야만 한다고!'

그런 글렌의 속도 모른 채—.

"어머, 혹시 선생님 겁먹으셨어요? 올해의 『쵸브 드 나페』는 제 걸로 확정된 걸끼요~?"

시스티나는 우쭐한 얼굴로 평평한 가슴을 펴고 글렌을 도발했다.

"……후훗, 과연 그럴까? 시스티."

그러자 뜻밖에도 루미아가 글렌과 장난스럽게 팔짱을 끼며 신이 난 목소리로 끼어들었다.

"나랑 선생님 페어는 절대로 안 져. 선생님이라면 반드시 내가 『호브 드 라 페』를 입게 해주실 거야. ……그렇죠? 선생님!"

루미아는 태양 같은 밝은 미소로 글렌을 올려다보았다. 달아오른 뺨이 묘하게 섹시했다.

"……으, 응……? 맡겨둬……."

루미아는 여봐란듯이 글렌의 팔을 더 세게 껴안아서 시스티나를 도발했다.

이 무도회장의 들뜬 분위기에 영향이라도 받은 건지 어째 그녀답지 않은 태도였다.

"으, 으으으…… 으으으으~! 후~!"

시스티나는 살짝 토라진 것처럼 뺨을 부풀리고 꽉 쥔 두 주먹을 가슴께로 들어 올렸다.

"뭐야? 얘가 진짜! 난 절대로 안 질 거다?!"

"후훗! 나야말로!"

'이거 참, 이 녀석들 너무 흥분한 거 아냐? 캐릭터가 붕괴했잖아…….'

평화롭게 서로를 노려보며 불꽃을 흩뿌리는 시스티나와

루미아의 모습에, 글렌은 못 말리겠다는 듯 한숨을 내쉬고 무도회장을 한 바퀴 훑어보았다.

'그런데 뭐랄까…… 이 정도로 고조된 분위기는 귀족의 사교계에서도 어지간해선 보기 드문데……. 이것도 다 리제의 기획 운영 능력 덕분인가? 그 녀석, 혹시 괴물 아냐?'

여하튼 글렌 자신도 살짝 즐거운 기분이 들 정도였다.

뒤에서 인간의 목숨이 걸린 극비 임무를 수행 중인 그조차도…….

'참 나, 내가 이런 실수를……. 즐기고 있을 때가 아닌데 말이지…….'

그래도 즐거운 건 사실이었다. 이 사교 무도회의 분위기에 취해서 가슴이 뛰는 걸 자각했다.

아직 중반부에 불과한데도 무도회장은 정말로 성황의 극치를 누리고 있었다.

누구나가 즐겁게 담소를 나누며 마음이 맞는 사람끼리는 댄스를 즐겼다.

한도가 없는 것처럼 끊임없이 나오는 다채로운 요리들.

악단 또한 방금 댄스 경연대회 예선 연주가 막 끝난 참인데도 쉴 새 없이 열연을 계속했다.

'악단과 지휘자분들, 고생이 많으시네요…….'

이 사교 무도회에서 자신의 영혼을 마지막 한 조각까지 모조리 불태우려는 듯한 기세로 열심히 지휘봉을 휘두르는 지휘자와 열연을 계속하는 악단의 열의 앞에서는 절로 고개가 숙여질 따름이었다.

글렌은 잠시 무의식적으로 지휘자와 악단을 바라보다가…… 이윽고 어떤 사실을 눈치챘다. 등골이 서늘했다.

"……루미아가…… 없어!?"

정신을 차리고 보니 루미아가 없었다. 시스티나와 리엘의 모습도 함께 사라졌다.

터무니없는 실수였다. 설마 분위기에 취해서 잠시 사색에 빠졌다고는 해도…… 루미아가 자신의 곁에서 떨어지는 걸 전혀 눈치채지 못하다니!

"세실! 테레사! 루미아가 어디로 갔는지 알아?!"

글렌은 옆에서 담소 중인 세실과 테레사에게 귀기 어린 표정으로 캐물었다.

"아, 그게…… 방금 시스티나하고 리엘이랑 같이 먹을 걸 가지러 저쪽 테이블로 갔는데요?"

"어머, 갑자기 왜 그러세요? 선생님."

글렌은 대답하지 않고 와글와글한 인파를 헤치면서 루미아 일행을 찾아다녔다.

'……어디야! ……어디 있는 거냐고!'

하지만 무도회장은 쓸데없이 넓었다.

꽤 개성적인 녀석들이지만 이렇게 사람이 많으니 찾는 것도 보통 일이 아니었다.

'젠장! 내가 이런 실수를……! 제발! 무사해라! 무사해다오! 제길…… 빌어먹을! 빌어먹으으으으으으으으을!'

글렌이 초조한 나머지 소리를 지르려 한 순간—.

"……안심하세요. 《광대》 글렌 님."

어떤 숙녀가 글렌의 팔을 살며시 잡아끌었다.

"그 《마의 오른손》은 절대로 이 기회를 노리지 않을 테니까요."

방해를 받는 바람에 머리에 피가 확 몰린 글렌은 한순간 자신이 무슨 소리를 들은 건지 이해하지 못했다.

"시끄려! 네가 대체 뭘 안 다고—."

무시무시한 표정으로 자신의 팔을 잡은 여성에게 고함을 지르려 하다가…….

그제야 눈치챘다.

방금 자신이 들은 말의 의미와— 이 여성의 정체를.

"후훗. 이렇게 가까이에서 대화를 나누는 건 오늘이 처음이던가요?"

부드럽게 미소 짓는 이 흑발 여자의 얼굴은…… 낯이 익었다.

저번 마술 경기제에서는 여왕 폐하 옆에서 대기한 모습을 멀리서 봤었다.

알베르트가 보여준 외도 마술사 리스트에 첨부된 사진으로도…….

"설마……?! 너는…… 엘레노아?!"

하늘의 지혜연구회 어뎁터스 오더의 말석 엘레노아 샤레트.

전혀 예상치 못한 상대가 바로 눈앞에서 요염하게 웃고 있었던 것이다.

엘레노아는 글렌이 반응하는 것보다 먼저 팔을 잡아당겨 가까이 접근했다.

"……어떠신가요? 오늘 밤 교우를 나누게 된 증거로…… 댄스라도 추시겠어요?"

글렌은 요염하게 웃는 엘레노아 옆에서 완전히 얼어붙었다. 다른 사람의 눈에는 사이좋은 연인이 밀착해 있는 것처럼 보였겠지만…… 글렌의 옆구리를 요사스러운 손놀림으로 쓰다듬는 엘레노아의 손가락…… 그 손톱 사이에서 삐져나온 바늘이 빈틈없이 닿아 있었다.

바늘에서는 위험한 마력이 느껴졌다. 아마 치사성 저주나 마술독이 묻은 침일 것이다.

이런 상황에서는 대처할 방법이 없었다. 그야말로 체크 메이트였다.

'……이브! 야, 이브! 너, 지금 뭐 하고 있는 거야! 적이라고!'

"이브 님의 엄호를 기대하셔봤자 소용없답니다. 지금 그녀는…… 후훗. 분명 다른 일에 열중하고 계실 테니까요. 저도 그 틈을 노리고 당신의 앞에 모습을 드러낸 거랍니다? 그래서 왕녀님과 친구분들께 일시적으로 당신의 곁에서 떨어지라는 암시도…… 걸었고요."

"……뭐……라고?!"

"지금부터 몇 분간은 공백의 시간. 글렌 님을 제외한 모두가 저를 인식하지 못하는…… 이른바, 꿈과 현실의 틈새에서 흔들리는 몽환의 시간이랍니다."

괴물이다. 과연 몇 년이나 적 조직의 밀정이라는 사실을 완벽하게 숨긴 채 여왕의 측근으로 활동한 인물다웠다. 첩보와 위장, 인간 심리의 빈틈을 찌르는 분야에서는 그녀야말로 세리카조차 능가하는 세계 제일의 마술사일지도 몰랐다.

이런 악마 같은 짓을 저지를 수 있는 건 엘레노아뿐이다. 아니, 이런 존재가 이 세상에 더 있어서는 안 된다.

"사실 저도 이번에는 꽤 위험을 감수한 무모한 상황이긴 하지만요."

"……왜 그렇게까지 하면서 내 앞에 모습을 드러낸 거지? 지금 날 처리할 생각이냐?"

"아뇨, 설마 그럴 리가요. 자칫하면 《마술사》의 불꽃에 노출되고 사로잡힐지도 모르는 사지에 위험을 감수하면서까지 모습을 드러낸 건…… 당신에게 한 가지 조언을 드리고 싶어서랍니다."

"……조언……이라고?"

영문을 모르겠다. 하늘의 지혜연구회……. 이 녀석들은 정말로 대체 무슨 생각을 하고 있는 것일까.

"안심하시길. 조금 전에도 말씀 드렸지만 지금부터 몇 분간 마의 오른손은 절대로 행동에 나서지 못할 테니까요. 아무쪼록 잠시 시간을 주신다면…… 당신의 사랑스러운 공주님을 구할 힌트를 알려드리죠."

어떤 수법을 쓴 건지는 전혀 모르겠지만…… 만약 엘레노아에게 적의나 살의가 있었다면 이브가 바로 눈치챘으리라. 그러니 지금의 그녀에게 적의가 없는 건 틀림없겠지…….

"하! ……믿어도 널 믿으라고?!"

"대도사님의 이름을 걸고 맹세하겠습니다."

그녀는 아무렇지 않게 대도사의 존재까지 교섭재료로 들먹였다.

하늘의 지혜연구회는 정신 이상자들의 집단이지만…… 말단의 양아치 같은 놈들조차 대도사에게 절대적인 충성심과 신앙을 바치고 있었다. 거의 세뇌에 가까운 카리스마였다.

어차피 이렇게 된 시점에서 알레노아가 진심으로 죽일 생각이라면 자신과 루미아는 이미 파멸이 확정된 상황이었다.

"……알았어. 네가 바라는 대로 해주마. ……이왕 이렇게 된 거 어쩔 수 없지."

"후훗…… 영광이네요."

엘레노아는 요염하게 웃으면서 글렌의 손을 중앙의 무대로 이끌었다.

댄스 경연대회 도중의 쉬는 시간.

글렌과 엘레노아는 일반인에게 개방된 중앙 무대의 커플들 사이에 껴서 연주에 맞춰 댄스를 추었다. 그녀의 기량도 무심코 혀를 내두를 정도로 훌륭했다.

"후후후, 글렌 님. 정말 잘 추시네요. 저도 가슴이 다 뛰는걸요."

"……시끄러."

글렌은 적의를 감출 생각도 없이 계속 댄스를 추면서 그렇게 응수했다.

"듣고 싶은 게 있다. 네가 이번 사건의 흑막이냐?"

"아뇨."

"그렇겠지."

행여나 엘레노아가 흑막이라고 쳐도 글렌 일행을 혼란시키기 위해 모습을 드러낸 것치고는 타이밍이 지나치게 허술했다. 모처럼 이쪽이 엘레노아의 존재를 전혀 파악하지 못한 상황인데 그 우위성을 일부러 버릴 이유는 어디에도 없었다.

이쪽이 그녀의 존재를 모르는 상태로…… 일을 은밀하게 처리하면 될 뿐이니까.

"아까 조언이 있다고 했지? 그게 대체 무슨 뜻이야?"

"그건…… 그 말대로의 뜻이랍니다."

엘레노아는 유쾌하게 쿡쿡 웃으며 높이 치켜든 글렌의 팔

아래에서 우아하게 회전했다.

"당신들, 제국이…… 《마의 오른손》의 책략에 보기 좋게 걸려든 모습이 너무 우습다 보니…… 저도 모르게 그만."

"……?!"

글렌은 댄스 안무를 가장해서 엘레노아의 몸을 끌어당기고 그녀의 귓가에 속삭였다.

"개인적으로 맘에 들진 않지만, 이브의 지배 영역은 완벽해. 살의가 없는 널 감지하지는 못했어도 흑막이 루미아에게 직접 살의를 드러낸다면 바로 끝이야. 이브가 있는 한 암살은 불가능해. 그런데도 우리가 《마의 오른손》의 손바닥 위에서 춤추고 있는 것에 불과하다는 거냐……!?"

"후훗, 맞아요. 참으로 유감이지만…… 이대로 가면 왕녀는……."

엘레노아는 부드럽게 몸을 떼면서 우아하게 춤을 췄다.

"분명 『호브 드 라 페』가 그녀의 아름다운 수의(壽衣)가 되겠죠."

엘레노아의 냉혹한 예언을 들은 글렌의 표정이 삽시간에 굳었다.

"저도 전에는 왕녀의 목숨을 노렸습니다만…… 지금은 상황이 변했으니 그 결과만큼은 꼭 피하고 싶답니다. 조직의 내부 사정을 들켜도 상관없을 정도로요……. 그래서 당신들, 제국에 기대를 거는 거랍니다. ……자이드의 계획을 분쇄해주기를.”

엘레노아의 팔을 잡은 글렌의 손에 무의식적으로 힘이 담겼다.

“아…… 으응……. 후후, 아프네요. ……이런 격렬한 것도 싫진 않지만 여성을 다룰 때는 아무쪼록 비단을 만지는 것처럼 부드럽게…….”

“말해! 엘레노아! 《마의 오른손》은 대체 뭘 노리는 거지?! 베일에 싸인 자이드의 암살술…… 놈은 언제나 아무도 눈치채지 못하는 사이에 대상을 처리했어. ……그것도 대중이 보는 눈앞에서! 철살, 교살, 박살…… 수단도 가지각색이야! 그건 이브조차 막을 수 없는 방법인 거냐?! 대체 정체가 뭐냐고!”

“그건 말씀 드릴 수 없어요. 설령 자이드가 조직의 방침에 거역한 배신자라 해도…… 동료를 파는 건 불가능하니까요. 그런 서약^{기아스}이 걸려 있답니다.”

“『급진파』인 자이드는 조직의 『현상 유지파』에 들기지 않으려고 『암살』이라는 수단을 취했을 터! 그런데 넌 어떻게 자이드의 계획을 알고 있는 거지?!”

“대도사님께선 모든 것을 알고 계신답니다. 게다가…… 조직의 방침을 저희에게, 그리고 당신들에게 맡기신 거예요. 이 알자노 제국이라는 무대 위에 선 모든 배우들이 자아내는 거대한 이야기를 지켜보시면서요. 서는 그런 대도사님의 뜻을 따를 뿐이랍니다."

'그건 대답이 아니잖아! 지금 사람 깔보는 거야?!'

글렌은 분노를 간신히 억누르며 계속해서 엘레노아와 춤을 추었다.

하지만 엘레노아는 기껏해야 어뎁터스 오더의 말석에 불과하다고 들었는데…… 아무래도 말투로 봐선 의외로 정체가 베일에 싸인 대도사와 가까운 존재인 것 같았다.

게다가 그녀 자신도 어디까지나 『현상 유지파』에 가까운 입장인 것뿐이지…… 두 파벌 어디에도 소속되지 않은 것 같은 뉘앙스를 풍겼다.

'정말로…… 대체 뭐냐고! 이 녀석은!'

글렌이 그런 의구심을 품으면서 약간 난폭하게 스텝을 밟자—

"그럼 서론은 여기까지만 하고…… 슬슬 당신들께 이번 사건에 관한 조언을 하나 해드려야겠네요."

"……조언……? 맞아, 조언이라는 건 또 뭐야!"

글렌의 질문에 엘레노아는 천진난만하게 웃으면서 이렇게 말했다.

"왕녀의 명운을 쥔 것은…… 「눈으로 보면 다섯 계단이지만 눈을 감으면 여덟 계단. 따라서 달리면 인간은 그 그윽한 위용에 감정이 크게 흔들릴지어다」 ……그 이유는?"

"……뭐? 그건 또 무슨 생뚱맞은 소리냐?"

"활약을 기대하겠습니다. 당신과 왕녀님께 축복이 있기를."

마침 댄스가 끝나자 엘레노아가 일방적으로 말을 끊더니 살며시 거리를 벌리고 우아하게 인사했다.

"……네가 도망칠 수 있을 것 같아?"

글렌은 어떤 대답이 돌아올지 뻔히 알면서도 허세를 부릴 수밖에 없었다.

"오늘 밤의 진정한 흑막, 그리고 그자가 지닌 능력의 정체를 파악하지 못한 이 상황 속에서 총명한 당신이라면 틀림없이 소란을 피우진 않으시겠죠. 피울 수도 없으실 테고요. ……제 말이 틀린가요?"

"칫……."

"……그럼 평안하시길, 글렌 님. 아무쪼록 좋은 밤을……."

글렌은 엘레노아가 여유 있게 인파 속으로 사라지는 모습을 가만히 지켜볼 수밖에 없었다.

그런 글렌 앞에ㅡ.

"후훗, 선생님. 이것 보세요. 선생님이 좋아하시는 샌드위치를 잔뜩 가져왔어요. 마실 것도요♪ 드세요."

"뭐, 배는 든든히 채우세요. 공복을 핑계로 졌다는 소리를 듣긴 싫으니까요."

접시에 요리를 담은 루미아와 시스티나, 그리고 이번에도 딸기 타르트를 접시에 산더미처럼 쌓은 리엘이 돌아왔다.

"……아, 요. ……너희들, 무사했구나. ……다행이다."

"……예?"

글렌이 안도의 한숨을 내쉬자 세 소녀는 고개를 살짝 갸 웃했다.

"아니, 그보다 요리는 왜? 아까 내가 실컷 먹는 거 봤잖 아?"

"어, 어라? ……그러고 보니."

"음~ 왠지 갑자기 선생님께 식사를 가져다 드려야 한다는 생각이 들었지?"

"참 나…… 요 녀석들아, 정신 좀 챙기고 살아."

글렌은 빈정거리면서도 남몰래 가슴을 쓸어내렸다.

엘레노아의 말대로 셋 다 겉으로는 아무런 이상이 없어 보 였다. 이브와 글렌의 감시에서 벗어난 절호의 기회인데도 《마의 오른손》은 정말로 아무런 행동도 하지 않은 것이리라.

여기까지 말이 정확히 들어맞자 『호브 드 라 페』가 루미아 의 아름다운 수의가 될 거라는 엘레노아의 예언이 더더욱 불길하게 느껴졌다.

『……후훗. 왜 그래? 글렌. 안색이 안 좋은걸?』

갑자기 이브의 목소리가 들렸다. 별다른 말이 없는 것으 로 예상하건대…… 이번에도 엘레노아의 말대로 잠시 다른 쪽에 의식을 돌렸던 것이리라.

'이브. 조금 전에 엘레노아가 내 앞에 모습을 드러냈어. 어 서 녀석을─.'

『뭐? 엘레노아라니…… 그 엘레노아 샤레트?』

바로 통신기 너머에서 어이가 없는 듯한, 실망한 듯한 분위기가 느껴졌다.

『하아…… 내가 설마 그런 시시한 농담에 걸려들 줄 알았어?』

'네가 믿지 못하는 것도, 기막혀 하는 것도 전부 이해해! 하지만 실제로 그 녀석은─'

『닥쳐. 당신은 당신 임무에나 집중해. 아니면 내 불꽃으로 태워줄까?』

예상대로 이브는 믿지 않았다. 그야 당연하다. 반대 입장이었다면 글렌도 믿지 않았을 테니까.

'젠장…… 하다못해 알베르트 일행과 연락이라도 할 수 있었으면……'

통신수단을 이브가 일괄로 관리하고 있는 탓에 다른 일행과는 마음대로 대화를 나눌 수도 없었다.

그녀가 완강하게 제안했던 이 통신계통도 이제 와선 쓸데없이 방해만 됐다.

『그보다, 글렌. 기뻐해. 이제 곧 전부 끝날 거야. ……전부 내 뜻대로.』

"……"

좋은 소식일 터인 이브의 말도 마치 다른 세계에서 들리는 소리처럼 느껴졌고, 글렌의 마음에는 아무런 영향도 주지 못했다.

——.

"꺄하하하하하하하하♪ 아하하하하하하하하하♪"

귀에 거슬리는 글레이시아의 웃음소리와 눈보라가 휘몰아치는 소리가 동시에 울려 퍼졌다.

"왜 그러세요? 응♪ 응♪ 왜 가만히 있는 거죠?"

"큭……."

크리스토프는 자신의 주위에 펼친 에메랄드 방어 결계를 필사적으로 유지했다.

그 결계의 외부는…… 그야말로 극저온의 빙결 지옥이었다.

거칠게 휘몰아치는 눈보라, 얼어붙는 대지, 몇 개나 되는 얼음 기둥이 하늘로 솟구쳤다.

마침내 공기마저 얼어붙고 결정화해서 흉악한 빛을 하늘에 흩뿌리는 꼬락서니.

살아있는 몸이라면 단숨에 온몸의 피가 얼어붙고, 산소까지 빙결되는 통에 숨을 쉬는 것조차 곤란— 아니, 숨을 쉬기만 해도 폐가 얼어붙는 사지였다.

하늘의 지혜연구회 소속 포털스 오더 글레이시아. 그녀의 온몸에 각인된 마도 각인—『죽음의 겨울의 각인』은 마력을 흘려 넣기만 하면 주위의 기온을 끝없이 낮춰서 무자비한 죽음의 겨울을 형성했다. 단지 가만히 있기만 해도 재앙이 되는 것이다.

'……이 무슨…… 엄청난 냉기……!'

크리스토프는 장기인 방어 결계를 주위에 4중으로 펼치고 이 극저온의 동결 지옥에서 간신히 인간이 생존할 수 있는 영역을 유지하고 있었지만—.

파직, 파직.

손가락부터, 손톱부터 조금씩, 조금씩…… 완전히 차단하지 못한 냉기가 결계 안으로 침입해서…… 크리스토프의 피를 얼리고 있었다.

"당신은 말했었죠♪ 저는 당신에게 이길 수 없다고♪ 어머, 우스워라♪ 뚜껑을 열고 보니…… 이런 꼬락서니♪ 뚜껑을 열고 보니 이런 꼬락서니♪ 있지☆ 있지♪ 지금 어떤 기분?"

글레이시아는 온몸에 새겨진 『죽음의 겨울의 각인』에 한층 더 폭주한 마력을 쏟아부었다.

그러자 주위의 냉기가 더 심해지고 기온이 덜컥 떨어졌다.

유리가 깨지는 듯한 소리가 울리며 크리스토프가 펼친 4중 결계가 바깥쪽부터 하나씩, 또 하나씩 분쇄되었다. …… 도저히 유지할 수 없었다.

"《이미드 로드·홍옥 법진》!"

그 순간, 크리스토프는 몰래 준비 중이던 마술을 두 소절 영창으로 발동했다.

그의 주위에 배치된 루비로 형성된 작열 불꽃의 원진이

단숨에 에워쌌다.

초고열의 불꽃이 밀려오는 극저온의 냉기와 동수를 이루었다.

원래 이 마술은 결계 안에 가둔 적을 태워 죽이는 공격용 결계 마술이었다. 주위의 냉기로 어느 정도 상쇄됐다고 해도 그 열기 때문에 안에 있는 크리스토프는 화상을 입을 수밖에 없었다.

"홋!"

하지만 크리스토프는 화상을 입는 것도 아랑곳 하지 않고 머리 위로 수많은 보옥을 집어 던졌다.

그 보옥들은 마치 의지를 가진 생물처럼 공중에서 회전하더니 일정 법칙, 일정 간격으로 바닥에 꽂혔다.

"그렇게는 못 하죠♪《겨울의 악마가 휘두르는 검이여》♪"

그의 의도를 눈치챈 글레이시아가 마치 노래하는 것처럼 한 소절 주문을 영창했다.

그러자 그녀 주위에 출현한 몇 자루의 빙검이 크리스토프를 노리고 날아갔다.

평범한 얼음이 아니었다. 압도적인 냉기로 압축해서 결정화시킨 냉기 그 자체였다.

닿기만 하면 물리적인 대미지만으로 그치지 않고 그 냉기로 상대를 단숨에 얼려서 산산이 박살내리라.

해방된 몇 자루의 빙검은 크리스토프의【루비 서클】을 간단히 파훼했다.

"《이미드 로드·금강 법인》!"

크리스토프는 바로 오른손을 휘둘러서 공중에 다섯 개의 다이아몬드를 배치했다.

한 줄기 광선이 다섯 개의 다이아몬드 사이를 연결하자 눈 깜짝할 사이에 오망성 법진이 출현— 그야말로 다이아몬드처럼 단단한 마술 방패로 변모했다.

이 방어 마술과 정면으로 격돌한 빙검들이 잇따라 부러지고 박살났다.

부서진 칼날에서 해방된 압도적인 냉기 때문에 방패에서 불길한 소리가 났다.

머지않아 【다이아몬드 사인】 또한 글레이시아의 냉기 앞에 무릎을 꿇고 분쇄되었다.

"윽?!"

그 냉기의 여파로 크리스토프의 오른팔이 팔꿈치까지 얼어붙었다.

"아하하하하하하하하하♪ 어서 주무세요☆ 이젠 지치셨죠? 그러니 편안히 주무시길♪ 실컷 놀아준 상으로♪ 자장가를 ☆ 불러드릴 테니까요♪"

글레이시아가 마도 각인에 한층 더 마력을 쏟아 붓자 주위의 냉기 폭풍이 마치 한계를 돌파한 것처럼 폭주하기 시작했다.

그 순간, 크리스토프는 재빨리 주문을 외쳤다.

"《루비 서클·즉시 해제》! 《이미드 로드·에메랄드 서클·오픈 중주》!"

불꽃이 안개처럼 사라지고 단숨에 전개된 녹색 빛의 방어 결계. ……이번에는 5중 구조였다.

이 죽음의 빙결 지옥에서 크리스토프는 다시 아슬아슬하게 생존권을 유지하는 데 성공했다.

"하아…… 하아…… 하아……."

"어머♪ 끈질기네요♪ 기특한 아기 새님♪ 하지만 그래봤자 마찬가지♪ 아무리 중첩해봤자 소용없어요♪ 당신이 필사적으로 만든 성으로는☆ 죽음의 겨울을 이길 수 없답니다♪"

글레이시아가 그렇게 말하자마자 결계 바깥쪽이 얼어붙고 금이 가기 시작했다.

"자, 절망했나요? 하지만 어쩔 수 없답니다♪ 이것이 저와 당신의 차이♪ 압도적이고♪ 엄연한♪ 저와 당신의 차이♪ 어머, 잔혹하기도 하지♪"

"……."

크리스토프는 고개를 숙이고 입을 다물었다. 누가 봐도 상황은 절망적이었다. 그저 간신히 버티고만 있는 그에게 승산은 만에 하나라도 존재하지 않으리라.

"그런데♪ 잠시 이야기라도 나누지 않으실래요?"

글레이시아가 포기한 것처럼 입을 다문 크리스토프에게

웃으면서 말을 걸었다.

"이미 결판은 났잖아요? 더 싸워봤자 의미가 없다구요♪ 아아, 슬퍼라♪ 다툼은 아무것도 낳지 못해♪ 세계에는 사랑이 필요해☆"

"······?"

"······그런 고로♪ 크리스토프, 항복해주세요♪"

글레이시아는 의아해 하는 크리스토프 앞에서 구김살 없이 웃었다.

"사실 전 당신을 죽이고 싶지 않답니다♪ 자세히 보니까 당신♪ 엄청 귀여운 남자애인걸요♪ 까····· 이거☆ 혹시 사랑?"

"······."

"크리스토프♪ 내 장난감이 되지 않을래요? 괜찮은 제안이죠♪ 충성을 바칠 대상이 여왕님이라는 아줌마에서 저로 바뀌는 것뿐♪ 저라면☆ 그 아줌마보다♪ 당신을 더 사랑해 드릴 수 있을 거예요☆"

크리스토프는 잠시 생각에 잠긴 것처럼 말없이 고개를 숙이고만 있었다.

"······후훗. ······아하, 아하하······."

하지만 이윽고 어깨를 떨더니—.

"아하하하하하하하하하하하하하하하하하하하하하하하하하!"

갑자기 망가진 인형처럼 웃기 시작했다.

"아하하♪ 역시♪ 게 애완동물이 되는 게 그렇게 기뻐—."

"엿이나 먹어. 멍청아."

날카롭게 쏘아붙인 크리스토프는 주위에서 맹위를 떨치는 냉기조차 따스하게 느껴질 정도의 무시무시한 미소를 짓고 있었다.

"하필이면 이 나에게 여왕 폐하를 배신하고 당신 같은 품성도, 고귀함도, 지능도 모자란 멍청한 여자 밑에 붙으라고? 웃기지도 않은 농담이군."

"어……☆"

"무리야. 충성을 바칠 대상으로서도, 여성으로서도 당신은 모든 면에서 폐하의 발끝에도 미치지 못해. 냉수 먹고 속이나 차리시지. 자, 그럼 다시 싸워보자."

상쾌한 가면 밑에서 불타오르는 공격적인 격정. ―지금까지의 냉정하고 온화한 태도가 거짓말처럼 느껴지는 크리스토프의 반응에 글레이시아는 어안이 벙벙했다.

"다, 당신도 참♪ 가, 강한 척하기는…… 저, 알고 있다구요? 당신은 지금 오른팔이 완전히 얼어붙었고, 두 다리도 거의 다 얼어서 쓸모가 없고, 몸은 반쯤 화상을 입었고…… 지금 폐도 조금 상했죠? 이미 결판은……."

"응? 아직 오른팔이 완전히 얼어붙고, 두 다리가 쓸모없어졌고, 반신에 화상을 입었고, 폐에 살짝 동상을 입은 것뿐이잖아? 하하하, 얼마든지 덤벼. ……승부는 이제부터니까."

표정은 온화하고 상쾌했지만 눈만은 흔들림 없는 투지로

타오르고 있었다.

"다, 당신…… 그게 본성이었나요? 좀 더 섬세하고 연약한 인상이었는데……☆"

"이 여자 같은 얼굴 때문에 자주 오해를 받곤 해. ……실망했어?"

"아뇨, 멋져요! 가슴 깊숙한 곳에 숨겨진 불굴의 영혼♪ 세상에☆ 저는 당신이 더 좋아졌답니다♪ 아아, 오늘 이 만남에♪ 감사를☆ 라라라~♪"

글레이시아는 망가진 인형처럼 얼굴 한 가득 미소를 지었다.

"반드시♪ 당신을 제 것으로 만들겠어요♪ 이것이 사랑♪ 사랑이랍니다♪ 아아, 겨울인데도♪ 라라라~♪ 저에게는 벌써☆ 봄이 왔네요~♪"

"저기…… 아까도 말했지만…… 다시 한 번 말할게."

크리스토프는 상쾌한 눈으로 글레이시아를 노려보았다.

"……『당신은 나를 이기지 못해』. ……이건 확정 사항이야."

"우훗. 우후후후후후후후후……♪"

글레이시아는 한층 더 마력을 폭주시켰다. 거기에 반응한 『겨울의 죽음의 각인』에서 발생한 냉기가 주위의 온도를 한없이 계속 떨어트렸다.

거칠게 휘몰아치는 눈보라도 한없이 기세를 더했다. 마치 바다없는 무저갱처럼…….

"반드시~♪ 당신을 굴복시키고 말겠어요오오오오오오!"

냉기 폭풍이 다시 맹렬하게 휘몰아치며 크리스토프의 몸을 집어삼켰다.

알베르트는 신속하게 주문을 영창했다.

《울부짖어라 불꽃의 사자여》! 《울어라》! 《울어라》!"

흑마 【블레이즈 버스트】를 연속 발동하자 초고열의 화염구가 3연속으로 날아갔다.

그러나—.

"그딴 건…… 안 통해! 안 통해! 안 통해애애애애애애!"

바이스의 고함이 숲속에 메아리쳤다.

거구의 악마는 폭염과 폭풍이 몰아쳐도 개의치 않고 돌진을 멈추지 않았다. 앞길을 막는 나무들을 쓸어버리면서 맹렬하게 알베르트를 향해 짓쳐들었다.

폭풍의 여파로 주위의 나무들이 쓸려나가고, 불에 타고, 박살나고, 공중을 나는 사이에도 알베르트와 악마의 거리는 삽시간에 좁혀졌다.

"《뇌광의 전신(戰神)이여·그대는 거친 분노와 망치를 휘둘러·모든 것에 평등한 멸망을 내릴지어다》."

하지만 알베르트는 털끝만큼도 동요하지 않은 얼굴로 주문을 담담하게 영창했다.

그렇게 주문이 완성되는 것과 알베르트가 사정거리에 들어온 걸 확인하고 악마가 주먹을 올려든 것은 거의 동시였다.

알베르트의 왼손에 응축된 극대 전격이 눈부신 빛을 흩뿌리며 해방되었다.

"햐하하하하하하하하하하하하하하하하하하하하하하!"

악마는 초 근거리에서 날아드는 전격을 향해 정면으로 주먹을 휘둘렀다.

B급 군용 어설트 스펠, 흑마 【플라스마 캐논】. 효과 범위가 직선이라 좁은 편이지만, 전격 에너지를 극한까지 고밀도로 응축한 그 위력은 그야말로 절대적이었다. 단위 공간에 적용되는 물리작용력은 【플라스마 필드】를 크게 능가할 정도였다.

마테리얼 포스

그런 마술을 근거리에서 맞았는데도 소멸되지 않는 인간이 있을 리 없었다. 어디까지나 인간이라면……

하지만 상대는 악마였다. 놀랍게도 악마는 고작 주먹 하나로 【플라스마 캐논】을 막고, 밀어내는 것에 그치지 않고……

"죽어라아아아아아아아아아아아아아아아아아아아아!"

간단히 되받아쳤다.

지향성을 잃은 전격이 주위로 거칠게 퍼져나가자 알베르트는 자신의 몸이 역류에 휘말려서 숯덩이가 되기 전에—.

"《질(疾)》!"

질풍 같은 속도로 그 장소에서 벗어났다.

흑마 【래피드 스트림】. 바람으로 몸을 밀어서 기동력을 가속시키는 마술이었다.

마술로 발생한 돌풍에 나무들이 이리저리 휘고 비명을 지르는 가운데, 알베르트의 모습이 잔상을 남기며 숲속으로 사라진 순간—.

챙그랑!

알베르트가 남기고 간 선물, 흑마【프리징 코핀】— 마술^{매직} 함정이 발동했다.

바닥에서 솟구친 대량의 얼음 기둥이 악마를 가둬버렸다.

"빈약!"

하지만 악마가 아무렇지 않게 발로 땅을 찍자 얼음 기둥이 모조리 박살났다.

충격으로 바닥이 갈라지고 힘이 다한 마술이 효력을 잃었다.

"하하하! 무슨 짓을 하건 소용없다!"

언급할 가치도 없다는 것처럼 비웃은 순간—.

알베르트가 사라진 방향에서 빛이 세 번 번뜩였다.

그 빛의 정체는 흑마【라이트닝 피어스】의 연사.

대체 언제부터 의도한 건지 모르겠지만 악마를 조종하는 바이스 주위의 나무 중 일부는 표면이 거울처럼 변질되어 있었다.

세 차례의 고속 뇌격은 그 수많은 거울 사이를 종횡무진 반사하면서 시야를 분산하더니 바이스가 반응하지 못하는 사각에서 급소를 노리고 날아들었다.

"소용없어!"

하지만 악마는 그 공격조차 거구와 어울리지 않는 빠른 속도로 차례차례 튕겨냈다.

"통하지 않습니다. ……아직도 이해하지 못하셨나요? 염열, 냉기, 전격…… 당신의 장기인 삼속성 주문은 개념이 형태를 이룬 존재인『악마』에게는 전혀 통하지 않는단 말입니다."

바이스는 숲속에서 몰래 기회를 엿보고 있을 알베르트에게 큰 목소리로 선언했다.

"즉…… 당신은 저와 싸우게 된 시점에서 패배가 확정됐다는…… 뜻이지요."

한편, 바이스는 속으로 알베르트의 기량에 혀를 내둘렀다.

C급 주문의 래피드 파이어에서 눈 깜짝할 사이에 B급 주문으로 영창을 전환. 하지만 그게 통하지 않을 거라고 눈치챈 건지 마치 계산한 것처럼 즉시 긴급 회피 주문을 발동, 게다가 매직 트랩의 사전 설치까지…….

방금 바이스를 노린 변칙 저격도 완전히 정신 나간 수준의 정밀도였다. 틀림없이 그의 저격 능력은 전 세계에서 다섯 손가락 안에 드는 수준이리라.

보통은 이 정도면 만족할 텐데 대체 무엇이 그의 등을 떠민 것일까.

알베르트 자신이라는 칼날을 피를 토하는 지옥 같은 단련으로 연마한 끝에 지금의 경지까지 승화시켰다는 건 쉽게 상상이 갔지만…….

"······하지만 관계없습니다. 저는 그런 당신을 여유 있게 뛰어넘었으니까요."

그렇다. 자신은 그런 알베르트보다 압도적으로 강했다. 자신에게는 이 악마가 있었다.

알베르트가 자기 단련이라는 쓸데없고 무의미한 시간을 보내는 동안, 자신은 편히 앉아서 악마에게 산제물을 바치기만 했는데도 압도적인 강함을 손에 넣었다.

'이젠 알겠지? 힘을 얻고 싶다면 효율을 중시해야 해. 마술사는 힘을 손에 넣고 싶다면 굳이 자신이 강해질 필요가 없어.'

"자, 그럼······ 당신과 놀아주는 것도 슬슬 질리는군요. 당신의 그 쩨쩨한 전법에도 짜증이 난 참이라······ 뭐, 이 악마의 힘 앞에서는 어쩔 수 없겠지만 말입니다."

바이스는 악마와 함께 알베르트가 사라진 쪽으로 가볍게 걸어갔다.

"그런데 이 나무들이 방해되는군요. 숨을 장소가 너무 많으니······ 차라리 모조리 태워버리는 건······."

알베르트를 찾아서 숲속을 거닐던 바이스가 갑자기 걸음을 멈췄다.

멈출 수밖에 없었다.

지금까지 벌인 마술 전투의 여파로 넓게 십자가 모양으로 불에 타서 트인 장소······ 그 한가운데에 알베르트가 팔짱을 낀 채 자신을 기다리고 있었으니까.

"......"

"어……?"

달빛 아래로 알베르트의 모습이 선명히 보였다. 더는 숨을 장소도 없었다.

지금까지 그는 숲속의 온갖 장애물을 이용해서 몸을 숨기거나 기습을 가하는 방식으로 악마와 전투를 벌였다.

그러니 이런 넓게 트인 곳은 악마와 싸우기에 압도적으로 불리한 장소라고 볼 수 있었다.

"그, 그렇군요……. 이제야 포기한 겁니까……."

알베르트의 예상치 못한 행동에 바이스가 잠시 동요했지만…… 바로 마음을 가라앉히고 뱀처럼 희미하게 웃었다.

"이제야 이해하신 거군요. ……당신의 힘으로는 제 악마를 이길 수 없다는 것을."

"그래. 지금의 나에겐 네놈의 악마를 완전히 죽일 수단이 없다."

알베르트는 그것이 엄연한 사실이라는 것처럼 무뚝뚝하게 말했다.

"햐하하! 햐하하하하하하하! 그렇죠?! 제 악마는 최강이니까요!"

"......"

알베르트는 말이 없었다. 이제 승부를 포기한 건지 움직이지도 않고, 주문을 영창하려고도 하지 않으며 그저 가만히 서 있기만 했다.

"그럼…… 당신의 영혼을 받아가겠습니다."

"……."

"이거 참, 기대되는군요! 당신 같은 실력자의 영혼을 먹어치운 제 악마가 얼마나 강해질지! 이야~ 정말 감사드립니다! 알베르트!"

바이스는 그렇게 말하고 잔혹하게 웃었다.

"가라! 그대의 주인, 바이스 사나스가 진명을 통해 명하노라!《광소 백작》나르키스! 저 불손한 남자의 영혼을 남김없이 먹어치워라!"

그러자 악마는 바람을 휘감으며 알베르트를 노리고 달려들었다.

압도적인 질량이 맹렬한 기세로 다가오자—.

"그래. ……지금의 나에게는 그 악마를 완전히 죽일 수단이 없지."

알베르트는 마치 시시한 장난을 보는 것 같은 눈으로 악마를 슬쩍 흘겨보았다.

"그래서 호가호위(狐假虎威)를 했다."

악마가 바위처럼 묵직한 주먹을 들고 알베르트의 머리를 향해 내리찍었지만…… 아무 일도 일어나지 않았다.

"……어?"

악마의 주먹이 알베르트의 머리 바로 위에서 멈춘 것이다.

그리고 악마는 마치 그를 두려워하는 것처럼 부들부들 떨기 시작했다.

"뭐, 뭐하는 거야! 죽여! 나르키스! 그대의 주인이 진명을 통해 명하노라! 《광소 백작》 나르키스! 그 불손한 놈을 어서 죽이라고!"

"흥. 네놈은 악마 소환사 주제에 악마학을 잘 모르는 것 같군. ……내가 지금 서 있는 곳을 잘 봐라."

바이스는 알베르트의 지적을 받고서야 눈치챘다.

"십자가 형태로 검게 불에 탄…… 아니, 아니야……. 이건…… 서, 설마……?"

그 불에 탄 십자가는 동서남북을 향해 길게 뻗어있었다.

"하늘 위에서는 「극북(極北)을 가리키는 『흑검』으로 보이겠지. 이게 무엇을 의미하는 건지…… 비록 임시라도 《광소 백작》 나르키스의 주인을 자칭하는 네놈이라면 알겠지?"

"흐……《흑검의 마왕》 메이베스의 상징……?! 《광소 백작》 나르키스의 진정한 주인인?!"

바이스는 명백히 당황하면서 뒷걸음질을 쳤다.

"네놈 말대로 현세의 섭리를 따르는 물리적인 공격이나 마술은 개념 존재인 『악마』에게 거의 통하지 않아. ……그게 규칙이니까. 하지만 인간의 환상이 낳은 개념 존재는 어차피 더 강대한 개념 앞에 굴복할 수밖에 없어. 그 또한 규칙이다.”

알베르트는 날카롭게 청년을 노려보며 담담히 말했다.

“메이베스를 암시하는 『흑검』의 중심에 서 있는 나는, 메이베스의 대리인인 셈이다. 하인이 진정한 주인의 대리인에게 손을 댈 수 있을 리가 없지.”

놀랍게도 알베르트는 즉흥으로 개념 무기를 만들어낸 것이었다.

“아……아아아…… 이럴 수가! 당신, 설마 이걸 노린 겁니까?! 지금까지 무의미한 것처럼 보였던 마술은 전부 이걸 그리기 위한 위장이었다는 건가요?!”

물론 상징이라는 건 그저 그리기만 한다고 완성되는 게 아니었다. 메이베스를 암시하려면 선을 긋는 법 하나에도 복잡하기 짝이 없는 마술 이론과 악마학에 대한 이해를 담아야만 했다.

알베르트는 악마와 싸우는 와중에도 그런 위업을 달성해낸 것이다.

“외법(外法)이기는 해도 상위 악마의 상징으로 하위 악마를 쫓아내는 건 악마 퇴치의 기초다. 그래서 악마를 소환할 때는 타인에게 진명을 들키지 않도록 세심한 주의를 기울여야 하는 법인데…… 네놈은 그 강대한 힘 앞에서 눈이 멀었던 모양이군. 인간은 악마를 이기지 못한다고, 쓰러트릴 수 없을 거라고 방심했나.”

알베르트는 완전히 위축된 악마를 힐끗 흘겨보았다.

"《나르키스여·광소 백작이여·흑검의 마왕이 그 이름으로 명하노니·그대가 가둔 영혼들을 해방하고·현세에서 떠나·그대의 고향으로 귀환하라·이것이 곧 메이베스의 명령일지니》……."

알베르트가 담담한 목소리로 성구(聖句)를 읊자 즉시 악마의 몸이 무수한 빛의 입자로 변해 흩어졌다.

"아얏?! 내, 내 하인이!"

빛의 입자— 해방된 영혼들이 승천했고 악마는 완전히 모습을 감추었다.

"말도 안 돼! 아무리 메이베스의 상징을 썼다고 해도 나르키스쯤 되는 상급 악마를 현세에서 쫓아내는 건 어지간히 덕망 높은 사제가 아니면 불가능할 텐데……. 뭐야……. 당신은 대체 뭐냐고! 평범한 마도사가 아니었던 거냐!"

"내 정체 같은 건 아무래도 상관없어. 그보다……."

알베르트는 바이스를 향해 몸을 돌렸다.

"네놈의 하인은 이걸로 끝인가? 그렇다면 받아가겠다, 외도. 죄 없는 이들의 존엄을 가지고노는 응보를. 자비는 없다."

사냥감을 노리는 맹금류 같은 날카로운 눈빛을 받은 바이스가 비명을 지르며 뒷걸음질을 쳤다.

"히, 히익   ?!"

그야말로 마왕처럼 군림한 알베르트 앞에서 바이스는 한낱

안 눈가에 눈물을 글썽이며 몸을 덜덜 떨기만 할 뿐이었다.

하지만 갑자기 각오를 다진 듯 눈동자에 살의를 드러내더니 용수철 같은 탄력 있는 동작으로 알베르트를 겨냥하며 재빨리 주문을 외쳤다.

"《나·바라건대 그대의 죽음—》!"

"늦어."

하지만 그 순간 알베르트의 왼쪽 손가락이 안개처럼 선회했다.

예창 주문을 시간차 기동하자 손끝에서 발생한 전격이 어둠을 가로질렀다.

그야말로 찰나를 꿰뚫는 신속의 흑마 【라이트닝 피어스】.

정확하게 정수리를 관통한 전격이 바이스의 숨통을 끊어 놓았다.

"흥, 예상보다 번거로웠군. 악마 소환사라……."

알베르트는 바닥에 널브러진 바이스의 시체를 감정이 드러나지 않는 눈으로 흘겨보며 냉정하게 중얼거렸다.

'……틀렸어. 한참 부족해. 이 정도의 힘으로는 그 남자에게 미치지 못해…….'

자신의 왼손바닥을 물끄러미 노려보다가 강하게 쥐었다.

여느 때와 마찬가지로 알베르트의 머릿속에 떠오른 것은 사제복을 입은 나이든 남성의 뒷모습이었다.

그날, 그 남자에게 느낀 절망과 증오는 아직도 이 가슴 속에 어두운 앙금으로 남아있었다.

하지만 지금은 그런 과거의 감상에 젖어있을 때가 아니었다.

"……흥."

바로 감정을 정리한 알베르트는 등을 돌리고 걷기 시작했다.

그 무렵―.

"끄에에에에에에에에에에에엑?!"

성대하게 날아간 버나드가 바닥을 데굴데굴 굴렀다.

"에잇! 이거 진짜! 골치 아픈 상대로구만!"

바닥을 구르는 기세를 이용해서 바닥을 손으로 밀치고 벌떡 일어났다.

아직 기세가 완전히 사라지지 않아서 선 자세 그대로 몇 초 정도 뒤로 밀려났다.

"으음?"

버나드는 추격을 대비하여 자세를 잡았지만…… 적의 모습이 없었다.

"반응이 둔하군. 버나드!"

"윽?!"

마투술사인 제토는 고작 그 찰나의 순간에 버나드의 뒤를 선점했다.

"죽어라!"

버나드의 정수리를 노리고 제토의 철퇴 같은 발뒤꿈치가

떨어졌다.

그 오른쪽 다리에도 역시 어마어마한 양의 전격이 흘러넘쳤다.

"싫거든?! 내가 죽을 때는—."

간신히 반응한 버나드는 몸과 동시에 팔을 휘둘러서 그 공격을 흘려냈다.

두 사람의 몸이 닿는 순간 전격과 폭염이 격렬하게 튀었다.

"침대 위에서 여자와 함께다아아아아아아아아아아!"

하지만 그 충격으로 버나드는 몸을 크게 뒤로 젖히며 균형을 잃었다.

"우오오오오오오오오오오오오오오오오오오!"

제토는 그 틈을 놓치지 않고 짐승 같은 포효를 지르며 두 주먹으로 연속 찌르기를 날렸다.

눈앞으로 짓쳐드는 주먹으로 된 벽 같은 그 연속 찌르기를—.

"우아아아아아아악?!"

버나드는 두 주먹으로 막고, 흘리고, 쳐내고, 튕겨냈다.

주먹과 주먹이 맞닿을 때마다 성대하게 폭발하는 마력의 여파가 주위에 크레이터를 양산했다.

언뜻 호각인 것처럼 보이지만…… 사실은 버나드가 명백히 밀리는 상황이었다.

제토의 일격을 받을 때마다 몸이 뒤로 떠오르거나 미끄러지고 있었다.

"죽어라아아아아아아아아아아아아!"

그리고 제토의 상단 돌려차기가—.

"하아아아아아아아아아아아아아앗!"

버나드의 라이트 펀치가 머리 위에서 격돌했다.

다시 전격과 폭염의 폭풍우가 발생하자 바닥에 구멍이 파이고 온갖 물체가 쓸려나갔다.

"흐흥, 또 힘 대결을 해보자 이건가…… 좋다! 간다! 젊은이!"

펀치와 킥의 응수가 한순간 동수를 이루었다.

"아니, 역시 무리!"

바로 힘에 밀린 버나드의 몸이 다시 뒤로 멀리 날아갔다.

"으라차차!"

하지만 지면과 수평으로 날아간 버나드는 공중에서 팔을 뻗어 근처에 있는 나무줄기를 낚아채더니, 그대로 빙글빙글 회전하면서 바닥에 안전하게 착지했다.

"나 원 참…… 노인은 좀 공경하라고……."

온몸에 묻은 그을음을 찌푸린 얼굴로 툭툭 털어냈다.

"과연 대단하군, 버나드. 내 공세를 요리조리 벗어나는 그 기량…… 훌륭하다."

"근육덩어리한테 칭찬받아봤자 하나도 안 기쁘거든? 귀여운 여자애라면 또 모를까."

"하지만…… 네놈은 늙었다."

제토는 버나드의 헛소리를 무시하고 마치 판결을 내리는 것처럼 말했다.

"과거의 네놈은 확실히 전설로 회자될 정도의 파괴 마인이었겠지. 하지만 나이를 먹으면서 그 절대적이었던 마력을, 그 폭력성과 공격성을 잃고 만 거다. 지금 네놈의 이빨 빠진 블랙 아츠는 내 블랙 아츠보다…… 약해."

"하아……."

버나드는 어깨를 으쓱하며 한숨을 내쉬었다.

"뭐, 그렇겠지. 가는 세월은 못 당해. 마력은 약해졌고, 이제 와서 그때처럼 「햣하~! 오물은 소독이다~!」라고 외치면서 난리법석을 떨 의욕도 없어."

"……솔직히 실망했다고밖에 할 말이 없군."

제토는 경멸하는 목소리로 내뱉었다.

"슬슬 끝을 내자. 하지만 약해졌다고는 해도 선인에게는 경의를 표해야겠지. 괴로워할 틈도 없이 단숨에 소멸시켜주마."

제토는 그 말을 끝으로 주먹을 겨누었다.

그 주먹에는 아까보다 훨씬 더 압도적인 전격이 흘러넘쳤다.

"거 참 고마운 말씀이로구만……."

버나드는 이미 포기한 것처럼 팔을 축 늘어트리고 가만히 서 있었다.

그리고―.

"죽어라아아아아아아아아아아아아아아아아아아아아!"

제토가 주먹을 세우고 달려들었다.

공기의 벽을 돌파하는 주력으로 인해 충격파가 발생했다.

바닥을 한 번 찰 때마다 파괴의 폭풍을 일으키면서 똑바로 돌진했다.

다음 순간 버나드의 몸은 산산 조각난 고깃덩어리가 되어 있으리라.

"참 나~ 확실히 지금의 내 블랙 아츠는 자네의 블랙 아츠보다 약한 모양이네만……."

그런 상황 속에서도 버나드는 입가를 끌어올리며 웃었다.

"누~가 끝까지 블랙 아츠로 상대해준대?"

철컥!

갑자기 버나드의 손에 마치 요술처럼 머스킷이 나타나 제토를 겨냥했다.

"앗?!"

포효하는 총구. 배출되는 연기. 제토에게 날아드는 원형 탄두.

즉시 반응한 제토가 그 탄환을 주먹으로 쳐냈지만─.

쾅!

탄환에 닿은 순간 폭염이 제토의 몸을 집어삼켰다.

"크헉?! 착탄하는 동시에 어설트 스펠이 발동하는 마술탄이었나?!"

하지만 머스킷의 장전 수는 단 한 발뿐이었다. 이게 최우의 수단이라면 더는 저항할 방법이 없으리라.

제토는 한순간 그렇게 생각했지만…… 버나드는 탄환을 쏜 머스킷을 아무데나 대충 집어던졌다.

철컥! 철컥!

그러자 다시 양손에 새로운 머스킷이 출현했다.

"자, 간다! 으라으라으라으라으라으라~!"

머스킷을 쏘고, 버리고, 새 머스킷을 꺼냈다.

머스킷을 쏘고, 버리고, 새 머스킷을 꺼냈다.

좌우 양손을 맹렬히 회전하면서 압도적인 폭염의 화망을 펼치자 제토는 속절없이 밀릴 수밖에 없었다.

무시무시한 속도로 펼쳐지는 노도의 총격 난사가 짐승처럼 울부짖었다.

"으라으라으라! 조금 전의 기세는 어디로 간 게냐! 벌써 지쳤나?!"

"야비하다! 질 것 같다고 총을 쓰다니……!"

하지만 지금도 계속 공중으로 던져 버리고 있는 머스킷은 도저히 끝이 보이지 않았다.

마술로 강화한 양팔로 막고는 있지만 이대로는 언젠가—.

'……아니야, 반드시 끝이 올 터!'

제토는 방어에 전념하면서 그렇게 확신했다.

폭염 사이로 언뜻 보였다. 버나드가 펼치는 이 요술의 정체를……

그는 양손의 손가락 사이에 수많은 나뭇가지를 끼고 있었다. 아마 저것이 마술로 압축 동결 보존한 머스킷이리라.

버나드는 단숨에 그 동결 마술을 해제해서 머스킷을 원래 크기로 복원하는 걸 반복하는 방식으로 이 화망을 구축한 것이었다. 그렇다면—.

"어? 재고가 다 떨어졌는걸? 좀 더 가져올 걸 그랬나?"

그리고 제토의 예상대로 어느 시점을 경계로 버나드의 공세가 딱 그쳤다.

"우오오오오오오오오오오오오오오오오오오오!"

제토는 그 틈을 놓치지 않고 버나드의 품속으로 파고들었다.

하지만 여유 있는 표정의 버나드는 오른손 엄지로 작은 돌멩이를 머리 위로 튕겨 올렸다.

"그럼 못써, 젊은이. 적의 전력을 섣불리 판단하는 건……."

그리고 돌멩이가 터지더니 압도적인 빛이 주변 일대를 마치 대낮처럼 밝혔다.

'섬광석?! 마술 도구였나?! 이런 잔재주를!'

하지만 평범한 마술사라면 또 모를까 기척과 호흡으로 적의 거동을 파악할 수 있는 숙련된 무인인 제토에게는 아무런 장애도 되지 않았다.

개의치 않고, 물러서지 않고 돌진해서 버나드를 주먹의 사정거리 안에 포착했다.

맹렬하게 주먹을 날렸다.

하지만 버나드는 가볍게 오른팔만으로 회전해서 제토의 돌진을 피하는 동시에 왼손가락으로 가느다란 실을 던졌다.

공중에 호선을 그린 그 실이 공격에 실패한 제토를 휘감자, 오른팔에서 넘실거리던 전격이 갑자기 사라지고 살과 뼈를 자르는 둔탁한 소리가 울려 퍼졌다.

"아?! 크아아아아아아아아아악?!"

그리고 깔끔하게 잘린 제토의 오른팔이 피를 흩뿌리며 하늘로 날아올랐다.

"……아무튼 적이 어떤 패를 숨기고 있을지 모르잖아?"

자세히 보니 버나드의 왼손에는 몇 개의 가느다란 철사가 밑으로 내려와 있었다.

버나드가 의기양양하게 왼손을 휘두르자 달빛에 빛나는 철사가 공기를 가르는 소리를 내며 회전하듯 춤을 추었다.

"크으으으…… 그건…… 【디스펠 포스】를 부여한 철사인 ^{인챈트}가……!"

제토는 절단된 단면에서 피가 뚝뚝 떨어지는 팔을 지혈하며 원망스럽게 노려보았다.

"마술로 양팔의 강도를 극한까지 강화한 자네에게는 그다지 유효한 수단이 아닌데……. 뭐, 그래도 평상시의 자네라면 충분히 통할 테니까 말일세."

버나드는 의기양양한 얼굴로 어깨를 으쓱였다.

"주먹과 주먹의 정면 대결을 내가 총이라는 나비인 ^{수단}

으로 더럽히는 걸 보고 머리 끝까지 피가 몰린 데다가, 섬광탄으로 시력까지 잃은 자네는 이 철사의 움직임을 파악하지 못한 게지."

"네, 네놈······! 내 성격을 파악하고 일부러 블랙 아츠 대결을 받아들였던 거냐!"

"품······ 푸하하하하! 뭐? 비겁하다고? 멍~청한 놈! 이기면 장땡이라고! 크흐흐~! 애당초 목숨을 건 전투에서 정면 대결? 진짜 바보 아냐?! 타하하하하하!"

버나드는 도대체 누가 악당인지 모를 천박한 웃음을 터트렸다.

"늙으면 늙은 대로 전투 방식을 바꾸는 게 당연하잖아! 이 늙어빠진 몸으로 자네들 같은 젊은이와 정면으로 붙으면 이길 수 있을 리가 없는데! 안 그래?"

그리고 다시 블랙 아츠의 형을 취했다.

"그런데 뭐, 잔재주는 이걸로 재고가 다 떨어졌으니······ 이젠 정정당당하게 싸울 수밖에 없겠는데······. 이거 원, 외팔이인 자네를 상대로도 결과를 장담하긴 어렵겠지······. 자, 그럼 어떻게 싸우면 좋을까······. 아직 죽고 싶진 않은데 말이지······."

"이······ 능구렁이가!"

버나드는 젊은이와 정면으로 붙으면 이길 수 없다고 말했지만—.

'혹시 이 남자…… 정면으로 붙어도 얼마든지 상대를 쓰러 트릴 수 있는 힘을 숨기고 있는 게 아닐까……?'

아무리 늙었다지만 전설로 이름을 떨친 실력자치고는 이 상할 정도로 약하다는 생각이 들었다. 사실은 이쪽을 방심 시키기 위해 일부러 진짜 실력을 보이지 않았을 가능성도 있었다. 시종일관 압도당하면서도 여유가 있는 버나드의 태 도도 갑자기 신경 쓰이기 시작했다.

'위장일 가능성도 있지만…… 애당초 의심스러운 건 그것 뿐만이 아니야…….'

그밖에도 버나드가 자신이 상상도 할 수 없는 비장의 수 단을 감추고 있을 가능성. 뭔가 함정을 깔아뒀을 가능성.

의심하기 시작하자 한이 없었다. 이제 와서 이 노인의 언 동을 믿는 건 그야말로 자살행위였다.

'이것이…… 제국 궁정 마도사단 특무분실의 집행관 넘버 9《은둔자》버나드 제스터인가……. 정말로 방심할 수 없는 남자로군!'

물론 제토에게도 비장의 수는 있었다. 아직도 더 힘을 끌 어올릴 수 있었다. 팔 한두 개쯤 잃은 정도는 별것 아니었고, 제토가 자랑하는 블랙 아츠도 고작 이 정도가 아니었다.

하지만…… 지금은 그 팔 하나를 잃은 것이 뼈아팠다. 이 노인을 정면에서 쓰러트리려면 몸과 마음이 최상의 컨디션 이어야 할 필요가 있으리라.

그래서 제토는 바로 결단을 내렸다.

"자, 그럼 내 패배가 확정된 이벤트겠지만…… 어쩔 수 없구만. 살살 좀 부탁하이."

"우오오오오오오오오오오오오오오오오오오오오오오오오!"

버나드를 무시하고 남은 팔로 바닥을 쳤다.

그러자 땅이 대폭발을 일으켰고 대량의 모래먼지가 시야를 뒤덮었다.

그 연막이 개이자…… 제토는 이미 사라진 상태였다.

"……물러났나. 음, 좋은 판단일세."

버나드는 제토의 기척이 완전히 사라진 것을 확인하고 한숨을 내쉬었다.

"거 참…… 뇌가 근육으로 된 멧돼지인 줄 알았는데 의외로 용의주도한 구석이 있었구만."

버나드는 일이 성가시게 됐다는 듯 머리를 벅벅 긁었다.

"난감하군……. 줄곧 숨겨왔던 내 마술의 일부를 적에게 들킨 셈인데…… 될 수 있으면 여기서 확실히 입막음을 해두고 싶었지만……."

다른 사람이 들으면 절로 소름이 돋을 발언을 태연하게 내뱉었다.

"뭐, 아무렴 어때. 이건 이것대로 재밌어질 것 같으니."

그리고 마치 못된 장난을 친 개구쟁이처럼 씨익 웃었다.

——.

"……그러니까 말씀드렸을 텐데요? 당신은 저를 이길 수 없다고요."

글레이시아는 경악한 표정으로 서 있었다.

그녀 주위의 냉기는 어느새 그친 상태였다.

"……당신…… 대체 뭐죠?"

"뭐가요? 제가 유리한 상황이 될 때까지…… 당신의 공격을 끝까지 막아낸 것뿐입니다만."

그렇다. 그 후에도 크리스토프는 결국 마지막까지 글레이시아의 맹공을 견뎌냈다.

이런 저런 수단으로 몇 번이나 결계를 펼치고, 자신의 몸을 희생하면서 담담하게 결계를 재구축하고…… 마지막까지 마음이 꺾이지 않은 채 그 빙결 지옥에서 살아남았다.

보기에도 처참한 몰골로—.

"역전이네요. 당신의 동료 중 한 명은 사망했고 다른 한 명은 철수…… 제 동료들은 건재. 앞으로 몇 분 안에 여기로 올 겁니다. 당신도 그 정도는 알고 있겠지요?"

크리스토프는 온화하게 웃었다.

"……당신 혼자서 저와 알베르트 씨와 버나드 씨를 상대로 이길 수 있을까요?"

"무, 물론이죠……♪ 그야☆ 저에게는♪ 이 겨울이 곧 아군인걸요……♪"

"외람되지만…… 당신이 쓰는 마술의 성질은 자수정의 빛^{애미시스트}으로 파악했습니다."

글레이시아가 냉기를 한층 더 끌어올리려고 하자 크리스토프가 아무렇지 않게 말했다.

"눈치 못 채셨나요? 제가 몇 중으로 펼친 결계 중에는 해석 결계도 있었던 것을……. 당신이 쓰는 마술의 성질을 파악하기 위해서요."

크리스토프는 엄지로 보옥 하나를 튕겨 올렸다. 애미시스트였다.

"자, 그럼 당신의 냉기 말인데…… 실은 보기보다 유효 사정 거리가 짧네요? 당신을 중심으로 5미트라. 당신이 압도적으로 강한 건 그 범위뿐입니다. 그 범위를 벗어나면 마술 방어로 막지 못할 것도 없는 수준이지요."

"……?!"

"유효 사정 거리 안에서도 당신의 냉기는 강력하기 짝이 없지만, 상온인 장소를 얼리려면 조금 시간이 걸리는 모양이더군요. 일단 기온을 영하까지 떨어트리면 거의 무적…… 하지만 그 전에는 반드시 빈틈이 발생해요."

크리스토프가 해설을 시작하자 글레이시아는 입을 다물었다.

"그래서 당신은 항상 주위에 냉기를 흩뿌리며 이동하는 거고, 전투가 시작되자마자 제 다리부터 얼려서 이동을 막은 거예요. ……당신은 계속 위치를 바꾸는 싸움에는 취약하니까요."

"……."

"즉…… 그 인상적인 위력과는 정반대로 당신의 마술은 공격보다 수비…… 피차 이동을 멈추고 싸워야 하는 거점 방어전에서나 최고의 위력을 발휘할 수 있는 마술인 셈이지요. 물론 이 해석 결과는 당연히 다른 분들에게도 전달했습니다. 약점이 명백하게 드러난 이상…… 그 두 분에게 당신은 단순한 『사냥감』에 불과하다고 단언할 수 있겠네요."

글레이시아의 얼굴은 완전히 새파랗게 질려있었다.

"설마……♪ 당신, 처음부터…… 이걸 노리고……? 아핫☆ 제가 당신에게 이길 수 없다는 건……♪ 그런 의미였나요……?"

그렇다. 『당신은 나에게 이길 수 없다』는 결코 『나는 당신을 이길 수 있다』의 동의어가 아닌 것이다.

"단순히 마도사로서의 강함과 전적만 놓고 보면 저는 알베르트 씨와 버나드 씨의 발끝에도 미치지 못해요. 하지만 지키는 싸움이라면 결코 그 두 분에게도 지지 않습니다. 당신을 붙잡아두고 그 두 분에게 유리한 상황을 만드는 것…… 그게 바로 제 역할이었던 거지요."

말은 쉽지만 아군이 이기고 도와주러 올 것을 기대하면서, 상대의 마술을 분석하고 전수 방어전을 펼치는 건 어지간한 기량과 담력이 없으면 불가능한 일이었다. 동료에게 자신의 목숨을 칩으로 걸 수 있는 절대적인 믿음도 필요했다.

특무 분실의 넘버 5《법황》크리스토프. 그 또한 예사 인물이 아니었다.

"어때요. 더 싸워보시겠습니까? 사실 저도 슬슬 한계거든요. 앞으로 몇 분 정도라면 저 정도쯤은 해치우실 수 있을지도요?"

글레이시아는 갸름한 턱에 검지를 대고 냉정히 상황을 분석했다.

그 결과─.

"……어쩔 수 없네요♪ 유감이에요♪ 아아, 정말로 유감이에요♪"

눈보라가 글레이시아의 몸을 휘감았다.

"이번에는 당신이 이겼네요, 크리스토프 님♪ 멋진 분♪ 다음에 또 만나죠♪"

눈보라가 한층 더 거칠게 휘몰아쳤고─.

"다음에 만날 때는♪ 반드시♪ 당신을 제 것으로 만들고 말겠어요♪ 그것이 두 사람의 행복한 미래의 첫걸음~♪ 아아, 아아, 즐겁네요♪ 기대되네요♪ ……."

이윽고 눈보라가 그치자 글레이시아의 모습은 마치 환상이었던 것처럼 사라져 있었다.

그리고─.

"카하하! 용케도 살아남았구만, 크리 도령! 장해!"

"아야야?! 아, 아프다고요! 그만하세요! 버나드 씨!"

달빛 아래에서 특무분실의 세 사람은 무사히 합류했고 버나드는 크리스토프의 등을 세차게 두드렸다.

"······여전히 무모한 짓을 하는 녀석이군. 글렌과는 다른 방향으로 손이 가."

알베르트는 너덜너덜해진 크리스토프의 몸을 법의 주문^{힐러 스펠}으로 담담하게 치료했다.

"하하······ 알베르트 씨와 버나드 씨가 안 계셨다면 이런 무모한 짓은 못 했을걸요."

"늘 전황이 불리해지면 얌전히 퇴각하라고 했을 텐데? 우리가 졌으면 어쩌려고?"

"······믿었으니까요. 두 분이 질 리가 없다고요."

"흥, 어수룩해. 과도한 믿음은 정확한 판단력을 흐트리기 마련······ 감점이다."

퉁명스럽고 고지식한 알베르트의 대답에 크리스토프는 쓴웃음을 지었다.

"······끝났다. 몸은 움직이나? ······무리할 필요는 없어."

"예, 괜찮아요. 완벽하지는 않지만 전투에 지장은 없습니다."

치료를 마친 크리스토프는 약간 비틀거리며 자력으로 일어났다.

"그리고 정말 죄송합니다. 《겨울 여왕》 글레이시아를 놓치고 말았네요."

"신경 쓰지 마라! 젊은이는 살아남는 게 일이니까!"

"그 말대로다. 실제로 이《은둔자》노인장도 적을 놓쳤으니 말이지."

"잠깐, 자네! 지금 이 타이밍에 그 말을 꺼내기야?! 나도 위엄이라는 게 있는데……."

잠시 세 사람 사이에 전장에 어울리지 않는 친밀한 분위기가 흘렀다.

살벌한 전장이기에 서로의 안부를 기뻐할 수 있는 이 일체감.

하지만 그것도 잠시뿐. 이윽고 세 사람 사이에는 얼음 같은 차가운 공기가 감돌았다.

"……그럼 이제부터 어떻게 될까요?"

"외부의 안전은 확보했다. 이제 안쪽에서도 움직임이 있겠지."

"음, 이 다음은 예상할 수가 없구만. 언제든 일이 터지면 임기응변으로 대처할 수 있도록 해야겠지."

세 사람의 표정은 어느새 뒷세계를 살아가는 마도사의 얼굴로 변해있었다.

알베르트는 달을 올려다보면서 생각에 잠겼다.

'우리는 거의 완벽한 승리를 거두었으니《마의 오른손》의…… 적의 계획도 완전히 어긋났을 터……. 어디까지나 이

브 이그나이트의 정보가 정확했다는 것이 전제겠지만.'

어쨌거나 지금까지는 이브의 계획대로였다.

그렇다면 이브가 《마의 오른손》을 무대로 끌어내는 것은…… 이제 시간 문제였다.

하지만 정말 이대로 모든 일이 순조롭게 끝날 것인가.

그것이 최상의 결과겠지만…… 지금은 버나드와 크리스토프의 상대가 이상할 정도로 선선히 물러난 것도 왠지 신경 쓰였다.

'과연 어떻게 될지…….'

하늘 위의 달은 당연히 그 의문에 대답해주지 않았다.

제5장 하나의 결말

댄스 경연대회 본선 첫 경기는 순조롭게 종료되었고……
현재는 준결승전.

지휘자가 열심히 지휘봉을 휘둘렀다. 악단은 완벽하게 그
지휘자의 요구에 보답했다.

악기의 성능을 아슬아슬하게 한계까지 끌어낸 연주는 이
미 이 세상의 것이 아닌 듯한 천상의 음색으로 승화되어서
온 관객의 마음속 깊숙한 곳까지 파고들었다.

곡명은 교향곡 실피드 제5번.

여기에 맞춰서 추는 댄스는 실프 왈츠 5번―.

"……훗."

"선생님……."

글렌과 루미아가―.

"응, 잘하고 있어. 리엘. 이대로 가자."

"……응."

시스티나와 리엘이―.

오늘 밤 『호브 드 라 페』를 노리는 모든 커플이 각자의 모
든 역량을 동원하여 그들이 세계를 관중 앞에서 댄스로 표

현했다.

어떤 자들은 정열과 고귀함으로.

또 어떤 자들은 화려함과 정교한 아름다움으로.

와아아아아아아아아아아아아아아아아아아아아아!

그런 눈앞에 펼쳐진 주옥같은 광경에 관객들은 한껏 달아올랐다.

"리제 회장님! 올해는 굉장한 호응이네요!"

무도회장을 지켜보는 운영진들도 오늘 밤의 성공에 흥분하며 웃었다.

"예, 전 올해로 세 번째지만…… 이 정도로 성황인 건 이번이 처음이네요."

리제는 기쁜 얼굴로 고개를 끄덕였다.

"고참 교수님들께서도 이 행사를 십 몇 년간 지켜봤지만 이 정도로 성황인 건 처음이라고 하시더라구요!"

"이것도 다 리제 회장님의 수완 덕분이에요!"

"당연하지! 리제 선배만 있으면 만사형통이라고!"

학생회 임원들이 리제에게 잇따라 아낌없는 찬사를 보냈다.

"……어라? 회장님?"

"……."

학생회 임원들은 리제가 기쁜 와중에도 당혹스러운 듯…… 아주 잠시 생각에 잠긴 듯 입을 다문 것을 눈치챘다.

"왜 그러세요? 회장님. 뭔가 신경 쓰이는 점이라도?"

"……아뇨. 그냥 좀 피곤한 거 같아서…… 제가 이러면 안 되는데 말이에요."

리제는 살포시 웃으며 학생회 멤버들에게 고개를 돌렸다.

"사교 무도회가 이 정도로 성공한 건 분명 학생회나 실행위원회뿐만 아니라 모든 학생이 일치단결한 덕분일 거예요. 자, 오늘 밤 연회가 끝나려면 아직 멀었잖아요? 여러분도 긴장을 풀지 말고 마지막까지 힘내주세요."

""""예!""""

한편, 무도회장 구석에 있는 자이드는 일심불란하게 춤추는 커플들, 한껏 고조된 관객들, 그리고 그 모든 상황을 연주로 견인하는 지휘자와 악단을 차가운 눈으로 흘겨보면서 염화 마술로 누군가와 대화를 나누는 중이었다.

'……예. 지금 밖의 세 사람은 퇴각한 모양입니다……'

『그런가……. 그건 유감이군…….』

남자의 엄숙한 목소리가 자이드의 머릿속에 울려 퍼졌다.

『……하지만 예상대로군.』

'예, 그러네요.'

남자의 목소리가 돌아오자 소년은 서늘하게 웃었다.

『제국 궁정 마도사단…… 그리고 이브 이그나이트는…… 완벽하게 우리 손바닥 위에서 춤추고 있군.』

'입덕해 준 세 사람에게는 조금 미안하게 됐습니다만……'

『상관없다. 필요 경비니까.』

남자의 목소리는 계획의 성공을 엄연히 확신하는 듯했다.

'그럼 저는……?'

『그래. 네놈은 예정대로 그 지점으로 와라. 그러면 전부 순조롭게 끝나겠지.』

남자는 담담하게 지시를 내렸다.

『……그래. 전부.』

'예, 그렇겠지요. 알겠습니다. 하늘이신 지혜에 영광 있기를…….'

마음속으로 그렇게 대답한 자이드는 남몰래 떠들썩한 무도회장을 떠났다.

출구에서 나오는 순간―.

우오오오오오오오오오오오오오오오오오오오!

마침내 준결승전의 결과가 나온 건지…… 무도회장이 한 층 더 크게 달아올랐다.

무도회장, 이브의 영역에서 빠져나온 자이드는 학생회관의 복도를 걷고 있었다.

계단을 올라가자 곧 내빈용 숙박 플로어가 눈에 들어왔다.

물론 모든 인간이 무도회장에 모인 지금 이 층에는 아무도 없었고, 애당초 이 층은 사전에 어떤 인물이 사람을 쫓아내는 인식 조작 마술을 펼쳐둔 상태였다.

그 주문 효과 덕분에 지금 여기 있는 자이드의 움직임은 아무도 파악할 수 없었다.

'이브 이그나이트는 마술적인 시각으로 나를 계속 감시했 겠지만…… 지금쯤이면 날 놓친 걸 깨닫고 허둥대고 있겠 지. ……후후후.'

저벅, 저벅, 저벅…….

자이드는 발소리를 내면서 복도를 걷다가…… 어느 방 앞 에서 정지했다.

이 방의 문은 그냥 열면 평범한 방이었지만, 어떤 룬을 문 손잡이에 그리고 열자…… 온통 검은색으로 된 무한한 세 계가 펼쳐졌다.

이 세계는 평범한 방의 다른 차원에 구축한 네버 랜드— 이계(異界).

소년이 이계 안으로 발을 들여놓자 그 안에는 한 초로의 남성이 서 있었다.

새카만 세계 속에서도 그 남자의 모습은 선명하게 인식할 수 있었다.

풍채가 좋은 중년 신사였다. 배가 조금 나오기는 했지만 칠칠맞기는커녕 관록이 넘치는 인상을 주었다.

이 남자가 자이드를 경계가 삼엄한 학교 안으로 몰래 끌 어들인 인물이었다.

" 흠, 있니."

"예, 왔습니다. 지시대로. 그럼 어서 행동을 시작할까요?"

자이드가 누가 봐도 동료인 것 같은 분위기의 남자에게 다가선 순간—.

"드디어 꼬리를 드러냈구나!"

갑자기 허공에 균열이 생기더니 유리가 깨지는 듯한 소리를 내며 깨졌다. 허공에 뻥 뚫린 하얀 구멍에서 내려온 누군가가 방 한가운데에 우아하게 착지했다.

남자들은 전혀 예상치 못한 인물의 기습에 가까운 등장에 얼어붙었다.

"앗?!"

"다, 당신은?!"

온몸에 홍련의 불꽃을 두른 그 소녀의 정체는—.

"이브?! 이브 이그나이트라고?!"

제국 궁정 마도사단 특무분실 집행관 넘버 1인 《마술사》 이브였다.

"처음 뵙네요. 앞으로 기억해주시길, 《마의 오른손》 자이드. 그리고 이번 왕녀 암살 계획의 주모자는 당신이었군요. ……로렌스 타르타로스 교수!"

이브가 불꽃의 붉은 빛으로 앞을 비추자 거기서 나타난 얼굴은—.

마술학원의 교수이자 연주 동호회의 고문인 로렌스였다.

예상하지 못한 이브의 등장에 그의 통통한 얼굴은 경악

에 빠져있었다.

"흥. ……겉으로는 여왕 폐하를 섬기는 척하면서 뒤에서는 조직과 내통하다니…… 이 배신자. 당신은 만 번 죽어야 마땅해."

"어……어떻게?! 어떻게 안 거냐! 어떻게 이 장소를!"

"어떻게? 방금 거기 있는 자이드의 안내를 받은 것뿐인데?"

"뭐라고?!"

"뭐…… 제법 술식을 잘 구축해서 위장했지만…… 이 정도의 인식 조작, 인식 저해, 이계화는…… 힌트만 있으면 얼마든지 파훼할 수 있어!"

"서, 설마 내 마술을 간파했다고……?! 말도 안 돼!"

"아하하…… 섣불리 흑막과 접촉한 게 실수였던 거야, 자이드! 아니면 뭐? 세 명의 외도 마술사…… 그 노골적인 미끼들로 외부에서 압력을 주면, 안에 있는 내가 빈틈이라도 보일 줄 알았어?! 멍청하긴!"

이브는 의기양양하게 웃었다.

"네, 네 이놈……! 건방진 제국의 개 주제에……! 자이드!"

"……예!"

로렌스의 지시를 받은 자이드는 바닥을 박차며 이브에게 달려들었다.

"후훗, 이 거리에서 날 죽이고 싶다면……."

그러자 불꽃이 비웃음을 흘리는 이브의 주위에서 띠 형태로 소용돌이쳤다.

"……적어도 리엘만큼 민첩해야 해!"

띠 형태의 불꽃은 자이드의 온몸을 단숨에 휘감았고……입도 틀어막아서 주문을 봉쇄했다.

"……아니, 그보다 당신. 엄청 느려. 마치 아마추어 같아."

"～～～～～～～～～～～～～～?!"

완전히 움직임을 제압당한 자이드는 제대로 비명조차 지를 수 없었다.

흑마【플레임 바인드】. 몸을 산채로 불태우는 고통을 주기는 해도 육체에 화상은커녕 아무런 대미지도 주지 않은 채적을 구속하고 무력화하는 고문용 마술이었다.

"～～～～～?! ～～～～～～～! ～～～～～～～～～!"

자이드는 소리 없는 비명을 지르며 바닥에서 벌레처럼 몸부림쳤다.

"아…… 아아……?!"

로렌스는 전전긍긍한 표정으로 한 걸음, 또 한 걸음 뒤로 물러났다.

"안심해. 죽이지는 않아. 당신들에게 듣고 싶은 이야기가 많으니까."

이브는 환희로 일그러진 가학적인 표정을 하고 로렌스에게 왼손을 내밀었다.

"……하지만 무력화는 해둬야겠지. 차라리 죽는 편이 나을 정도로 고통스럽겠지만."

이브는 다시 스톡 스펠을 딜레이 부팅했다. 그러자 그녀의 뒤에서 출현한 수많은 【플레임 바인드】가…… 사냥감을 노리는 뱀처럼 우글우글 움직이기 시작했다.

"히, 히이익?!"

이브에게 완전히 압도당해서 주문을 영창하는 것조차 잊고 뒷걸음질 친 로렌스는…….

"끄아아아아아아아아아아아아아아아아아아아악!"

온몸의 털이 곤두설 듯한 단말마를 질렀다.

모든 것이 끝난 후—.

"……별것 아니었네, 하늘의 지혜연구회."

전공을 세운 이브는 그 방에서 얼굴 한 가득 미소를 지었다.

"하아…… 솔직히 말해서 김빠지네. ……지금까지 이런 어설프고 멍청한 놈들에게 제국이 농락당했다는 게 믿을 수가 없을 정도야. ……세상 참 말세네."

눈앞에 있는 바닥에는 쇠사슬로 단단히 묶인 자이드와 로렌스가 정신을 잃은 채 누워 있었다. 저 쇠사슬은 신체 구속뿐만 아니라 마술을 봉인하는 봉마의 저주까지 인챈트된 물건이기도 했다.

"결국 《미의 오른손》이 어떤 암살술을 쓰는지는 확인하지 못했지만…… 뭐, 나중에 느긋하게 캐내면 되겠지."

이 층에 걸린 인식 조작 마술과 이계화도 해주었다. 이 방도 이제 평범한 방에 불과했다. 자이드와 로렌스도 백마(白魔)【슬립 사운드】로 몸과 정신을 깊이 잠들게 했다. 더할 나위 없는 완전무결한 승리였다.

남은 건 제국군에 신병을 넘기는 순간까지 입을 막으려는 적의 마수로부터 이들을 지키기만 하면 될 뿐. 그것도 자신의 시크릿을 활용하면 손쉬운 일이었다.

"후후…… 후후후…… 해냈어. ……난 해낸 거야……."

이브는 기쁨을 억누르지 못하고 웃었다.

아무튼 그 하늘의 지혜연구회에 소속된 어뎁터스 오더…… 중핵 클래스를 두 명이나 상처 없이 사로잡은 것이다. 이건 제국 전쟁사에 이름이 남을 공전절후의 공적이었다.

─역시 이그나이트 공작가! 제국 마도무문의 기둥이라는 평가에는 추호의 거짓도 없었다!

벌써 어디선가 그런 찬사가 들리는 듯 했다.

"그리고 이걸로 글렌도 틀림없이 나를…… 후훗. 안 되지, 안 돼. ……아직 방심은 금물이야."

마음을 다잡은 이브는 보석에 귀를 대고 통신 마술을 발동했다.

"……여보세요, 들려? 이쪽은 《마술사》이브. 실은─."

보석형 통신 마도기를 통해 글렌과 알베르트 일행에게 정보를 전하고 담담히 다음 지시를 내렸다.

…….

"……이걸로 끝."

잠시 후, 사후 처리를 마친 이브가 다시 실내를 둘러보았다.

이제는 약간 한가했다. 작전이 다음 단계로 이행하기 전까지는 할 일이 없었다.

"자, 그럼…… 뭘 하지……?"

그 순간, 이브는 깨달았다.

처음부터 이 방에서 희미한 음악이 들렸다는 것을…….

이브가 음악의 발신원을 찾자 레코드가 돌아가는 축음기가 눈에 들어왔다.

"……어라? 이 곡은……?"

왠지 귀에 익었다.

"뭔가 했더니 《교향곡 실피드》……. 아래 층 무도회장에서 연주하는 곡을 완전히 똑같은 악보로 연주해서 녹음한 거네……."

우아함과 민족적인 활기를 겸비한 이 곡은 듣기에도 좋았다. 일반적인 《교향곡 실피드》와 달리 자연스럽게 편곡을 한 점도 훌륭했다.

"뭐…… 이 방에 적 조직에 관한 실마리가 있을지 조사하는 김에…… 음악 감상을 하는 것도 나쁘지는 않겠네."

그렇게 혼잣말을 중얼거린 이브는 《교향곡 실피드》를 배경음 삼아서 자이드와 로렌스가 거점으로 삼았던 이 방을

신중하게 조사하기 시작했다.

"음…… 마력 흔적은…… 매직 트랩 같은 건 없는 것 같네. ……하지만 여기서는 방심하지 말고 신중하게…… 경계해서 나쁠 건 없을 테니까……."

조금 시간을 거슬러 올라가—.

와아아아아아아아아아아아아아아아아아아아!

이 순간 무도회장에는 열광적인 환호성과 박수갈채가 쏟아지고 있었다.

두 그룹으로 나눠서 치르는 준결승전이 방금 막 끝난 것이다.

모두의 주목과 갈채가 향하는 중심에 있는 것은—.

"이겼어요! 선생님!"

"……후우…… 간신히 여기까지 올라왔구만……."

진심으로 기쁜 얼굴로 뺨이 상기된 루미아와 약간 지친 표정의 글렌이었다.

그리고—.

"아무래도…… 결승전에서는 당신들과 자웅을 겨루게 될 것 같네요!"

"응."

투지를 불태우는 시스티나와 여전히 졸린 듯한 무표정인 리엘이었다.

글렌 & 루미아. 시스티나 & 리엘. 각 그룹을 최고 점수로 돌파한 이 두 팀이 마침내 결승전에서 맞붙게 된 것이다.

"루미아도『호브 드 라 페』를 노리고 굉장히 노력했겠지만…… 그래도 여기까지 온 이상 봐주지는 않을 거야. 난 온 힘을 다해서 우승을 노리겠어!"

"응. 알고 있어, 시스티. 나도 지지 않을 거다?『호브 드 라 페』를 입고 멋진 남성분과 춤을 추는 건 내 어릴 적 꿈이었으니까!"

"머, 멋진 남성분……?"

"시스티야말로 사양하지 말고 진심을 다해줘. 그렇지 않으면…… 후훗, 내가 선생님을 뺏어 버릴지도? 알잖아?『호브 드 라 페』를 쟁취한 남녀는……."

루미아가 장난스럽게 웃자 시스티나는 당황했다.

"으그그…… 왜, 왜 거기서 선생님을 언급하는 건지 모르겠는데…… 좋아! 네가 그렇게까지 말한다면 어디 한 번 정정당당하게 겨뤄보자! 누가 이기든 원망하기 없기야!"

"응! 물론이지!"

그리고 루미아와 시스티나는 최종 결투를 앞두고 뜨거운 불꽃을 흩뿌렸다.

"오~ 오~ 아주 기운이 넘치시는구만……."

"응. 사이좋아."

글렌은 못말리겠다는 얼굴로 머리를 긁었고 리엘은 무뚝

뚝하게 동의했다.

『그럼 결승전은 잠시 휴식 시간을 가지고 30분 후에 열릴 예정입니다. 여러분, 올해의 『호브 드 라 페』가 과연 어떤 숙녀분에게 돌아갈지…… 아무쪼록 마지막까지 지켜봐주시기 바랍니다.』

마술로 안내 방송이 흘러도 조금 전까지 훌륭한 연기를 펼친 글렌 일행에게 쏟아지는 찬사와 여운에 잠긴 흥분은 가라앉을 줄 몰랐다.

악단 지휘자가 한껏 고조된 분위기를 유지하려고 지휘봉을 휘두르자, 악단 멤버들이 각자 악기를 들고 성대한 연주를 재개했다.

그 연주에 영향을 받은 건지 일시적으로 개방된 중앙 무대로 올라온 사람들이 다시 댄스를 즐기기 시작했다.

"해냈구나! 선생님! 시스티나!"

"흐, 흥! ……일단은 훌륭했다고 칭찬해드리죠."

카슈와 웬디를 필두로 글렌의 학생들이, 글렌 일행 곁으로 우글우글 몰려들었다.

"꼭 이겨! 시스티나! 이대로 가면 선생님의 지갑이 두둑해질 테니까!"

"야, 카슈. 너, 나중에 뒤뜰로 나와."

"……선생님! 이렇게 된 이상 반드시 이겨주세요! 시스티나가 저를 제치고 『호브 드 라 페』를 입다니, 그런 굴욕은……."

"……웬디. 저기, 들리거든? 아니, 나 지금 네 옆에 있거든?"

왁자지껄 떠드는 학생들은 하나같이 흥분한 기색이었다.

"굉장해! 시스티나랑 리엘도! 나도 저런 식으로 출 수 있었으면……."

"결승전, 힘내세요. 루미아. 당신과 선생님이 우승하신다면 본선 1회전에서 당신들에게 진 저도 자랑스러울 테니까요♪"

세실과 테레사는 글렌 일행에게 아낌없는 격려를 보냈다.

"……참 나, 진짜 우리 반은 야단법석을 떠는 데 일가견이 있다니까. ……기가 막혀서 정말."

"너, 말은 그렇게 하면서…… 결국 끝까지 남았네."

기블이 빈정거리자 카슈가 히죽히죽 웃으며 태클을 걸었고―.

"……좋겠다……."

린은 약간 떨어진 곳에서 루미아와 글렌을 바라보고 있었다.

"저기, 애들아! 결승은 어느 쪽이 이길 것 같아?! 누가 『호브 드 라 페』를 입은 모습을 보고 싶어?"

"난 당연히! 루미아가 이겼으면 좋겠지!"

"맞아! 루미아가 『호브 드 라 페』를 입은 모습이 보고 싶지?!"

"아니야! 난 시스티나야! 평소에는 워낙 잔소리가 심하니까 깜빡 잊곤 하는데…… 사실 시스티나도 엄청 수준이 높지 않아?!"

"그래! 진심으로 시스티나가『호브 드 라 페』를 입은 모습이 보고 싶지?!"

"나, 나는…… 리엘이『호브 드 라 페』를 입은 모습이 보고 싶어……."

"오, 그것도 괜찮은걸?! 그런데 그거 규칙상 문제없는 거야?"

그밖에도 로드와 카이를 필두로 글렌 반 남학생들이 우승 예상과 누가『호브 드 라 페』를 입은 모습이 보고 싶냐는 화제로 한껏 달아올랐다.

"얘! 리엘! 대회가 끝나면 저기…… 나랑 춤춰주면 안 될까?"

"아! 아네트! 치사해~!"

"옳소! 옳소! 새치기는 금지라구!"

"하아…… 리엘…… 오늘 밤의 당신은 정말로 멋져……. 마치 왕자님 같아……."

"아아…… 나, 황홀해서 녹아버릴 것만 같아……."

"?!?!?!?!?!"

한편 여학생들에게 에워싸인 리엘은 웬일로 눈을 휘둥그레 떴다.

"……♪"

그리고 루미아는 무도회가 시작된 후부터 시송일관 기쁜

미소를 짓고 있었다.

글렌은 쓴웃음을 흘리면서 그런 학생들을 지켜보았다.

'……거 참, 싸우고 있는 다른 녀석들에게는 미안하지만…… 이런 것도 나쁘지 않군.'

솔직히 즐거웠다. 학생들과 함께 야단법석을 떠는 게 즐거워서 참을 수가 없었다.

'이런, 안 되지. 안 돼. 긴장을 풀면. 난 아직 임무 중이잖아.'

글렌이 그런 식으로 마음을 다잡은…… 순간.

귀에 낀 통신기에서 믿을 수 없는 보고를 접했다.

——.

'뭐?! 끝났어?! 자이드와 뒤에 있던 흑막을 사로잡았다고?!'

『그렇다고 했잖아. 몇 번이나 말하게 하지 말아줄래?』

끝났다. 적의 음모가…… 루미아 암살 계획이 완전히 무너졌다.

모르는 사이에 아무런 파란도 없이…….

너무나도 싱거운 결말에 글렌은 안도하기는커녕 맥이 빠졌다.

『말했지? 내 지시대로 하면 위험하지 않을 거라고.』

'그, 그래…….'

『난 지금부터 사후 처리에 들어갈게. 수고했어, 글렌. 당신의 역할은 여기까지야. 나머지는…… 맞아. 귀여워서 죽고 못

사는 제자에게 『호브 드 라 페』라도 선물해주는 건 어때?』

　일일이 빈정거리는 듯한 말투였지만 글렌은 반박하지 못하고 입을 다물었다.

　『……그럼 좋은 밤 보내, 글렌.』

　이브는 그 말을 남기고 일방적으로 통신을 끊었다.

　'……정말로…… 끝난…… 건가……?'

　실제로 이브는 흑막을 사로잡았다. 그리고 외부에서 대기 중인 적 외도 마술사들과의 전투도 알베르트 일행의 완전 승리로 끝난 모양이었다.

　이걸로 끝이 아니라면…… 대체 어떤 게 끝이라고 할 수 있을까.

　'……그, 그래……. 끝난 거야……. 뭐야, 내 기우였나……. 이브는 개인적으로 싫어하지만 우수한 녀석인 건 틀림없고…… 그리고 알베르트, 영감탱이, 크리스토프도 있었으니……. 내가 좀 지나치게 예민했던 건가……?'

　글렌은 자신의 주위에서 야단법석을 피우는 학생들을 힐끗 쳐다보며 안도의 한숨을 내쉬었다.

　그리고 무사히 끝난 거라고. 이젠 아무런 위협도 없다고…….

　분명 이번 적은 예상보다 별것 아니었던 거라고…….

　그렇게 생각하려 했다. 자신을 타일렀다.

　하지만—.

─분명『호브 드 라 페』가 그녀의 아름다운 수의가 되겠죠.

엘레노아가 남긴 말이 목구멍에 박힌 가시처럼 가슴속에 남아…… 빠지지가 않았다.

─한편, 같은 시각. 학생회관의 옥상.

"……그런가. 알았다. ……하지만……, ……그래. ……이쪽은 그렇게 조처하겠다."

통신 마술로 이브의 보고를 받는 알베르트가 담담하게 응수했다.

"……이브 양이 뭐라고 하디?"

즉시 버나드가 통신을 끊은 알베르트에게 질문했다.

"이브가 자이드와 흑막을 사로잡았다는군."

"호오? ……흠, 역시 그랬나."

"여기까지는…… 알베르트 씨와 버나드 씨의 추측대로네요."

버나드와 크리스토프는 딱히 놀란 기색도 없이 맞장구를 쳤다.

"추측이라 할 만큼 거창한 건 아니야. 체스의 묘수풀이 같은 거다."

"적의 전력과 계획을 순조롭게 무너트렸으니 뭐, 당연히 이렇게 되겠지."

"……자이드와 뒤에서 암약한 흑막도…… 두 분이 예상한 대로 정말로 존재했던 거군요. 게다가 이브 씨는 그 정보를 저희에게 숨기고 있었다라……."

크리스토프는 유감이라는 듯한 목소리로 중얼거렸다.

"뭐, 있겠지. 없는 게 더 이상해. 적이 진짜 저 정도 전력이었다면 아무리 생각해도 한 수가 부족하잖아? 냉정한 안목이 있다면 이런 상황에서 쳐들어올 리가 없어."

"이브에게 사정을 듣는 건 나중에 하고."

알베르트는 냉철한 사고로 다음에 자신들이 해야 할 임무로 의식을 돌렸다.

"우리는 확보한 적을 입막음하러 올지도 모르는 새로운 적을 대비해서 밖에서 대기하라더군."

"……응? 셋 전부? 우리 중 누구 하나가 이브 양에게 가는 편이 더 확실하지 않나?"

"우리의 도움은 필요 없다. 바깥을 지키라고…… 고집을 쓰더군."

"카앗~! 고 녀석, 진짜 공적이 애타게 필요한가 보구만! 제국군에 신병을 인도할 때까지 자기 혼자 임무를 완수했다는 공적이!"

"……어쩌죠? 알베르트 씨, 버나드 씨."

"어쩔 수 없지. 우리 중에서는 백기장인 이브가 가장 계급이 높으니까. 긴급 특례 조항에 걸리지 않는 한 상관의 명령은 절대적. 그게 바로 군대라는 거다."

"군대라……. 그래, 그랬었지. 이거 참, 납납하구만……."

버나드는 투덜거리며 한숨을 내쉬고 머리를 긁었다.

"그건 전부 버나드 씨 잘못 아닌가요? 출세하는 게 싫어서 군기 위반을 밥 먹듯 저지른 데다, 자신의 전공을 다른 사람에게 양보하면서까지 십기장에 눌어붙으셨으니……."

크리스토프는 어이가 없다는 눈으로 노려보았다.

"그, 그치만 천기장이나 만기장 같은 장교 클래스가 되면 현장이나 전선에 못 나가잖아? 이브 양만 놓고 봐도 백기장조차 저리 바쁜데!"

"정말이지…… 당신이란 분은……."

버나드가 쩔쩔매며 변명하자 크리스토프는 기가 막혀서 어깨를 축 늘어트렸다.

알베르트는 그런 두 사람의 대화를 들으며 하늘을 올려다보았다.

그의 머릿속에 떠오른 것은 얼마 전에 두 눈에 새긴 숭고한 광경…… 글렌의 제자들이 남쪽 섬에서 즐겁게 뛰노는 광경이었다.

'……이대로 아무 일 없이 끝났으면 좋겠다만…….'

밤하늘에 뜬 달은 이번에도 알베르트에게 대답해주지 않았다.

그리고 마침내 그 순간이 도래했다.

이 순간만큼은 떠들썩했던 무도회장도 마치 찬물을 끼얹

은 것처럼 조용했다.

　관객들이 마른침을 삼키며 지켜보는 가운데 두 커플이 중앙 무대로 올라왔다.

　글렌과 루미아.

　시스티나와 리엘.

　사교 무도회의 댄스 경연대회 결승전.

　이 대결에서 이긴 여성이야말로 올해 최고의 숙녀이자—.

　모든 여학생이 동경하는 『호브 드 라 페』를 입을 기회를 얻게 되리라.

　"선생님……. 정말 감사해요."

　글렌 앞에 청초하게 서 있는 루미아가 방긋 웃었다.

　"선생님 덕분에 오늘 밤은 무척 즐거운 사교 무도회가 됐네요."

　"……뭐?"

　글렌은 눈을 깜빡거렸다. 루미아는 한없이 투명하고 온화한 얼굴이었다.

　"이걸로 이기든 지든…… 전 후회하지 않을 거예요. 오늘 밤은…… 분명 제 평생의 보물이 되겠죠……."

　"루미아…… 갑자기 왜?"

　왜 지금, 이 순간에 그런 말을 꺼내는 것일까. 글렌은 루미아가 무슨 의도로 말한 건지 파악하려 했지만 여성의 속마음에 어두운 그가 알 수 있을 리 없었다.

"저…… 오늘 밤만은 열심히, 진심으로 힘낼 거예요."

"……응? 넌 항상 모든 일에 진심이고 열심이잖아?"

"후후, 오늘 밤만은 더 특별하답니다. ……예, 오늘 밤만은……."

역시 모르겠다. 글렌은 루미아가 무슨 말을 하고 싶은 건지…… 전혀 이해하지 못했다.

"선생님…… 부탁드려요. 이 순간만 저와 함께, 지희가 펼칠 수 있는 모든 기량을 발휘해서 관객 여러분께…… 심사위원 여러분께…… 남김없이 보여드려요."

간절히 바라는 것 같으면서도 어딘지 모르게 애절한 루미아의 표정.

글렌은 그저 고개를 끄덕일 수밖에 없었다.

"……알았다. 자, 그럼~ 하얀 고양이에게는 미안하지만…… 오늘 밤만은 네 편을 들어주마. 루미아, 네가…… 반드시 저 『호브 드 라 페』를 입게 해주겠어."

글렌이 그렇게 대답하자 루미아는 정말 기뻤는지 꽃처럼 활짝 웃었다.

그리고 일동이 마른침을 삼키며 마지막 참가자들을 지켜보는 가운데―.

악단의 지휘자가 정열적으로 지휘봉을 들어올렸고…… 댄스 경연대회 최후의 연주가 차분한 분위기로 시작되었다.

교향곡 실피드 제6번. 이 곡에 맞춰야 하는 댄스는 실프 왈츠 6번.

글렌과 루미아가 고개를 숙여 인사하고, 시스티나와 리엘도 고개 숙여 인사했다.

그리고 살며시 서로의 파트너와 손을 잡고…… 조용히 댄스를 추기 시작했다.

실피드 제6번은 처음에는 조용한 전주로 시작하지만 후반으로 갈수록 분위기가 극적으로 변하는 곡이었다.

네 사람은 처음에는 부드러운 동작으로 춤을 췄지만…… 이윽고 곡의 템포가 올라가자 서서히 격렬하고, 화려하고, 정렬적인 댄스를 선보였다.

글렌과 루미아가―.

시스티나와 리엘이―.

끊임없이 자연스럽게 춤을 추는 모습.

관객들은 눈 한 번 깜빡거리지 못하고 조용히 감탄성을 흘렸다…….

'조금만 더…… 조금만 더, 내 이기심을 용서해줘. 시스티……'

글렌의 에스코트를 받으며 일심불란하게 춤을 추던 루미아는 그런 생각을 했다.

'그야…… 난 앞으로 몇 번이나 이렇게 추억을 만들 수 있

을지…… 모르니까……'

그래서 오늘 밤만은 양보하지 않았다. 양보할 수 없었다.

오늘 밤만은 시스티나에게 이길 것이다. 이기고 싶었다.

얼마 전이었다면 승부 같은 건 상상도 못 하고 시스티나에게 길을 양보해줬겠지만—.

'승부야, 시스티. ……너랑 진심으로 겨루는 건 정말 오랜만이지만…… 승부를 내자……'

물론 정정당당히 싸워서 시스티나에게 져도 상관없었다.

그것 또한 그 무엇과도 바꿀 수 없는 소중한 추억이 될 테니까.

져도 좋다. 하지만 『호브 드 라 페』만은 싸워보지도 않고 양보할 수 없었다.

이것은 항상 한 걸음 물러난 위치해서 다투는 걸 피하며 시스티나를 배려해온 루미아의…… 피벨 가문의 일원이 된 후부터 항상 이해심이 많은 이상적인 『착한 아이』로 있었던 루미아의…… 첫 자기주장이었다.

루미아는 눈을 감고 추억의 광경…… 어릴 때 본 사교 무도회를 떠올렸다.

잊으려야 잊을 수가 없었다. 힘닌한 경쟁 끝에 『호브 드 라 페』를 쟁취한 소녀가…… 피날레 댄스를 추는 도중에 자랑스럽고 기쁜 나머지 눈물을 흘렸던 것을…….

분명 어머니 알리시아도, 『호브 드 라 페』를 입어본 역대의 우승자들도 다들 그랬으리라. 다들 자랑스러움으로 가슴이 가득했으리라.

그것은 정정당당히 싸워서…… 댄스로 자신의 모든 것을 표현한 끝에 **승리했기** 때문이다.

그저 『호브 드 라 페』를 입기만 하면 되는 것이 아니었다.

실속 없는 종이 훈장에 대체 무슨 의미가 있을까.

'난 그저—.'

자신도 어머니와 역대 우승자들 같은 긍지를 가지고 싶었다.

그 아름답고 긍지 넘치는 숭고한 모습을 보았기에 자신은 『호브 드 라 페』를 동경한 것이다.

그래서 그날 자신은 마치 영혼을 빼앗기는 듯한 심정으로 그녀를 아름답다고 느낀 것이다.

그러하기에—.

'꼭 전력을 다해줘, 시스티. ……진심을 다한 너에게 이겨서 『호브 드 라 페』를 쟁취하는 것에 의미가 있으니까…….'

양보할 수 없는 마음과, 결의를 가지고—.

루미아는 글렌이 세워든 팔 밑에서 화려한 턴을 선보였다.

리엘과 함께 우아하게 스텝을 밟고, 템포 좋게 샤세를 밟으며 일심불란하게 춤을 추던 시스티나는 이런 생각을 했다.

'루미아…… 정말 진지하게, 진심으로 춤을 추고 있는 거구나……. 날 이기려고…… 온 힘을 다해서…….'

시스티나는 문득 지금까지 루미아와 함께 보낸 나날을 떠올렸다.

루미아는 시스티나 앞에서는 결코 진심을 발휘하지 않는 소녀였다.

그리고 시스티나와 똑같은 것을 원할 때는…… 아무렇지 않게 한걸음 물러나서 양보하는 아이였다.

경쟁해야 할 때가 있으면 한 걸음 물러나서 승부를 피하는 아이였다.

루미아는 무슨 일이 있을 때마다 항상 자연스럽게 시스티나를 배려했다.

폐적된 전 왕녀로서 피벨 가의 신세를 지는 입장이라 사양하는 것도 있을 테고…… 피벨 가에 거둬들여졌을 당시에는 여러모로 거칠었던 루미아가 시스티나를 여러 번 상처 입혔던 과거를 아직도 마음에 두고 있는 것이리라. 그럼에도 결국 시스티나가 루미아를 용서하고 가족으로 받아들여준 은혜도 있었으니까.

아무튼 이제 와서 돌이켜보면 루미아는 항상 시스티나를 배려하고, 시스티나에게 양보했으면서도 만족스러운 얼굴로 함께 웃어주는…… 그런 소녀였다.

'……그걸 지적하면 넌 그럴 리 없다고, 내 기분 탓이라고 말하겠지만……'

시스티나가 그걸 모를 리 없었다.

'그야…… 너와 난 가족이잖니…….'

하지만 이번에는 아주 조금이지만…… 그런 관계에 변화가 생겼다.

'루미아…… 넌…… 진심이었구나…….'

마술학원의 모든 여학생들이 동경하는 전통 의상 『호브 드 라 페』.

이번에 루미아와 시스티나가 동시에 원한 대상.

사실 시스티나는 그 정도로 애타게 원한 건 아니었지만, 루미아가 웬일로 강하게 『호브 드 라 페』를 갈망하자 둘이서 하나의 물건을 놓고 겨루는…… 그런 구도가 성립한 것이다.

지금까지는 없었던 일이었다.

지금까지의 루미아라면 자연스럽게 비켜서 시스티나에게 길을 양보했을 텐데…….

이번만큼은 달랐다.

즉, 그녀는 이번만큼은…… 진심으로 진지했던 것이다.

'그런데도 난, 나 자신도 이해할 수 없는 질투로 방해나 하고…… 계기는 선생님이었지만, 루미아는 진지했는데……. 난 딱히 루미아만큼 『호브 드 라 페』에 관심이 있는 것도 아니었는데……. 그냥 입어봤으면 좋겠다는 정도였는데…….'

지금은 그런 어중간한 각오로 루미아를 방해한 것이 진심으로 미안했다.

돌이켜보면 정말 자신은 옛날부터 루미아에게 응석만 부리는 이기적인 여자애였다.

'미안, 루미아. 정말 미안해. 네 진지한 마음을 방해해서 정말로 미안해……'

그렇다고 이제 와서 봐줄 수는 없었다. 이젠 물러날 수 없었다.

'저 눈…… 저 진지한 표정…… 루미아는 진심으로 날 이기고 싶어 하는 거야……. 날 이겨서 『호브 드 라 페』를 **쟁취**하겠다고…… 틀림없이 내가 일부러 지는 걸 바라지 않을 테고…… 그렇게 해서 얻은 승리에는 의미가 없는 거겠지……'

애당초 일부러 지는 건 무례하기 짝이 없는 짓이다. 그런 건 루미아와, 함께 애써준 리엘은 물론이고 이 댄스 경연대회에 참가한 모든 사람에 대한 모독이었다.

'……그러니까 나도 온 힘을 다할게. 이 마지막 댄스에 내 모든 기술과 영혼을 담겠어. 절대로 봐주지는…… 않을 거야……'

그래서 하다못해 시스티나는 진심으로 소망했다. 기원했다.

그 무엇과도 바꿀 수 없는 친우에게—.

'……힘내. 지지 마, 루미아. 지금은 라이벌이지만…… 난 너를 진심으로 응원하고 있으니까……!'

그렇게 마음속으로 강하게 기원했다.

그리고 시스티나는 한층 더 집중력을 높여서 리엘과의 댄스에 몰두했다.

춤춘다. 춤을 춘다.

모두가 마른침을 삼키며 지켜보는 가운데.

그들은 춤을 추었다. 때로는 뜨겁게, 때로는 격렬하게, 때로는 우아하게.

곡에 맞춰서 계속 몸을 경쾌하게 움직였고─.

──.

그리고 폭풍 같았던 클라이맥스에서 분위기가 급변하더니…… 조용한 숲속에서 잠이 드는 듯한 여운을 남기며 곡이 끝났다.

글렌과 루미아는, 시스티나와 리엘은 그 음률에 맞춘 우아한 피니시로 결승전의 막을 내렸다.

네 사람의 춤이 끝나자 무도회장은 마치 찬물을 끼얹은 것처럼 고요했다.

하지만…… 누군가가 박수를, 또 누군가가 이제야 마침 생각난 것처럼 박수를 보내기 시작했고…… 머지않아 폭풍 같은 박수갈채가 터져나왔다.

와아아아아아아아아아아아아아아아아아아아아아!

오늘 밤의 사교 무도회에서 가장 맹렬하고도 열광적인 환호성이 무도회장을 지배한 순간이었다.

"어, 어느 쪽?! 어느 쪽이 이긴 거야?!"

"그, 그런 걸 내가 어떻게 알아!"

"두 커플 모두 정말 멋진 연기였어요……."

글렌의 학생들은 떠들썩하게 성원을 보냈다.

"여기까지 오니까…… 누가 지는 건 보고 싶지 않은걸."

"흥. 판가름은 나겠지. ……잔혹하게도. 승부라는 건 원래
그런 법이니까."

"……기블. 너 이러니저러니 해도 결국 끝까지 남았구
나……."

한편으로―.

"하아…… 하아…… 하아……."

"……하아…… 하아……."

이 한 번의 춤으로 자신이 가진 모든 것을 쏟아 부은 루
미아와 시스티나는 거친 숨을 가다듬고 마른침을 삼키면서
심사위원석을 지켜보았다.

심사위원들은 저마다 난감한 표정으로 격렬한 토론을 거
듭했다.

이윽고 그치지 않는 환호성 속에서 마침내 심사위원들이
보드에 점수를 걸기 시작했다.

그 결과는―.

"……아."

근소한 차이로―.

정말 근소한 차이로—.

만약 심사위원이 한 명이라도 달랐다면 틀림없이 결과가 바뀌었을…… 그런 근소한 차이로—.

루미아와 글렌 페어가 승리를 거머쥐었다.

우오오오오오오오오오오오오오오오오오오오오오오오!

그 결과를 본 관객들의 환호성이 한 옥타브 더 올라갔다.

"……나…… 이긴 거야……? 정말로……?"

루미아는 마치 꿈을 꾸는 듯한 표정으로 서 있었다.

"……축하해, 루미아."

시스티나는 왠지 개운한 표정으로 방긋 웃었다.

"시, 시스티……?"

"……완패야. 난 정말 진심으로 온 힘을 다했어. 이상한 고집으로 참가한 대회였지만…… 그래도 조금 전의 연기는 널 이기려고 내 모든 걸 다 쏟아 부은…… 내 인생 최고의 댄스였다고 자부해."

전혀 후회가 남지 않은 시원스러운 표정이었다.

"그런데도 졌으니 어쩔 수 없잖아?"

"응. 난 잘 모르겠지만…… 졌네. 루미아, 굉장해."

리엘도 평소와 다름없는 관심 없는 표정이었지만, 이 순간만큼은 마치 루미아를 축복하는 것처럼 계속 물끄러미 쳐다보았다.

"후후, 아직 끝이 아니야. 루미아. 이다음에는 사교 무도회의 마지막 행사인 피날레 댄스가 있잖아? 네가 『호브 드라 페』를 입은 모습…… 기대하고 있을게."

"응. 기대할게. 그런데 그 호브드……라는 건 뭐야? 과자? 맛있어?"

"시스티…… 리엘……."

루미아는 감격한 나머지…… 자기도 모르게 눈물을 글썽거렸다.

"……응, 응! 정말 고마워! 나도 진짜…… 즐거웠어!"

"꺄?! 잠깐…… 얘, 남들 앞에서!"

"응. 루미아, 간지러워."

그리고 정말 사랑스럽다는 듯이 시스티나와 리엘을 꽉 끌어안았다.

"뭔지 잘 모르겠지만…… 청춘이구만."(국어책 읽기)

글렌은 시치미를 떼면서 말했다.

세 소녀의 평화로운 모습과 무도회장에 흐르는 즐거운 연주가, 지금까지 임무가 끝났다는 실감을 느끼지 못한 채 줄곧 긴장했던 글렌의 마음을 해방해주었다. 무사히 임무를 끝냈다는 달성감과 해방감이 서서히 치밀어 올랐다.

그래서—.

"그런데 하얀 고양이 씨이~? 그~렇게나 자신만만하게 『호브 드 라 페』는 양보 못 해!(씨익)라고 잘난 척한 주제에 이런 결과가 나와 버렸네~? 응? 지금 어떤 기분? 응? 응?

지금 어떤 기분이야?"

"윽~?!"

바로 평소처럼 시스티나에게 시비를 걸었다.

"왠지 필사적으로 좋은 분위기로 끝맺고 싶은 모양인데~? 난 안 속거든~? 도저히 잊을 수가 없단 말씀이야~? 그때 네 의기양양한 표정이 진짜…… 풉!"

"이, 이, 이……."

"꺄하하하! 분해? 분하냐? 으하하하하하하!"

"이 벽창호오오오오오오오오오!"

어느새 글렌 자신도 눈치채지 못한 사이에—.

마음속에 박힌 희미한 불안감은 완전히 자취를 감추었다.

제6장 끝나지 않는 밤

사교 무도회도 마침내 절정에 접어들었다.

주요 행사인 댄스 경연대회가 끝났으니 우승자인 루미아가 『호브 드 라 페』로 갈아입어야 했지만, 아무래도 무도회장 뒤에 있는 탈의실까지 쫓아 들어갈 수는 없는 노릇이라 글렌은 일단 리엘을 호위로 붙여서 보냈다.

"나이스! 난 줄곧 루미아가 『호브 드 라 페』를 입은 모습이 보고 싶었다고!"

"젠장! 난 시스티나가 입은 걸 보고 싶었는데~!"

"리엘파가 지나갑니다~."

"으…… 내, 내년에는 반드시…… 고귀한 푸른 피를 이은 제가……!"

"참 나…… 시끄럽다고 짜식들아. 고작 드레스 하나 가지고 야단법석을 떨기는."

글렌의 근처에서는 그의 제자들이 저마다 흥분한 기색으로 왁자지껄 떠들어대고 있었다.

주위를 둘러봤지만 대회가 끝났는데도 무도회장의 활기는 조금도 가라앉지 않았나,

악단의 지휘자는 바로 지금이 클라이맥스인 것처럼 열정적으로 지휘봉을 휘둘렀고, 악단은 제 기량을 초월해서 그 지휘에 보답했다. 무도회장을 지배하는 연주는 최상의 컨디션이었다.

즐거운 담소가 끊이지 않았고 즐겁게 댄스를 추는 커플들의 모습도 끝이 없었다. 라스트를 향해서 분위기는 더욱 더 고조되었다.

'……다들 엄청 기운 넘치는구만. ……저 인간들은 피곤하지도 않나?'

뭐, 이럴 때도 있는 법이리라. 특히 오늘 밤은 뭔가가 특별했으니까.

늘 의욕이 없는 글렌조차 아침까지 여유 있게 소란을 피울 수 있을 것 같은 기분이 들었다.

'하핫…… 나도 이 무도회장의 분위기에 영향을 받은 건가…….'

글렌이 쓴웃음을 흘리며 주위를 돌아보자…… 갑자기 사람들이 탄성을 지르며 술렁이기 시작했다.

"선생님! 선생님! 왔어요! 우와…… 진짜?! 상상 이상이야……!"

"……응? 뭐가 왔는데?"

카슈가 소매를 잡아당기기에 고개를 돌리자—.

"……오래 기다리셨죠. 선생님……."

『호브 드 라 페』로 갈아입은 루미아가…… 리엘의 에스코트를 받으며 가련한 모습을 드러냈다.

"……?!"

살포시 퍼지는 치맛자락은 마치 천사의 우의 같았으며, 팔에서 펄럭이는 플로트는 마치 요정의 깃털 같았다.

드레스를 장식하는 보석들은 밤하늘에 가득한 별님.

드레스를 꾸민 자수는 반짝이는 은 세공.

눈부신 샹들리에의 조명을 한 몸에 받고 빛나면서 루미아라는 원석이 지닌 아름다움을 극한까지 연마해서 승화시킨 의상.

그 너무나도 환상적인 아름다움에…… 글렌은 영혼을 사로잡혔다.

―분명 『호브 드 라 페』가 그녀의 아름다운 수의가 되겠죠.

한순간 머릿속으로 누군가가 했던 말이 스쳐지나갔지만…… 곧 루미아의 아름다움 앞에서 전부 망각하고 말았다.

"……저, 저기…… 선생님? ……어떤가요? 잘 어울리나요?"

뺨을 붉힌 루미아는 쑥스러운 표정으로 고개를 숙이면서 살짝 시선을 들어서 글렌의 반응을 확인했다.

"……"

글렌은 넋을 잃고 바라보느라 미처 내납하지 못했다.

"정말이지…… 정신 좀 차리세요. 선생님."

웬디가 등을 쳐준 덕분에 그제야 제정신이 들었다.

"……아, 응. 엄청 잘 어울려……. 진짜 옷이 날개라는 말이 딱이네……."

감상은 고작 그것뿐. 정말 센스라고는 눈곱만큼도 없는 칭찬이었다.

하지만 루미아는 그것만으로도 만족했는지 진심으로 기쁜 얼굴로, 행복한 얼굴로…… 웃어주었다.

"그럼…… 선생님. 오늘 밤의 마지막 에스코트를…… 부탁드릴게요."

그리고 마치 꿈이라도 꾸는 것 같은 미소로 글렌에게 다가가…… 손을 내밀었다.

"……그래."

글렌은 그 손을 잡고 중앙 무대로 나아갔다.

사교 무도회의 전통 이벤트—『호브 드 라 페』를 쟁취한 커플의 피날레 댄스가 시작될 차례였다.

무도회장에 있는 모든 이의 시선이 글렌와 루미아에게 모여들었다.

두 사람이 무대에 오른 순간, 악단의 지휘자는 조용히 지휘봉을 세워들었다.

연주곡은 교향곡 실피드 제7번.

글렌과 루미아가 둬아 아는 댄스는 실프 왈츠 7번이었다.

한편, 학생회관의 옥상 위.

"후우…… 어째 무사히 끝날 것 같은 분위기로구만……."

"그러네요. 제 결계에도 적의 반응은 없습니다."

"그런데 계속 느낀 거지만…… 이 무도회는 연주가 참 훌륭해."

"예. 저도 될 수 있으면…… 좀 더 가까이에서 듣고 싶었을 정도예요."

버나드와 크리스토프는 밑에서 들려오는 피날레 댄스의 연주를 들으며 감탄했다.

그 순간―.

학생회관의 벽을 차고 하늘 높이 뛰어오른 리엘이 일행의 머리 위에서 한 바퀴 회전한 후, 한가운데에 가볍게 착지했다.

"응, 왔어."

어느새 연미복에서 궁정 마도사의 예복으로 갈아입은 그녀는 가녀린 어깨에 고속으로 연성한 대검을 태연히 짊어지고 서 있었다.

"오, 리엘. 수고했다. 잘했다! 아주 장해!"

버나드는 마치 귀여운 손녀를 칭찬하는 것처럼 리엘의 머리를 거칠게 쓰다듬어주었다.

"방금 이브가 저긴 이제 됐으니까 이쪽으로 가라고 했어. 그래서 서둘러서 갈아입고 온 거야."

평소처럼 졸린 무표정으로 말하는 리엘은 어딘지 모르게 불만스러운 기색이었다.

"호오, 웬일로 우리 리엘이 심통이 나셨을까?"

"……루미아의 호브드? ……좀 더 보고 싶었는데."

"으하하하! 그거 참 안타깝게 됐구만! 뭐, 이제 곧 끝날 테니 조금만 참으려무나!"

"……으."

리엘은 뺨을 볼록하게 부풀리고 고개를 돌려 버렸다.

"그보다 글렌 도령이 진심으로 부럽더구만. 조금 전에 원견(遠見) 마술로 안을 슬쩍 훔쳐봤는데…… 역시 알리시아의 딸답게 굉장한 미인이더라고. 홋…… 전에 한 말은 철회해야겠군. 갑자기 그 자식이 군을 때려 친 걸 용서해줄 생각이 사라졌어. ……나중에 한 대 패줘야지."

"둘 다, 진지하게 해라. 임무는 아직 끝난 게 아니야."

알베르트가 살짝 눈살을 찌푸리며 주의를 줬지만 담소를 나누는 버나드와 크리스토프의 분위기에는 한 치의 빈틈도 없었다.

겉으로는 웃고 있어도 마음속은 아직 전장, 임전태세였다.

둘 다 어렴풋이 느끼고 있는 것이리라. 아직 끝이 아니라고……

물론 알베르트도 마찬가지였다.

'하지만…… 신제코 직의 기서는 완전히 사라졌어. 이제

와서 뭔가 일을 벌일 낌새도 없고. 설마 정말 이대로 끝인 건가?'

지금까지 적의 동향이 얌전한 걸로 봐선 그렇게 판단을 내릴 수밖에 없었다.

알베르트는 석연치 않은 기분으로 회중시계를 꺼내서 시간을 확인했다. 이브와 간이 정기 보고를 나눌 시각이었다.

"이쪽은《별》,《마술사》, 들리나? 응답하라. 현재시각 1100시, 주변 경계 영역에 이상 없음. 그쪽의 지시대로 《전차》와 합류했다. 반복한다. 주변 경계 영역에 이상 없음.《전차》와 합류 완료. ……그쪽의 상황은 어떤가. 정보를 요구한다."

알베르트는 이브와의 직통 보석형 통신 마도기를 귀에 대고 담담하게 보고했다.

그러나—.

"……이브? 내 말 들리나? 대답해."

하지만 아무리 기다려도 통신기에서 이브의 대답이 돌아오는 일은…… 없었다.

알베르트는 의아한 얼굴로 눈살을 찌푸렸다.

그 무렵—.

"갑자기 돕게 해서 미안해, 시스티."

"아, 아뇨. 신경 쓰지 마세요. 리제 선배."

"늘 임원들에게 서류 정리는 확실히 하라고 입이 닳도록 말했는데…….”

　시스티나와 학생회장 리제는 사교 무도회가 개최 중인 학생회관에 마련된 방— 운영 위원회 대기실에 있었다.

　댄스 경연대회가 끝난 후, 리제의 부탁을 받고 친구들과 일단 헤어진 뒤 이 방에서 그녀의 일을 돕는 중이었다.

　대기실 안에는 다양한 서류나 운영 일정표나 인원 배치를 적은 벽보 등이 너저분하게 흩어져 있었고, 사람은 두 사람을 빼면 아무도 없어서 한산했다.

　“매년 그렇지만 늘 인력이 부족해서…….”

　“아하하, 그래도 올해는 대성공이었잖아요. 선배.”

　시스티나는 싫은 내색 한 번 없이 영수증 같은 서류를 재빨리 정리했다.

　“분명 선배랑 모두가 열심히 애써주신 덕분일 거예요!”

　“그래. 그렇게 말해주니 고마운걸.”

　리제는 쿡쿡 웃었다.

　“……그러고 보니 결승전 봤어. 아까웠네, 시스티나.”

　“아, 댄스 경연대회 말인가요? 아하하, 역시 어중간한 각오로 도전하면 안 되겠어요. 진지하게 『호브 드 라 페』를 입고 싶었던 루미아와 그냥 입어보고 싶은 정도였던 저로는 승부도 되지 않는걸요.”

　“……후훗, 당신은 좀 더 자신에게 솔직해지는 편이…… 마음의 소리에 귀를 기울이는 편이 좋을 거야. 이건 선배로서의 조언."

"……예? 그게 무슨……. 아, 정리 끝났어요. 선배."

마침 서류 정리가 끝난 시스티나가 자리에서 일어났다.

마치 이 화제를 피하려는 것처럼…….

"고마워. 그리고 정말 미안해. 지금이라도 서두르면 피날레 댄스에는 늦지 않을 거야. 지금 막 연주가 시작된 것 같으니까."

쓴웃음을 짓는 리제의 말대로 무도회장 쪽에서 악단의 연주가 들려왔다.

"아, 그럼 전 이만 가볼게요. 루미아가 『호브 드 라 페』를 입은 모습을 똑똑히 눈에 새겨둬야겠어요!"

"후훗, 잘 다녀와."

리제의 말대로 시스티나가 대기실을 나가려 한 순간─

바닥에 떨어진 악보가 눈에 들어왔다.

"어라? 선배…… 이건?"

"어머…… 애들도 참, 이런 소중한 것까지 함부로……."

리제는 탄식하면서 악보를 주워들었고, 시스티나도 옆에서 거들어주었다.

"이건 이번 사교 무도회에서 쓴 곡의 악보 원본이야. 응, 지금 악단이 연주하는 곡."

"아, 그런가요……. 이걸 연주했던 거군요……."

"응. 올해 사교 무도회가 성공한 건 이 악보 덕분이라고 해도 과언이 아닐 거야."

"……그게 무슨 뜻인가요?"

리제의 불가사의한 발언에 시스티나가 무심코 질문했다.

"후훗, 올해는 무척 멋지게 편곡이 됐거든. 듣다 보면 무의식적으로 마음이 들뜨는…… 그런 자연스러운 편곡이."

"아, 그러고 보니 올해의 곡은 『실피드』치고는 뭔가 다르다 싶었는데…… 그랬던 거군요. 편곡했던 거구나……."

시스티나는 납득한 듯 리제가 손에 든 악보를 들여다보았다.

그 순간—

악보를 확인한 그녀의 표정이 갑자기 굳었다.

"어?! 이게 뭐야?!"

그렇게 외치면서 맹렬한 기세로 악보다발을 뺏어들었다.

"시스티나?"

시스티나는 눈을 깜빡거리는 리제를 내버려두고 대기실 구석에 둔 자신의 가방으로 달려가 그 안에서 두꺼운 종이다발을 꺼냈다. 그것의 정체는 학교의 부속 도서관에서 빌려서 너덜너덜해질 정도로 읽은 마술 논문…… 알자노 마술학원의 마도 고고학 교수인 포젤의 최신 논문이었다.

종이가 찢어질 새라 거칠게 페이지를 넘긴 시스티나는 매서운 눈으로 악보와 논문을 번갈아 비교했다.

"역시?! 뭐야 이 편곡은! 이런 거 이상하잖아!"

그리고 시스티나는 절박한 표정으로 리제에게 딜러갔다.

"선배! 제 말 좀 들어주세요! 확신은 없지만 부탁드려요! 선배는—."

어안이 벙벙한 얼굴로 눈을 깜빡이는 리제에게 일방적으로 지시를 내린 후, 대기실에서 뛰쳐나왔다.

시스티나는 무도회장을 향해 다급히 달려갔다.

"어서…… 어서 선생님께 알려드려야 해! 불길한 예감이 들어! 구체적으로 무슨 일이 일어날지는 모르겠지만! 엄청 불길한 예감이 들어!"

맞은편의 십자 형태로 교차된 복도에서 오른쪽으로 꺾으면 무도회장이다.

그리고 시스티나가 길모퉁이를 돈 순간—.

갑자기 왼쪽 통로에서 한 남자가 모습을 드러냈다.

빠른 걸음으로 무도회장을 향하는 검정 일색 차림의 그 남자는…… 시스티나도 잘 아는 인물이었다.

"아, 알베르트 씨?!"

자신을 부르는 소리를 듣고 걸음을 멈춘 알베르트는 날카로운 눈으로 시스티나를 흘겨보았다.

"……피벨인가. 이런 곳에서 만나다니 기이한 우연이로군."

제국 궁정 마도사단 특무분실의 집행관 넘버 7 《별》의 알베르트. 글렌이 군에 있던 시절의 동료이자, 마술이 얽힌 사건을 비밀리에 처리하는 제국군 특수부대 굴지의 에이스였다.

어째서 그런 사람이 이런 곳에?

하지만 시스티나는 그를 보자마자…… 자신의 직감을 확신했다.

"부, 부탁이에요! 알베르트 씨! 제 이야기를 들어주세요! 어쩌면…… 지금부터 엄청난 일이 벌어질지도 몰라요! 허튼 소리처럼 들릴지도 모르겠지만……!"

그렇게 말한 시스티나는 손에 든 악보를 들고 필사적으로 호소했다.

알베르트는 차가운 눈으로 그녀를 관찰하다가…… 곧 그녀의 표정에서 뭔가 범상치 않은 일이 일어났음을 민감하게 눈치챘다.

"……말해봐."

그리고 짧고 담담하게 뒷말을 요구했다.

——.

"이상이 피벨에게서 얻은 정보다. 어떻게 생각하지? 노인장"

『어떻고 자시고 **그걸로** 확정이잖아! 밖에서 쳐들어온 놈들이 묘하게 소극적으로 보였던 건 그래서였나!』

알베르트가 보석형 통신 마도기로 동료들에게 짧게 정보를 전하자, 바로 버나드가 초조함이 깃든 목소리로 경악했다.

『크음~ 완전히 당했구마! 설마 이런 수법을 쓸 줄이야! 이대로 있으면 우리도 위험해! 언제 **그것**에 걸릴지…… 시간분

제라고!』

"나도 알아. 하지만 왕녀는 완전히 적의 수중에 있다. 시급히 구출해야만 해."

『알았다! 그럼 일단 그쪽은 맡기마! 이쪽도 준비하지!』

『알베르트 씨! 버나드 씨! 저, 크리스토프입니다!』

크리스토프가 두 사람의 통신에 끼어들었다.

"크리스토프. 어떻지? 그쪽 상황은……."

『틀렸어요. 생포했다는 자이드와 로렌스인 듯한 자들이 기절한 상태로 누워있지만…… 이브 씨의 모습은 없었습니다. 그리고 시스티나 씨라는 분의 정보에서 나온 물건이 방 안에 설치되어 있었어요. 아마 이건…….』

『그래, 그런 거겠지……. 아, 진짜 왜 일이 이렇게 된 게야…….』

"우리의 예상이 전부 틀렸던 거다. 그 자이드와 로렌스는 미끼…… 조직과는 아무런 관계도 없는 일반 시민이다. 사전에 마술로 조직의 자객이라는 암시에 걸려서 그렇게 행동하도록 조종당했던 것에 불과해. ……진정한 흑막의 계략으로."

『옳거니. 이브 양이 착각할 만도 했구만…….』

『적어도 이브 씨가 사전에 흑막의 존재에 대해…… 자신이야말로 자이드라고 철석같이 믿고 조종당한 크라이토스 학원의 소년 카이트, 그리고 그 뒤에 누군가가 있다는 정보를…… 저희와 공유해줬다면……! 하다못해 저희와 글렌 선배 사이에 직통 회선을 허가해줬다면……!』

『그래. 글렌 도령과 연락을 취할 수 없는 게 뼈아프군…….』

지금 돌이켜 보면 이브가 완고하게 글렌과 알베르트 일행과의 통신 회선을 차단하고 본인이 정보를 관리하는 것에 고집했던 건…… 글렌이 흑막의 정보를 그들에게 흘릴지도 모른다고 의심했기 때문이리라. 전부 자기 혼자 전공을 독점하기 위해…….

"이제 와서 말해봤자 늦었어. 우리들, 군인은 주어진 상황에서 최선을 다할 뿐."

『……예.』

"노인장. 크리스토프. 두 사람은 임기응변으로 움직여다오. 그렇지 않아도 우리는 이미 적에게 뒤처진 상황이다. 이제부터는…… 한 치의 실수도 허락되지 않겠지."

알베르트는 두 사람이 말없이 고개를 끄덕인 듯한 기척을 느끼고 통신을 끊었다.

"설마…… 사교 무도회 뒤에서 이런 일이 벌어지고 있었다니……."

옆에서 계속 몸을 움츠리고 있는 시스티나는 조금 전에 알베르트에게서 들은 진실을 되새기며 새파랗게 질린 얼굴로 어깨를 떨었다.

"그럼 선생님이 루미아에게 막무가내로 댄스 파트너 신청을 했던 건…… 루미아를 지키려고? 그래서 그토록 필사적으로……? 그런데도 난…… 아무것도 모르고 선생님을 방해했던 거야……?!"

"……괘념치 마라, 피벨. 네가 잘못한 건 아무것도 없으니."

알베르트는 머리를 끌어안고 후회하는 시스티나를 담담한 목소리로 위로했다.

"이번 사건에서 죄가 있는 건 적 조직…… 그리고 이 상황을 이용해서 전공을 올리려고 한 우리들이다. 너에게는 우리를 미워하고 욕할 정당한 권리가 있어."

"그런……."

시스티나는 뭐라 형언할 수 없는 복잡한 기분으로 입을 다물었다.

"하지만 지금은 그보다 부끄러움을 무릅쓰고 말하겠다만…… 제국군법 제6항, 긴급 특례 4호 조항에 의거해…… 아니, 이건 아니겠지. 피벨, 부탁이 있다. 힘을 빌려주지 않겠나?"

"저, 저요……?!"

"이미 상황은 최악이라고 봐도 무방하다. 왕녀의 목숨은 적의 수중에 떨어졌으니 이제 우리 힘만으로는 방법이 없어. 이 상황을 뒤집으려면…… 네 힘이 필요해."

그 말을 듣자마자 시스티나의 몸이 떨렸다. 이 상황에서 알베르트에게 협력한다는 건…… 십중팔구 전투에 말려든 다는 뜻이었다.

하늘의 지혜연구회에 소속된 외도 마술사와의 처절한 싸움에…… 목숨을 건 사투에…….

"물론 결정하는 건 너다. 강요는 하지 않아. 난 내가 가진 카드로 최선을 다할 뿐."

공포가, 초조함이, 긴장감이…… 시스티나의 온몸을 지배했다.

전에도 이런 일이 있었다. 알베르트의 협력 요청을 받은 적이…….

그때는 히스테리를 일으키고 울기만 했지만, 지금은…….

"……제, 제가 할 수 있는 일이 있을까요?"

"그래."

"그럼…… 알겠어요! ……해, 해볼게요! 제가 할 수 있는 일을!"

무릎이 덜덜 떨리는 와중에도 시스티나는 알베르트의 눈을 똑바로 바라보며…… 떨리는 목소리로 그렇게 단언했다.

"동방에 괄목상대(刮目相對)라는 말이 있다만…… 확실히 그 말대로군."

항상 타인을 거절하는 듯한 얼음 같은 표정을 한순간 누그러트린 알베르트는…… 그대로 등을 돌려서 무도회장 쪽으로 걸음을 옮겼다.

"……가자. 따라와라."

"알베르트 씨?! 그, 그런데 전 대체 뭘 해야 하는 거죠?"

시스티나도 황급히 뒤에서 따라왔다.

"피벨. 너라면 실프 왈츠 8번을 출 줄 알겠지?"

"……예? 실프 왈츠…… 8번이요……?"

그리고 알베르트의 영문을 알 수 없는 대답에 눈을 깜빡거렸다.

지휘자의 지휘봉이 이리저리 움직였다.

악단은 그 움직임에 맞춰서 일심불란하게 연주했다.

그리고 오늘 밤의 참가자들은 모두 춤을 추고 있었다.

우아하고 나긋나긋하게…….

가볍고 부드러운 몸놀림으로 오늘 밤의 마지막을 장식하는 댄스를 추었다.

분명 이젠 끝이라는 여운이, 분위기가 그들의 몸을 절로 움직이게 한 것이리라.

그들은 글렌과 루미아의 댄스를 가만히 지켜보다가…… 서로 너나할 것 없이 자연스럽게 옆에 있는 사람과 손을 잡고…… 하나 둘씩 춤을 추기 시작했다.

지금은 무도회장에 있는 모든 사람이 손에 손을 잡고 춤을 추는 상황이었다.

손님들도, 운영진들도 예외 없이 음악에 몸을 맡기고 춤을 추었다.

모두 하나같이 음악에 몸을 맡긴 채 하늘하늘 흔들렸다.

말로 형언할 수 없는 편안함과 일체감.

마치 무도회장 안에 있는 모든 사람의 마음이 하나로 녹아 합쳐진 것만 같았다.

틀림없이 모든 참가자에게는 인생 최고의 밤이 되리라.

'……이상해.'

루미아의 댄스를 리드하는 글렌은 자신의 직감이 희미한 경종을 울리는 것을 느꼈다.

'……뭔가…… 이상해…….'

그것은 대체 언제부터 글렌의 마음을 지배하고 있었던 것일까.

극히 최근? 잘 생각해보면…… 오늘 밤 사교 무도회가 개최된 시점부터가 아니었을까?

왠지 의식에 막이 하나 덧씌워진 듯한 감각. 열기에 붕 뜬 듯한 편안함.

그것이 너무나도 기분 좋아서…… 사고가 희미해졌다.

하지만 무도회장을 지배한 음악만은 글렌의 마음속 깊숙한 곳까지 파고들어왔다.

'……구체적으로 뭐가 이상한 건지…… 전혀 모르겠지만…… 그래도 역시 이상해……. 대체…… 뭔가……?'

글렌은 댄스의 안무에 따라 루미아를 품으로 잡아당겼다.

그에게 몸을 맡긴 루미아 역시 꿈을 꾸는 듯한 황홀한 표
정이었다.

그리고 『호브 드 라 페』를 입은 루미아는…… 정말로 꿈처
럼 아름다웠다.

'……뭐…… 아무렴…… 어때…….'

아마 취한 것이리라.

이 무도회장의 분위기에. 이 무도회장을 지배한 음악과
춤에.

그리고 자신의 품속에 있는 아름다운 소녀에게…….

모두가 비슷하게 취한 것이리라.

그야 여긴 그야말로 꿈속의 낙원 같았으니까.

언제까지나 이 따스한 햇살처럼 기분 좋은 세계에 몸을
맡기고 싶었다.

이대로 한없이 빠져들고 싶었다.

글렌의 이성이 경종을 울리는 것과 반대로 감정은 자연스
럽게 분위기를 따르려 했다.

글렌이 생각하는 걸 전부 포기하고 이 세계에 몸을 맡기
려 한…….

그 순간—.

우뚝.

시야 한구석에서 몽롱한 의식을 자극하는 불쾌한 광경.

저 멀리 있으면서도 글렌의 시야를 강렬하게 자극하는 은색.

"······?"

글렌은 불쾌감을 느낀 방향을 흘겨보았다.

그 시선 끝······ 무도회장 구석에서는 시스티나와 알베르트가 무슨 영문인지 손을 잡고 춤을 추는 중이었다.

그 광경이 묘하게 글렌의 마음을 뒤흔들었다.

따듯한 물에 잠겨서 편안함을 느끼고 있던 글렌의 마음에 찬물을 끼얹었다.

왜냐하면ㅡ.

'너희들은 어째서······ 실프 왈츠 **8번** 같은 걸······ 추고 있는 거지?'

그렇다. 지금 무도회장을 지배하고 있는 것은 『교향곡 실피드 제7번』.

이 곡에 맞춰야 하는 댄스는 실프 왈츠 7번.

그러다 보니 당연히 시스티나와 알베르트의 움직임이 불협화음처럼 느껴질 수밖에 없었다.

진심으로 눈에 거슬렸다. 게다가 시스티나의 은발은 눈에 띄었다. 도저히 무시할 수가 없었다.

저 녀석들은 완성된, 하나가 된 이 세계를 좀먹고 파괴하는 암 덩어리다.

'그만······ 그만둬! 이 기분 좋은 세계를······ 하나가 된 세

계를 파괴하지 마……. 어지럽히지 마……. 그만하라고! 제발……!'

그러나―.

"……아니. 그건, 아니야……. 그게 아니잖아! 글렌 레이더스……!'

깊은 물속에 잠겨있던 글렌의 몽롱한 의식이 저 불협화음 덕분에 서서히 떠올랐다.

루미아를 자세히 관찰했다. 뺨이 상기된 그녀는 온화한 미소를 짓고 있었지만…… 의식은 완전히 없는 상태였다. 마음이 떠난 상태였다.

주위를 둘러보자 무도회장에 있는 다른 사람들도 마찬가지였다.

일심불란하게 춤을 추는 사람도, 일심불란하게 악기를 연주하는 악단도―.

역시…… 어딘가 이상했다.

'……생각해. 잘 생각해봐. 뭐가 이상하지? 젠장, 모르겠어……. 우리는 그냥 사교 무도회를 즐기고 있을 뿐이잖아. 음악과 댄스로 일체감을 느끼는 최고의 밤이었어. 그런데 대체 뭐가 이상하다는 거지……?'

―분명 『호브 드 라 페』가 그녀의 아름다운 수의가 되겠죠…….

다시 불현듯 엘레노아의 말이 떠올랐다.

'맞아……. 그건…… 대체 무슨 뜻이었지?'

애당초 이상한 걸로 따지면 그 발언 자체가 이상했다.

'……왜『호브 드 라 페』가 루미아의 수의가 된다는 거지? 루미아가『호브 드 라 페』를 입으려면 결승전에서 이겨야만 해……. 다시 말해, 사교 무도회가 거의 끝에 이르러서야…… 루미아는『호브 드 라 페』를 입을 수 있어!'

즉, 그때까지는 안전…… 루미아를『암살』할 예정이 없었다는 뜻이다.

'뭐지? 사교무도회의 시작과 끝. 그 양쪽에 대체 무슨 차이가 있는 거지?'

『암살』할 거라면 딱히 타이밍을 가릴 필요는 없었다.

오히려 제한시간이 다가올수록 더 경계할 테니 성공률이 떨어지기 마련이다.

그런데 왜 적들은 일부러 사교 무도회가 끝나가는 시점까지 기다려야만 한 것일까.

'무도회의 처음과 끝의 가장 큰 차이점이라면…… 역시 이 분위기겠지.'

마술학원의 역사를 통틀어도 찾아보지 못할 열광적인 분위기,

이 공기는 무도회가 시작되고 시간이 지날수록 한없이 숙

성되었다.

그렇다면 분위기가 이렇게까지 달아오르게 된 원인은?

—왕녀의 명운을 쥔 것은…… 「눈으로 보면 다섯 계단이 지만 눈을 감으면 여덟 계단. 따라서 질주하면 인간은 그 그 윽한 위용에 감정이 크게 흔들릴지어다」……그 이유는?

'……설, 마…….'
갑자기 글렌의 머릿속에서 뭔가가 섬광처럼 번뜩였다.
믿을 수가 없었다. 믿을 수 없지만…… 떠오르는 건 그것 밖에 없었다.
'그래, 그런 거였어. 저 녀석들이 굳이 8번을 쳐서 불협화 음을 느끼게 한 이유는……!'
글렌이 실프 왈츠 8번에 담긴 메시지를 깨달은 순간이었다.
지휘자가…… 지휘봉을 드높이 들어올렸다.
그 움직임을 따라 악단이 격렬하고 힘차게 악기를 울려서 한층 더 연주를 고조시켰다.
완급의 갈림길이다. 지금까지의 차분한 분위기에서 한층 더 강하게 곡조를 끌어올리자…… 무도회장의 분위기가 돌 변했다.
'……?!'
글렌은 갑자기 자신의 몸이 확 끌려가는 느낌을 받았다.

온몸을 칭칭 휘감은 보이지 않는 실에 조종당하면서 자신도 모르는 사이에 **즐겁고 일심불란한 춤을 강요받는** 듯한…… 그런 불쾌감. 그것이 바로 글렌이 느낀 위화감의 정체였다.

알베르트와 시스티나가 추는 '8번'을 보지 못했다면 무도회장의 분위기에 끌려 다니면서 그 정체를 눈치채지 못한 채 몸을 맡겼으리라.

'……빌, 어, 먹을!'

확실히 자각한 지금도 이 아늑한 공기에 몸을 맡기고 싶은 충동이 들 정도였다.

'……세, 세라…… 부디……! 나에게 힘을……!'

탁, 타다다, 탁!

글렌은 갑자기 실프 왈츠 7번이 아닌 다른 스텝을 밟기 시작했다.

과거에 바람의 전무녀 세라 실바스에게 전수받은, 실프 왈츠 8번과 흡사한 그 독특한 스텝은—.

하지만 루미아가 별안간 맹렬한 기세로 글렌을 끌어당겨서 스텝을 방해했다.

'아앗?!'

루미아는 아직도 담담히 실프 왈츠 7번을 추고 있었다.

글렌이 다른 스텝을 밟으면 움직임이 맞지 않으니 당연히 이렇게 되기 마련이었다.

하지만 루미아의 힘은 이상했다.

남자인 글렌이 가녀린 소녀인 루미아에게 완전히 완력으로 지고 있었다.

그러는 사이에도 무도회장의 분위기는 글렌의 마음을 서서히 침식하고 있었다.

이제 이대로 모든 것을 내던지고 이 황홀하고 편안한 분위기에 몸을—.

'빌, 어, 먹으으으으으으으으으으으으으으으으으으으을!'

—맡기기 일보 직전에 견딘 글렌은 루미아를 억지로 끌어안더니 마치 그녀의 몸을 휘두르는 듯한 기세로 세라의 스텝을 밟았다.

그 순간—.

"……아?! 서, 선생님?!"

갑자기 제정신을 차린 루미아가 경악한 얼굴로 글렌을 응시했다.

"내 움직임에 적당히 맞춰! 알겠지?!"

글렌은 당황하는 루미아를 내버려두고 스텝을 밟아 독특한 댄스를 전개했다.

실프 왈츠 7번으로 완성된 무도회장에 각인되는 글렌의 이질적인 댄스.

그 댄스가 이 무도회장에 견고하게 구축된 이계에서 글렌과 루미아를 지키는 결계가 되었고…….

그리고—.

'늦, 지, 마라아아아아아아아아아아아아!'

——.

"하아……! 하아……! 하아……! 하아……!"

조금 전까지 떠들썩했던 분위기는 어디로 갔는지 찬물을 끼얹은 것처럼 고요한 무도회장에 글렌의 거친 숨소리가 울려 퍼졌다.

한쪽 무릎을 바닥에 대고 완전히 녹초가 된 글렌이 주위를 돌아보자…… 곡이 끝나는 것과 동시에 피니시 포즈를 취한 모든 사람이 마치 조각상처럼 굳은 채 꼼짝도 하지 않고 있었다.

악단도. 급사 역할을 맡은 운영진들도. 담소를 나누던 사람들도…….

이 자리에 존재한 모든 인간이 마치 시간이 멈춘 것처럼 정지했다.

하나같이 초점이 맞지 않는 공허한 눈으로…….

"……어? 뭐, 뭐죠? 이건……."

그 이상하기 짝이 없는 분위기와 광경에 루미아의 얼굴이 새파랗게 질렸다.

"루미아! 너, 무사해?! 제정신 맞지?!"

시스티나가 그런 루미아 곁에 숨을 헐떡이며 달려왔다.

"하아…… 하아…… 위험했어. 언제부터지? 난, 언제부터, 이 마술에 걸려있었던 거야?"

"……처음부터다."

알베르트도 다가와서 지긋지긋하다는 목소리로 말했다.

"우리는 처음부터 이번 주모자의 손바닥에서 놀아난 거다. 이브가 흑막의 수법을 간파한 것처럼 보였지만…… 반대로 이용당했던 거지."

"제길! 내가 이런 실수를……!"

글렌은 욕설을 내뱉으며 바닥을 주먹으로 때렸다.

"그건 그렇고 용케도 눈치챘군, 글렌. 넌 원래 중요할 때마다 묘하게 감이 좋았지만…… 솔직히 이번만큼은 글렀다고 생각했다."

"……뭐, 사전에 힌트를 몇 개 받은 덕분이지……"

종이 위에서는 오선보(五線譜)로 표시되지만, 기본적으로 여덟 단계의 음계를 가진 것.

다시 말해, 눈으로 보면 다섯 계단. 하지만 눈을 감으면 여덟 계단.

그것은 바로…… 음악. 사교 무도회가 시작된 후부터 이곳을 계속 지배해온 음악이야말로 적이 펼쳐둔 최대의 함정이었던 것이다.

"서, 선생님…… 이게 대체……? 무슨 일이 일어난 거죠?"

상황을 파악하지 못한 루미아는 글렌과 알베르트를 번갈

아 보면서 당황했다.

"……물러나 있어, 루미아."

비틀거리며 일어난 글렌은 머릿속의 불쾌감을 떨쳐내면서 악단 쪽으로 몸을 돌렸다.

"자, 그럼 이렇게 됐으니 가장 수상한 건 너라고. 너……."

글렌의 날카로운 시선이 향하는 끝에는 악단 지휘자의 등이 있었다.

머리 위에 지휘봉을 든 채로 멈춰 있었지만…… 그만은 다른 사람들처럼 인형 같은 무기질적인 느낌이 들지 않았다.

연주를 마치고 여운에 잠긴 자세였다.

"이제 슬슬, 이 소동을 끝내자고? 이번 암살 계획의 진정한 흑막…… 아마 네가 진짜겠지. ……《마의 오른손》 자이드!"

그러자 지휘자는 **오른손에 든 지휘봉**을 조용히 내리고—.

"……용케도 내 《오른손》에서 벗어났구나."

천천히 글렌 일행에게 고개를 돌렸다.

컬을 넣은 헤어스타일이 특징적인 음악가다운 용모를 한 초로의 남성이 얼음 같은 차가운 눈으로 흘겨보았다.

"내 《오른손》의 비술을 파훼한 네놈의 그 춤은 『바일레 데 비엔토』엘 옥타바……. 설마 그 춤을 배운 자가 있었을 줄이야……."

"어떤 유목민족의 마을 쫓아내고 자신의 마음을 지키는 정령 무용이다. 무도회킹에 서 한정이 징신시배 계동 마술이라면…… 아주 잘 통할 줄 알았지."

"흥. 이런 상황을 우려해서 일부러 편곡한『교향곡 실피드』
8번만 빼뒀건만…… 설마 원전을 가져올 줄이야."

모든 인간이 마치 영혼을 잃은 것처럼 굳어있는 와중에
진정한 흑막―《마의 오른손》자이드와 글렌 일행은 서로를
노려보았다.

"하하하…… 이제야 연결됐군. 리제가 이렇게 말했었지.
……이번 사교 무도회에서 쓸 악보는…… 편곡된 거라더군?
네놈은 그 편곡에 뭔가 마술적인 처치를 했어. ……네놈이
바로 편곡을 한 장본인이었던 거야! 대체 뭘……."

"선생님! 그건 틀림없이『마곡(魔曲)』이에요!"

긴장 때문인지 이마가 비지땀으로 흠뻑 젖은 시스티나가
끼어들었다.

"……『마곡』?"

"예! 얼마 전에 읽은 포젤 선생님의 마도 고고학 논문에
실려 있었어요! 음의 높낮이…… 즉, 음악으로 변환한 마술
식으로 타인의 마음을 장악하고 조종하는 고대 마술……
형태는 없지만 이것도 어엿한 마법 유산의 일종이에요!"

"……아티팩트라고?!"

아티팩트『마곡』. 즉, 이건 음악으로 특수한 마술을 발동
하는 악보 형태의 아티팩트였다.

허무맹랑한 소리처럼 들릴지도 모르겠지만, 사실은 그렇

지도 않았다.

애당초 마술이란 『원초의 소리』에 가까운 울림을 가진 언어로 심층 의식을 개변하는 것. 즉, 소리로 자신의 마음을 움직여서 현실의 법칙에 개입하는 기술이었다. 음악으로 사람의 마음을 움직이는 마술은 일반적인 마술보다 훨씬 더 근원에 가까운, 마술다운 마술이라 할 수 있었다.

"남원의 유목민족에게 전승되는 『주가(呪歌)』도 그 계보에 해당돼요! 논문에는 『마곡』을 쓰려면 반드시 특수한 장단과 선율이 들어가야 한다고 적혀 있었는데…… 분명히 편곡한 악보에 그 『마선율(魔旋律)』을 넣은 걸 거예요!"

"……진짜……?"

"그, 그치만…… 『마곡』을 발동하려면 일반적인 마술이 특수한 주문 발성법을 필요로 하는 것처럼…… 역시 특수한 연주법이 필요하니까 그냥 악보대로 연주하는 것 정도로는 『마곡』이 발동할 리 없을 텐데……."

시스티나는 자신 없는 목소리로 말꼬리를 흐렸다.

"……그래서 『마의 오른손』인 거겠지."

알베르트가 부연 설명을 붙여주었다.

"《마의 오른손》 자이드…… 저자는 저 오른손의 지휘봉으로 악단을 지휘해서 악단이 그 특수한 연주법을 무의식적으로 연주하게 한 거다. 암시나 최면술. 혹은 지휘봉이 그런 기능을 가진 마도기일지도 모르겠고."

그러자 자이드가 어깨를 들썩이며 웃더니 자랑스럽게 설명했다.

"우리 가문에는 대대로 비밀리에 『마곡』의 비술이 돌에 새겨진 악보의 형태로 전해 내려왔다만 ……그 마술 이론적인 원리까지는 몰라도 발동법과 운용방법만은 오랜 연구 끝에 밝혀낸 거다."

수법을 완전히 간파 당했는데도 여유있게 웃으면서―.

"고대문명까지 거슬러 올라가보면…… 우리 일족은 당시에 존재한 왕조의 궁정 음악가였을지도 모르지. 뭐, 나머지는 대충 자네들이 상상한 대로다."

자이드는 양팔을 활짝 펼치며 선언했다.

"나는 일곱 『마곡』을 들은 모든 인간의 의식과 기억을 장악할 수 있다! 남김없이 모조리! 그렇게 된 후에는 아무리 뛰어난 호위가 있어봤자 상관없어! 『암살』 따윈 식은 죽 먹기지! 안 그런가!"

글렌은 아연실색할 수밖에 없었다.

확실히 그 말대로였다.

암살하는 순간, 피해자를 포함한 주위에 있는 모든 인간의 의식과 기억을 『마곡』으로 장악했다면 거리낄 게 뭐가 있겠는가. 백주 대낮에 당당히 『암살』을 저질러도 아무도 눈치채지 못할 텐데.

대중 앞에서도 아무도 눈치채지 못하는 사이에 수많은 사

람을 암살해온《마의 오른손》의 베일에 싸인 암살술의 정체
는—.

"하하하…… 그야 모르는 게 당연하지 ……설마 이런 대
담한 『암살』이었다니! 죽는 순간을 아무도 인식하지 못하고
기억하지 못한다면 그건 확실히 『암살』이 맞아! 상대가 에인
션트의 산물이라면 근대 마술의 탐지도 통하지 않을 테고!"

그리고 마술이 걸리기만 하면 어떻게 요리하든 상관없었
다. 『마곡』으로 지배한 인간에게 명령해도 되고 자신이 직접
손을 써도 된다. 상황에 따라서 자유자재로……

자이드의 암살 수단, 피해자의 사망 원인이 일정하지
않았던 이유.

암살이란 남몰래 숨어서 목표의 빈틈을 찌르는 행위.

그런 상식과 선입관을 뿌리부터 뒤엎는 대담하기 짝이 없
는 수법이었다.

"하지만 네 트릭의 정체는 전부 들통났다,《마의 오른손》"

동요하는 글렌 일행과 달리 이미 임전태세였던 알베르트
가 자이드를 노려보았다.

"얌전히 항복해라. 저항한다면 용서 없이 네놈을 처단하
겠다."

"흥……. 어리석은 놈."

자이드는 무시하고 지휘봉을 들었다. 그러자 그의 뒤에 굳
어있던 악단이 갑자기 꼭두각시 인형처럼 연주를 재개했다.

그와 동시에 알베르트는 망설임 없이 스톡해둔 『라이트닝 피어스』를 딜레이 부팅했다.

전격이 그의 팔을 채찍처럼 휘감으며 손끝에서 번뜩였고─.

"……큭?!"

아니, 알베르트는 쏘지 않았다. 자이드에게 손가락을 겨냥한 채로 아슬아슬한 타이밍에 주문을 캔슬했다.

"호오…… 감이 좋은 녀석이로다."

자이드는 서늘하게 웃었다. 다시 마의 연주가 무도회장 전체를 지배하기 시작했다.

"이, 이봐…… 알베르트. 대체 뭐하는 거야! 냉큼 쏴버려!"

"불가능해. 방금 나는 마술 제어에 관한 심층 의식을 『마곡』에 지배당했다."

글렌이 고함을 지르자 알베르트는 담담하고 냉철한 목소리로 대답했다.

"뭐라고?! 그 짧은 순간에?!"

"이런 상태로 마술을 썼다간 무슨 일이 벌어질지 몰라. 시전자가 반동으로 자멸하는 정도라면 그나마 다행이겠지만, 주위에 있는 관계없는 일반인들에게 피해가 갈지도 모르니까."

"……그 말대로다."

자이드는 침착하게 지휘봉을 휘두르면서 말했다.

"네놈들은 이 사교 무도회가 시작된 후부터 정도의 차이는 있을지언정 줄곧 내 『마곡』을 들었다. 서서히 『마곡』에 침식된 거다. 『바일레 델 비엔토』엘 옥타바로 어느 정도 『마곡』의 지배를 벗어난 글렌 레이더스나 급조한 정신 방벽을 펼친 특무분실 놈들도 마찬가지. 의식과 기억…… 표층 의식까지는 조종하지 못해도 네놈들의 심층 의식은 이미 내 손아귀에 있는 거다!"

자이드는 자신을 날카롭게 노려보는 알베르트와 새파랗게 질린 글렌 일행을 흘겨보면서 당당하게 말했다.

"다시 말해…… 이 『마곡』의 연주가 끊이지 않는 한 네놈들은 마술을 쓰지 못해! 그리고 만인은 내 연주 앞에서 평복할지니! 이것이야말로 나의 오의(奧義), 인간의 마음과 몸을 음악으로 지배하는 비술…… 오리지널 【저주받은 밤의 악단】이다! 환영한다, 제군! 나의 연주회에 온 것을! 으하하하하하하하하하하하하!"

페리오덴 오케스트라

"제길, 저 표절 자식…… 나랑 비슷한 짓을 하기는……!"

글렌은 비지땀을 폭포수처럼 흘리면서 빈정거리는 게 고작이었다.

그리고 마곡에 지배당한 인간들이 움직이기 시작했다.

저마다 공허한 눈으로 모여들어서…… 글렌 일행을 에워 쌌다.

"미리 말해두겠는데, 『마곡』에서 벗어나려고 고막을 터트려봤자 소용없다. 내 『마곡』은 정신에 직접 울리는 곡이니까 말이지. 그리고 네놈들을 제외한 무도회장에 있는 모든 인간은 내가 지배하고 있다."

악단이 연주를 계속하면서 일어나더니 자이드 주위를 빼곡하게 에워쌌다.

"자, 각오해라. 몇 분 후에는 제정신을 차린 모든 인간이 경악할 거다. 모르는 사이에 무도회장 한복판에 생긴 네 구의 시체를 보고서……! 자신들이 만들어낸 시체라는 것도 모르고……!"

"이 자식이……!"

글렌은 주먹을 겨누며 주위를 경계했다. 『마곡』에 지배당해서 그들을 포위한 자들 중에는…… 낯익은 얼굴…… 글렌의 제자들도 있었다.

'제길…… 이래선 마술을 쓸 수 있든 없든 마찬가지잖아! 이쪽은 손을 쓸 수가 없다고!'

"아……아…… 그, 그럴 수가?! 모두가…… 나, 나 때문에……!"

루미아가 글렌의 뒤에서 새파랗게 질린 얼굴로 중얼거렸다.

마음이 굳센 그녀도 이 순간만큼은 동요를 드러내며 당황하고 있었다.

무리도 아니었다. 즐거웠던 사교 무도회가 단숨에 지옥의 연회로 돌변했으니까. 게다가 마침내 염원하던 『호브 드 라페』를 입자마자 이런 일이 벌어졌으니 얼마나 큰 충격을 받았을지는 헤아릴 수조차 없었다.

"흥."

알베르트는 말없이 나이프를 뽑아들고 학생들에게 겨누었다.

그 하얀 칼날이 샹들리에의 조명을 반사해서 불길하게 번뜩였다.

"그만둬!"

글렌은 바로 알베르트가 나이프를 든 팔을 움켜잡았다.

"……여전히 어수룩하군. 지금이 그런 소리를 할 상황인가?"

알베르트가 차갑게 내뱉자 글렌은 거의 애원하다시피 말했다.

"나도 알아! 그래도 부탁이야! 그만둬! 저 녀석들만은……!"

글렌도 알고 있었다. 자신이 비현실적인 말을 한다는 것 정도는…….

이미 상황은 최악이었다. 손쓸 방법이 없었다. 완벽하게 당했다.

자신의 어수룩함이 이런 최악의 사태를 초래한 것이다.

누군가를 구하는 대신 다른 누군가를 버려야하는…… 취사선택의 순간이 바로 눈앞까지 다가와 있었다. 궁정 마도사였던 시절에 몇 번이나 좌절했던 그 상황과 다시 직면하고 만 것이다.

알베르트는 임무대로 루미아를 구하는 대신 다른 이들을 버리겠다는 판단을 내린 것이리라.

그렇다면 자신은? 자신은 대체 어쩌면 좋을까.

아무것도 하지 않으면 루미아와 시스티나가 살해당하고 만다.

하지만 그녀들을 지키려고 싸운다면 아마…….

무리다. 아무것도 할 수 없다. 이런 상황에서 누군가를 선택하는 건 글렌에게는 도저히 무리였다.

'제기랄! 모르는 사람은 실컷 죽였던 주제에 아는 사람이라고 이러는 거냐! 이 빌어먹을 위선자!'

하지만 알베르트는 그런 글렌을 돌아보지도 않고 나직한 목소리로 중얼거렸다.

"……말했을 텐데. 쉽게 타협하지 않고 최선을 다하겠다고."

"……!"

"아직 끝나지 않았어. 이 정도 역경쯤은 예상한 바다. ……날 믿어라."

"너, 너어……."

알베르트의 직설적인 발언에 글렌이 무심코 팔을 놓은 순간—

학생들이 비틀거리면서 글렌 일행에게 덤벼들자, 알베르트는 팔이 보이지도 않을 속도로 나이프를 투척했다.

하지만 공기를 가르는 고속의 하얀 칼날은 엉뚱한 방향,

학생들의 머리 위로 날아갔다.

삐이이이이이이이이이이이이이이이이익!

그리고 곧 귀를 찌르는 듯한 날카로운 소리가 들렸다.

'투척용 나이프의 칼자루에 설치한 호각인가?! 신호용?!'

글렌이 나이프의 정체를 깨달은 순간—.

"흠? 좋아. 대충 이 근처인가 보군. 오케이, 파악했다."

무도회장 어딘가에서 공이치기를 당기는 소리가 들렸다.

"자~ 그럼 이 개 같은 연주가 심층 의식을 침식해서 마술 발동을 방해하는 거라면……『이 연주를 듣기 전에 성립한 마술』에는 아무런 문제도 없는 거겠지?!"

총성, 총성, 총성, 총성.

무도회장 입구에서 화약이 터지는 소리가 총 네 번 울려 퍼졌다.

그러자 글렌 일행의 사방을 에워싼 학생들이 마치 갑자기 어깨에 무거운 짐이라도 올린 것처럼 바닥에 양팔을 대고 무릎을 꿇었다.

그리고 대충 던져버린 머스킷이 바닥에 떨어지는 소리가 울렸다.

"아앗?!"

무도회장에 있는 인간의 과반수가 바닥에 엎드리자 그제 야 입구 근처에 있는 세 사람의 모습이 글렌의 시야에 들어 왔다.

"영감탱이?! 크리스토프?! 리엘?!"

"지금이다! 글렌 도령! 이쪽으로 와! 지금은 도망칠 때다! 이런 일도 있을까 싶어서 내가 사전에 만들어둔 특제『중력 결계탄』이 효과를 발휘하는 사이에!"

"······아뇨. 그『중력 결계탄』을 만든 건 전데요······."

의기양양한 얼굴의 버나드가 머스킷을 겨눈 옆에서 크리스토프가 작게 탄식했다.

아마 폭동 진압용 중력 결계이리라. 착탄 위치를 중심으로 원형 결계를 전개해서 내부를 고중력으로 압박하는 비살상 마술이므로 학생들의 움직임을 막기에는 충분했다.

"하지만 사방이 중력 결계로 막혀 있잖아! 고중력 지대 안에서 움직이는 훈련을 받은 우리라면 또 모를까 하얀 고양이와 루미아가 이걸 돌파하는 건 불가능······."

"전 괜찮아요! 선생님! 이걸 대비해서 오기 전에 중력 조작 마술로 체중을 10분의 1까지 줄였으니까요! 루미아는······."

시스티나가 그렇게 외치자 리엘이 중력장을 아무렇지 않게 단독으로 돌파해서 넘어왔다.

"루미아! 구하러 왔어!"

"아······."

리엘은 루미아를 들쳐 안고 몸을 돌렸다.

"이이이이이야아아아아아아아아아아압!"

그리고 날카로운 기합을 지르며 다시 중력장을 돌파해 입구까지 달려갔다. 잔재주가 아닌 완력에 의한 강행돌파였다.

미리 체중을 줄인 시스티나는 그런 리엘 뒤를 가볍게 쫓아갔다.

"……하하하. 굉장하네. 저 녀석들……."

글렌은 어이가 없어서 쓴웃음을 흘렸다.

"철수하자, 글렌.《마의 오른손》자이드…… 저자와는 재전을 기약하는 거다."

"아, 응……."

조종당하는 인간들이 중력장 안을 기어서 접근해왔지만, 글렌과 알베르트는 특수한 체술을 구사하여 결계와 결계 사이를 빠져나와 무도회장을 탈출했다.

"흥…… 도망쳤나."

사냥감을 눈앞에서 놓쳤는데도 자이드는 여유 있는 태도를 잃지 않았다.

"하지만 이미 도망칠 곳은 없다. ……지금 인간이 존재하는 곳은 전부 내 지배 영역이니까."

자이드는 지휘봉을 들어 올리고 글렌 일행의 뒤를 쫓았다.

악단원들은 마치 노예처럼 자이드의 뒤를 따라 걸으면서 한층 더 강력한 저주의 연주를 펼치기 시작했다.

제7장 이심전심

학교 부지의 동쪽 끝.

무도회장을 간신히 빠져나온 일행은 학교를 삥 둘러싼 철책 근처의 잡목림 안에 몸을 숨기고 있었다.

"후우…… 어쨌든 간신히 따돌린 모양이로구만……."

"큰일이네요. 학교 안의 인간은 전부 『마곡』의 지배하에 있는 모양이에요."

수풀 뒤에 숨은 크리스토프가 잡목림 밖의 상황을 살폈다.

밖에서는 인형처럼 공허한 표정의 학교 관계자들이 이리저리 어슬렁거리고 있었다.

"학교 안은 이미 완전히 자이드의 영역이네요."

이렇게 멀리 떨어져 있는데도 선명히 들리는 『마곡』의 연주에 크리스토프가 얼굴을 찌푸렸다. 아무래도 평범한 『소리』가 아닌 듯했다.

"어쩌죠? 역시…… 학교 부지에서 도시 쪽으로 도망칠까요?"

"……아니, 아무래도 완전히 『마곡』의 지배하에 있는 악단이 연주하는 『마곡』의 위력은 지금까지와는 비교도 할 수 없이 강력한 것 같아."

알베르트는 조금 전에 자신의 마술을 『마곡』으로 단숨에 봉인당한 기억을 되새기며 말했다.

　"지금 적의 【페리오덴 오케스트라】를 밖으로 내보냈다간 즉시 페지테의 주민들도 지배당해서 체크 메이트다. 사람이 많은 장소에 우리의 활로는 없어."

　"적과 결판을 내려면 여기밖에 없다는 겐가……."

　버나드는 골치 아픈 표정으로 미간을 찡그렸다.

　"하지만 그 『마곡』의 연주가 닿는 한 우리는 거의 마술을 쓸 수 없지 않나. 그리고 지금은 아직 무도회장에 돌입하기 전에 펼쳐둔 정신 방어가 통하고 있지만…… 이미 시간문제일세. 어서 손을 쓰지 않으면 우리도 조만간 『마곡』에 의식을 빼앗길지도 몰라."

　"……응. 즉, 고민해봤자 소용없어."

　리엘이 대검을 어깨에 턱 얹고 잡목림에서 나가려 했다.

　"……돌격한다!"

　"하지 마."

　리엘이 그늘에서 달빛 아래로 뛰쳐나온 순간, 알베르트가 뻗은 손이 리엘의 꼬리 같은 뒷머리를 움켜잡았다.

　그리고 확 잡아당기자 가벼운 리엘의 몸이 마치 요요처럼 수풀 쪽으로 빠르게 끌려갔다.

　"어, 잠깐…… 드, 들킨 거 아니지?! 지금 세이프겠지? 응?"

　"아, 예…… 다행히도 괜찮은 것 같네요. 위, 위험해라……."

버나드와 크리스토프는 굳은 표정으로 안도의 한숨을 내쉬며 식은 땀을 닦았다.

그런 꽤 아슬아슬한 상황 속에서―

"훌쩍…… 히끅…… 흑흑……."

조금 떨어진 장소에서는 루미아가 소리 죽여 조용히 울고 있었다.

"우, 울지 마……."

"루미아……."

그런 루미아의 모습에 글렌과 시스티나는 어쩔 줄 몰라 했다.

"그야 모처럼의 사교 무도회가 엉망이 됐으니 분한 건 이해하겠다만……."

"……아니에요. 제……제 탓이에요. ……전부……."

"뭐어?"

"사실은…… 저도 어렴풋이 알고 있었어요. 선생님께서 제게 뭔가를 숨기고 계신다는 걸……. 분명 사교 무도회 뒤에서…… 저희를 위해…… 뭔가를 하고 계신다는 걸……."

루미아가 우는 목소리로 그렇게 말한 순간, 글렌은 어안이 벙벙해서 굳어 버렸다.

"하지만…… 전 선생님께 응석을 부리고 말았어요. ……눈치채지 못한 척을 하고 말았어요. ……선생님이라면 분명 평소처럼 어떻게든 해주실 거라고…… 선생님이 저에게 아무엇도 밝히지 않으셨으니 분명 괜찮을 거라고, 제가 끼어들 문제가 아니라고, 가만히 있으면 된다고……."

"루미아…… 너……."

"그치만!"

루미아는 눈물로 젖은 눈으로 글렌을 필사적으로 올려다보았다.

"줄곧…… 줄곧 기대했단 말예요! 선생님이 막무가내로 파트너 신청을 해주신 게 계기였지만, 그래도 오늘이라는 이 날을 정말 기대했어요! 어릴 때부터 동경했던 꿈을…… 도저히 포기할 수가 없었다구요! 무슨 일이 벌어질지도 모르지만, 분명 선생님이라면 어떻게든 해주실 거라고…… 그렇게 믿고 싶었어요!"

글렌은 오열하면서 고해하는 소녀를 그저 조용히 내려다볼 수밖에 없었다.

"저는…… 폐적당한 왕녀예요. ……언제 이 나라에 버림받아도 이상하지 않아요. ……언제 조직에 살해당해도 이상하지 않다구요. ……그래서…… 언젠가 올 그 순간에 후회하지 않도록…… 아아, 짧았지만 멋진 인생이었다고 웃을 수 있는…… 추억을 가지고 싶었어요. ……선생님과, 시스티와, 리엘과…… 반 친구들과…… 마음속에서 빛나는 보석 같은 추억을 가지고 싶었던 것뿐이라구요."

루미아의 비통한 고백에 이 자리에 있는 모두가 말을 잃었다.

"하지만…… 전 그것조차 원해선 안 되는 거였어요. …… 죄송해요. ……다들, 죄송해요! 제가 욕심을 부려서…… 선생님의 분위기가 왠지 이상한 걸 눈치챘을 때 끝까지 여쭤봤으면…… 분명 사교 무도회를 중단할지언정…… 이렇게까지 큰일이 되지는 않았을 텐데……! 저 때문에…… 제 욕심 때문에…… 모두가…… 친구들이…… 훌쩍…… 히끅……."

눈물을 뚝뚝 흘리며 오열하는 그 모습은…… 딱히 이상할 게 없었다.

평소처럼 만사에 초연한 성녀 같은 루미아가 아닌, 그저 그 나이에 어울리는…… 어린 소녀의 모습이었다.

"루미아…… 너."

"……."

루미아가 그렇게 속마음을 밝히자 시스티나와 리엘은 슬프게 시선을 내리깔았다.

"……바~보."

하지만 글렌은 그녀의 머리에 가볍게 손을 얹어주었다.

"너, 내가 얼마나 고집불통인지 모르나 보구나? 만약 사교 무도회 도중에 네가 사정을 물어봤다고 해도…… 그때의 나는 어차피 마지막까지 시치미를 뗐을걸. 그러자고 결심했었으니까 말이다."

"서, 선생님……!"

"그리고 사교 무도회…… 많이 기대했잖아? 방해받고 싶지 않았지? 그게 뭐가 나빠? 어린애가 지극히 당연한 일을 바라는 게 죄라면…… 그건 세상이 잘못된 거야. 그딴 세상 따위 확 멸망해버리라지."

글렌은 미소 지으면서 루미아에게 부드러운 목소리로 말했다.

"말했잖아? 난 네 편이라고. 온 세상이 네 적이 되더라도…… 나는, 나만은 네 편이 되어주겠다고. 뭐랄까…… 넌 출신 때문인지, 아니면 목숨을 노림 받는 처지라서 그런지 늘 무리해서 착한 아이로 있으려는 경향이 심해……."

"……?!"

"가끔은 그런 귀여운 고집도 피워 봐. 애초에 넌 전혀, 눈곱만큼도 잘못한 게 없어. 넌 우리 어른들의 한심한 꼬락서니와 분위기 파악도 못하는 적들에게 화를 내면, 그걸로 충분해. ……그러니까 울지 마라. ……네가 책임을 느낄 필요는 어디에도 없어."

"서, 선생님……. 으, 으흑…… 으아아아아아앙!"

루미아는 글렌의 품에 안겨서 어린애처럼 울었다.

"……하하, 아무리 어른스럽게 굴어도…… 아직 애구만."

글렌은 그런 루미아의 머리를 부드럽게 쓰다듬어주었다.

그리고─.

"뭐랄까, 미소녀가 울면서 품에 안기다니…… 진짜 더럽게 부럽거든? 쏴도 돼? 응? 저 자식 쏴도 되냐?"

"버나드 씨…… 분위기 좀 파악하세요……."

게슴츠레한 눈으로 글렌에게 총을 겨누는 버나드를 크리스토프가 쓴웃음을 지으며 나무랐다.

글렌은 그런 버나드 일행에게 고개를 돌리고 당당하게 선언했다.

"자, 그럼 짜식들아! 한바탕 저질러보자! 우리의 공주님은 해피 엔딩을 바라신다. 지배당한 녀석들을 한 명도 상처 입히지 않고 자이드를 해치워 보자고."

"크아~! 귀여운 여자애 앞이라고 잘난 척하기는! 타산적인 놈 같으니라고!"

"하하하, 쉽게 말씀하시네요. 선배. 알고는 계세요? 저희는 이미 적의 계략에 빠진 상황이라고요? 그런데 대체 어떻게요?"

말은 그렇게 했지만 버나드와 크리스토프는 이미 답을 알고 있는 표정이었다.

"그야 뻔하잖아? 마침 적은 어딘가의 누구와 비슷한 전법을 쓰고 있어. ……그럼 안성맞춤인 방법이 있잖아."

그리고 글렌은 팔짱을 끼고 입을 다문 알베르트에게 고개를 돌렸다.

"야, 해보자. 알베르트."

"어쩔 수 없군."

그리고 둘은 옆에서 듣는 사람들은 이해할 수 없는 대화를 시작했다.

"그럼 어디부터 갈까?"

"페지테 남동쪽의 그렌델 시계탑 위라면 학교 부지 전체가 한눈에 들어올 거다. 어디까지나 『소리』라는 특성상 예상할 수 있는 『마곡』의 효과 범위. 그리고 현재 지점에서 이동에 걸리는 시간도 계산에 넣는다면 그곳이 가장 현실적이겠지."

"그럼 난 북쪽에 있는 미궁의 숲이군. 아마 아우스토라스 산의 남쪽 경사면 어딘가가 되겠지. 분명 적에게도 보일 터. 문제는 거리인데…… 가능하겠어?"

"……누구에게 하는 소리지?"

"하하, 그건 그래."

"이 상황에서 가장 적임은…… 피벨인가. 잠시 빌려가마. 쓸 만하겠지?"

"너야말로 누구한테 하는 소리야? 내 자랑스러운 제자라고?"

글렌은 의기양양하게 웃었고 알베르트는 무뚝뚝하게 코웃음을 쳤다.

"아무래도…… 결론이 난 모양이로구만."

"예. 저희는 전력을 다해서 두 분을 지원하죠."

"응. 난 잘 모르겠지만."

버나드와 크리스토프는 납득한 얼굴로 고개를 끄덕였

고…… 리엘은 어리둥절한 기색으로 고개를 갸웃했다.

"어? 저, 저도요? 아니, 애당초 당신들은 대체 뭘 할 생각이신 거죠?"

상황을 파악하지 못한 시스티나 혼자만 눈을 휘둥그레 떴다.

글렌은 그런 그녀의 양 어깨에 손을 얹고 진지한 얼굴로 그녀를 바라보았다.

"잘 들어. 하얀 고양이. 우리는……."

하지만 글렌이 뭔가 설명하려고 한 순간―.

사사사사사삭!

마침내 꼭두각시 대군이 잡목림으로 진입했다.

숨어있는 글렌 일행을 노리고…….

"치잇! 작전을 짤 시간도 안 주는 거냐!"

"어? 어? 어라?"

"야, 하얀 고양이! 잘 들어! 넌 알베르트를 따라 가! 그리고―."

"자, 그럼…… 어디로 도망쳤으려나?"

밤의 학교 안을 유유자적하게 걷는 자이드 주위를 악기를 든 악단이 『마곡』을 연주하면서 졸졸 따라다녔다.

그리고 그 소리에 이끌려서 모여드는 학교의 학생들.

마치 동방에서 일컬어지는 백귀야행(百鬼夜行) 같은 이채로운 광경.

『마곡』에 지배된 모든 인간은 자이드의 수족이자 눈, 그리고 인질인 셈이었다.

그 『마곡』의 유효 사정거리는 학교 부지 전체를 커버했다.

어떤 방법을 동원해도 달아날 수 있을 리 없고, 질 리도 없었다. 그들이 도시 쪽으로 달아난다면 오히려 더 좋다. 도시의 모든 인간을 지배해서 완전 승리를 거두면 그만이다.

그리고 그런 자이드의 눈들이 학교 부지 북쪽에서 어떤 집단을 발견했다.

본관을 낀 건너편에서 희미하게 소란스러운 소리가 들렸다.

지배한 인간들의 시각을 통해 글렌 일행이 루미아를 데리고 바쁘게 뛰는 모습이 자이드의 뇌로 전송되었다.

"호오? 북쪽…… 미궁의 숲으로 도망칠 생각인가? 도시로 도망치는 것보다는 현명하지만…… 어리석은 것들. 참으로 끈질기구나."

자이드는 지휘봉을 들어올렸다.

그러자 조종당하는 인간들도 진로를 바꾸었다.

글렌, 리엘, 버나드, 크리스토프는 루미아를 사방에서 지키는 진형을 유지한 채 북쪽을 향해 달렸다.

가끔 자이드에게 조종당하는 인간들이 나타나서 짐승 같은 재빠른 움직임으로 덤벼들었지만—.

"하아아아아아앗!"

글렌은 다리를 멈추지 않은 채 달려드는 학생의 팔을 잡고 다리를 쓸어서 넘어뜨렸다.

"영차. 미안하구만, 젊은이들."

단숨에 학생의 뒤로 이동한 버나드가 손날로 가볍게 목덜미를 쳐서 의식을 날려버렸다.

"방해돼."

리엘은 한손으로 가볍게 밀쳐서 날려버렸다.

"자이드가 이쪽을 눈치챘습니다! 따라옵니다!"

크리스토프는 사교 무도회가 시작되기 전에 학교 전체에 설치해둔 색적 결계로 적의 동향을 파악했다.

거의 마술을 쓸 수 없는 지금은 크리스토프의 결계가 글렌 일행의 생명선이나 다름없었다.

"그래? 알베르트와 하얀 고양이는?"

글렌은 정면에서 주먹을 날리는 학생을 피하고 다리를 걸어 넘어뜨리면서 물어보았다.

"적의 목표는 어디까지나 왕녀뿐인 것 같아요. 두 분은 완전한 노 마크. 방금 아무런 문제도 없이 학교를 벗어났습니다!"

"그래?! 그거 다행이네! 그대로 감시를 부탁하마! 크리스토프!"

글렌 일행은 그런 대화를 나누면서 북쪽에 있는 미궁의 숲을 향해 전력 진주했다.

"하아…… 하아…… 여, 여러분. 대체 뭘……?"

"죄송합니다. 자세히 설명할 여유는 없어요."

크리스토프는 괴롭게 숨을 헐떡이면서 간신히 따라오는 루미아와 보폭을 맞추며 미안한 목소리로 대답했다.

"하지만 아무쪼록 믿어주세요. 글렌 씨와 알베르트 씨를…… 그리고 저희를."

"크리스토프…… 씨……?"

"저희는 확실히 당신을 이용했습니다. 그러니 분명 당신은 저희를 믿지 못하시겠지요. 하지만 저와 버나드 씨는 당신의 어머님…… 알리시아 7세 폐하께 큰 은혜를 입은 몸, 이 한 몸을 바쳐서라도 당신을 지키고 싶은 마음만은 진짜입니다. 그러니……."

거절당해도 어쩔 수 없다. 크리스토프는 그렇게 체념하면서 루미아에게 진지한 목소리로 호소했다.

"……예. 믿을게요."

"……!"

그리고 전혀 예상치도 못한 대답에 눈을 부릅떴다.

"전 선생님을 믿어요. 그런 선생님이 다른 누구도 아닌 여러분을 믿고 의지하시는데, 제가 여러분을 믿지 못할 이유는 어디에도 없답니다."

크리스토프는 그렇게 대답하는 루미아의 옆얼굴을 잠시 멍한 눈으로 바라보았다.

"……닮았어."

"예?"

"아뇨, 아무것도 아닙니다. 그러고 보니 당신은 그 분의 친딸…… 당연하겠지요."

그리고 희미하게 미소 지으며 그렇게 중얼거린 순간―.

크리스토프는 자신의 의식과 접속한 결계에서 불쾌한 반응을 탐지했다.

"……왔나요."

지금까지의 온화한 표정은 어디론가 사라지고 단숨에 전사의 얼굴로 변모했다.

"서쪽! 거리는 4백 미트라! 적은 셋! 이쪽을 향해 직진 중! 이대로 가면 약 2분 후에 제1종 전술 거리까지 접근합니다!"

"호오라, 그놈들이 납셨나! 완전히 예상 대로구만!"

버나드는 달리면서 자신들에게 덤벼드는 학생 네 명을 마치 춤이라도 추는 듯한 가벼운 몸놀림으로 손날을 휘둘러 기절시켰다.

"아쉽지만, 루미아 양! 우리는 여기서 일단 작별일세!"

진형을 이탈한 버나드, 크리스토프, 리엘이 서쪽을 향해 맹렬히 달려갔다.

"부탁할게, 영감! 무모한 짓은 하지 마! 시간만 벌어주면 충분하니까!"

"알고 있어! 햇병아리 주제에 긴방시세 남 걱정이나 할 때냐! 그보다 루미아 양에게 상처 하나라도 입혀봐! 나중에 흠씬 두들겨패줄 테다!"

"루미아 씨! 글렌 선배의 지시를 따라주세요! 걱정하지 마세요! 선배는 평소에나 중요할 때나 미덥지 못하지만, 진짜 정말로 중요한 순간에는 잘하는 사람이니까요!"

"……글렌. 부탁해. ……루미아를 지켜줘. ……나도 열심히 할 테니까."

그리고 글렌과 루미아는 더 북쪽에 있는 미궁의 숲에 돌입했고, 버나드와 크리스토프와 리엘은 서쪽에서 다가오는 위협과 맞섰다.

시야가 세찬 물결처럼 뒤로 흘러가는 가운데, 심장이 터질 듯이 긴장한 시스티나는 어떤 장소를 목표로 페지테의 밤하늘을 날아가듯 질주했다.

흑마【래피드 스트림】.

거친 바람을 몸에 둘러서 기동력을 폭발적으로 향상시키는 마술이다.

제국 궁정 마도사단 특무분실 소속 집행관 넘버 3《여제》세라 실바스가 생전에 가장 즐겨 쓴 마술이기도 했다. 시스티나는 그 어떤 군용 마술보다 먼저 글렌에게 전수받은 이 마술을 구사하여 건물과 건물 사이를 날아다녔다.

건물을 박차고 뛰는 순간【래피드 스트림】을 다시 발동해서 거친 바람으로 몸에 추진력을 붙였다.

그리고 오른쪽에서 다가오는 벽에 발부터 착지하고 그 기세를 이용해 몇 걸음 정도 달리다가 속도가 떨어진 순간, 다시 【래피드 스트림】을 발동해서 앞으로 몸을 날렸다.

이윽고 중력에 따라 고속으로 흘러가는 도로가 밑에서 올라오자, 다시 【래피드 스트림】을 발동해서 반쯤 뜬 상태로 지면 위를 활강하다가 또 다시 【래피드 스트림】을 발동했다.

지면에 아슬아슬하게 닿지 않는 시스티나의 몸이 밤하늘로 높이 뛰어올랐다.

"히이이이?!"

시스티나의 온몸을 감싸는 무중력. 아득히 멀리 보이는 지면.

다음 건물이 맹렬한 기세로 눈앞에 다가오자 시스티나는 지붕에 착지했다.

그리고 즉시 【래피드 스트림】을 발동해서 밤하늘에 몸을 던지고 가속.

"으아, 으아아아아아아아아!"

마술을 쓰는 시스티나 본인조차 새파랗게 질릴 정도로 황당무계하고, 기괴하고, 터무니없는 인간의 영역을 초월한 움직임. ─이것이야말로 흑마 【래피드 스트림】의 연속 발동에 의한 고속 삼차원 기동술이었다.

제국군에서는 『진풍긱』^{슈토름}이라고 불리는 마도기(魔導技)라는 모양이다. 요컨대 자신이 일으킨 바람의 폭발을 사용해 몸을 연속으로 날려서 고속으로 이동하는 참으로 허무맹랑한 기술이었다.

실제로 하늘을 나는 것도 아니고 연비 또한 최악 중의 최악, 세세한 조절도 불가능한 데다 실내에서는 쓸 수조차 없지만, 이렇게 발판이 밀집되고 사방이 트인 지형에서는 단순한 신체 강화 마술보다 훨씬 더 기동력을 높일 수 있었다.

그만큼 제어에 실패하면 바로 건물과 충돌하거나 바닥에 쓸려서 즉사할지도 모르는 위험한 기술이기도 했지만 말이다.

"히익?! 꺄아아아아아아아아아아아아아?!"

아니나 다를까 【래피드 스트림】의 발동에 실패한 시스티나가 속도를 잃고 느닷없이 머리부터 지면으로 추락했다.

"진정해."

그 순간 거친 바람이 휘몰아쳤다.

시스티나가 바닥에 떨어지는 순간, 마찬가지로 『슈투름』을 구사하고 있던 알베르트가 그녀의 몸을 옆으로 낚아채서 구해주었다.

"······호흡을 흐트러뜨리지 마. 마나 바이오리듬을 가다듬는 것에만 집중해."

"아, 예······! 죄송해요!"

다시 『슈투름』의 리듬을 찾은 시스티나가 알베르트의 팔에서 빠져나왔다.

수많은 건물이 다시 세찬 물결처럼 뒤로 흘러갔다.

"그, 그치만! 이런 위험한 짓까지 하면서 학교를 빠져 나왔는데 대체 뭘 하실 셈이죠?! 선생님들이 싸우고 있는데…… 저희만 도망치다니……!"

시스티나는 알베르트와 나란히 활강하면서 비난을 퍼부었다.

"도망치는 게 아니다. 우리는 적을 해치우려고 움직이는 거다."

"죄, 죄송하지만요! 전 영문을 모르겠거든요?!"

글렌 일행과 헤어진 후 거리로 나와서 『마곡』의 영향권을 벗어났다 싶더니 아무런 설명도 없이 끌려 다녔다. 슈투름으로 페지테 거리를 맹렬히 날아다닌 두 사람과 글렌 일행 사이에는 이미 어마어마한 거리가 생기고 말았다.

이래서야 방법이 없지 않은가.

'애당초 이런 내가 알베르트 씨에게 뭔가 도움이 될 리가…….'

"……자신감을 가져라, 피벨. 넌 네가 생각하는 것보다 강해."

그런 시스티나의 불안을 눈치챘는지 알베르트가 고개도 돌리지 않고 그렇게 말했다.

"예를 들어서 이 『슈투름』…… 제국군에서 제대로 쓸 줄 아는 인간이 몇 명이나 있을 것 같나."

"……예?! 이게 그렇게 어려운 기술이었나요?!"

"아무리 바람의 마술에 천부의 재능이 있다고는 해도 요점만 전수받았을 뿐인데 바로 이 정도까지 쓸 수 있으면 자랑스러워해도 좋아. 그래서 난 너를 선택한 거다."

"……그, 그치만! 저흰, 대체, 어디로 가는 건가요?"

"저기다."

그런 시스티나의 눈앞에 나타난 것은 페지테의 하늘을 찌를 듯 높이 솟은 시계탑이었다.

"저곳을 『슈투름』으로 올라갈 거다. 지금의 너라면 가능할 터."

"예에에에에에에에에?! 저기를요?!"

"주의해라, 피벨. 이번에 『슈투름』의 제어를 실패하면 지면에 거꾸로 곤두박질 칠 테니까. 아무리 나라도 도와줄 수 있을지 모르겠군."

"히, 히이이이익! 그럴 수가……! 아아, 진짜! 어디 해볼게요!"

새파랗게 질린 얼굴을 붕붕 휘두른 시스티나는 다시 『슈투름』을 발동해서 왼쪽으로 다가오는 담벼락을 단숨에 박차고 다시 하늘 위로 뛰어올랐다.

"흐하하하하하하하하하하하하! 어디로 도망치려는 거지?"

새카만 숲속, 뒤에서는 큰 웃음소리가 울려 퍼졌다. 수많은 인간의 기척도 다가왔다.

어디든 쫓아오는 『마곡』의 선율이 나뭇가지 사이에서 메아리쳤다.

"치잇?!"

루미아와 글렌은 그것들에 등을 떠밀리듯 숲속을 질주했다.

여전히 마술은 봉인된 상태였다.

두 사람의 처지는 완전히 몰이사냥을 당하는 사냥감이나 다름없었다.

"제길! 서서히 포위망을 좁히고 있군⋯⋯."

글렌은 조금 전부터 몇 번이나 회중시계를 힐끔거렸다.

"이제 조금만 더 있으면 되는데⋯⋯! 늦진 않겠지?!"

추격자들의 기척이 자신들에게 조금씩 가까워지는 것을 느끼고 초조함을 느끼면서도 글렌은 미궁의 숲 속을 일심불란하게 달렸다.

"하아⋯⋯ 하아⋯⋯ 서, 선생님!"

루미아는 불안하게 흔들리는 눈으로 글렌을 쳐다보았다.

"괜찮아! 믿어! 나를⋯⋯ 그 녀석들을⋯⋯!"

그리고 이런 상황에 처했는데도 왠지 안심이 되는 글렌의 힘찬 시선과 목소리에 몸을 맡기기로 했다.

그곳은 지옥이었다.

극저온의 눈보라가 거칠게 휘몰아치고 초고열의 폭염이 솟구쳤다.

격렬하게 방전하는 주먹과 초중량 대검이 정면에서 맞부딪쳤다.

소용돌이치는 불꽃 폭풍을 빛의 벽이 차단했다.

"나 원 참, 이 자식들은……!"

"리엘, 앞으로 너무 많이 나갔어! 물러나!"

"응, 알았어. 돌격할게! 이이이야아아아아아아아아아압!"

글렌 일행과 헤어진 버나드, 크리스토프, 리엘이 맞이한 적은―.

"흐하하하하하하하하하하하! 아주 좋구나! 네놈, 『전차』의 리엘이라 했던가?! 재미있군! 나는 네놈 같은 자와 싸우고 싶었던 거다아아아아아아!"

잘린 팔 대신 거대한 강철 팔을 달고 온 제토가 리엘이 휘두르는 폭풍 같은 강검(剛劍)과 주먹으로 난타전을 벌이자 충격파에 대기가 떨리고 땅이 갈라졌다.

"우후후♪ 의외로 빠른 재회였네요♪ 크리스토프 님♥ 만나고 싶었답니다☆ 역시 저와 당신은 운☆명♪"

"웃기지…… 마세요!"

여전히 어딘가가 망가진 것처럼 웃으며 맹렬한 눈보라를 몸에 두른 글레이시아는 크리스토프가 얼마 남지 않은 마도구로 펼친 방어 결계를 압도적인 냉기로 유린했다.

"이봐아아아아아아아! 이브 양, 대체 뭐 하는 게야! 적의 『마곡』에 완전히 사로잡힌 거냐아아아아아아아!"

"……."

　그리고 적의『마곡』에 지배당해서 꼭두각시가 된 이브가 강대한 불꽃 마술을 행사했다.

　"치잇!"

　버나드가 속사로 쏜『대항 주문탄(배니시)』이 이브가 날린 불꽃 마술을 모조리 소멸시켰다.

　크리스토프와 버나드는 주문 영창으로 발동하는 마술을 봉쇄당한 상태였다.

　『퀸트 액션』이라 불리는 마술의 발동 공정. 즉, 정신 통일(콘센트레이션), 주문 영창(스펠링), 식역(識域) 개변(인터벤션), 마술 발동(스타트 업), 식역 해방(오픈) 중 세 번째 공정인 인터벤션을『마곡』이 방해하고 있기 때문이었다.

　하지만 마도구는 제작 단계에서 이미 세 번째 공정까지는 성립된 상태였다. 게다가 의식 영역 또한 임시로 만든『의사(파라) 의식 영역(캐퍼시티)』을 썼다. 따라서 마도구는 네 번째 공정을 봉쇄하는 글렌의【광대의 세계】에는 통하지 않아도……『마곡』에는 효과가 있었다.

　크리스토프와 버나드는 비상시를 위해 마련해둔 마도구를 소비해서 결계를 펼치고, 마술을 발동해서 이 기회를 노리고 쳐들어온 적의 맹공을 견디고 있었지만─.

　'하지만…… 이대로는…….'

　'그리 오래 버티지는 못해……!'

　어차피 미도구는 마도구. 정해신 기능을, 정해진 위력(레벤) 규격으로밖에 발휘하지 못하는 도구에 불과했다.

영창형 주문처럼 즉흥으로 기능을 개변하거나, 기합으로 대량의 마력을 쏟아 부어서 위력을 강화하는 건 불가능했다. 횟수도 한정되어 있으니 전부 다 소비하면 그것으로 끝이었다.

그런 까닭에—.

"아하하하하하♪ 아하하하하하♪ 왜 그래요♪ 무슨 일 있나요♪ 아까보다☆ 훨씬 더 약해졌네요♪ 크리스토프 님♥ 아, 그렇구나☆ 사랑하는 저를 진심으로 공격하지 못하는 기군요♪ 아아♪ 굉장해라☆ 당신의 사랑이 느껴져요♪"

"……큭?!"

글레이시아의 냉기와 이브의 불꽃 앞에서 크리스토프와 버나드는 속절없이 밀릴 수밖에 없었다.

다행히 글레이시아가 쓰는 마술의 약점이 이미 판명된 데다 염열 계통 마술을 쓰는 이브와는 상성이 최악이다 보니 그 틈을 노리고 고도의 연계 능력으로 버티고는 있지만…… 상황은 계속 악화될 따름이었다.

이런 마술이 봉쇄된 상황에서 가장 믿음직한 소녀는—.

"이이이이이야아아아아아아아아아아아압!"

"으하하하! 좋다! 아주 좋아아아아! 나는 이런 싸움을 즐기고 싶었던 거다아아아아아아!"

떨어진 곳에서 제토와 처절하기 짝이 없는 사투를 벌이며 둘만의 묘한 세계를 즐기고 있었다.

"……저 단세포 자식들……!"

"하하하……."

버나드는 해동된 머스킷을 쏴서 날아오는 빙검을 격추했다.

스크롤을 펼친 크리스토프가 결계를 전개하여 불꽃을 차단했다.

"이거 참…… 이번에도 아슬아슬한 싸움이 됐구만……."

"늘 그렇잖아요? 하지만…… 이제 곧 끝날 겁니다."

"그건 그래."

버나드와 크리스토프는 등을 맞댄 자세로 웃으며 다시 적과 맞서 싸웠다.

"야아아아아압!"

"흠!"

그리고 리엘의 대검과 제토의 주먹이 한층 더 격렬하게 부딪쳐서 발생한 충격파가 밤하늘에 폭음을 퍼트렸다.

숲을 계속 북진해서 산을 오르는 글렌과 루미아.

시계탑 꼭대기를 향해 질주하는 알베르트와 시스티나.

밀려오는 강적을 결사적인 각오로 막는 버나드와 크리스토프와 리엘.

그리고 전황은…… 마침내 최종국면에 돌입했다.

——.

페지테에서 가장 하늘에 가까운 시계탑의 꼭대기.

세찬 밤바람을 맞으며 달을 등진 그 장소에서 시스티나는 경사가 가파른 지붕을 붙잡은 채 벌벌 떨고 있었다.

차가운 바람에 펄럭이는 치마가 신경 쓰여서 손으로 누르려 했지만—

"꺅?!"

실수로 발을 헛디딜 뻔하고 다시 지붕을 붙들었다.

치마는 이제 포기할 수밖에 없으리라.

"아, 알베르트 씨?! 절 이런 위험한 곳에 데려와서…… 대체 지금부터 뭘 하실 셈인가요?!"

당사자인 알베르트는 펄럭이는 로브와 긴 머리카락을 바람에 맡긴 채 난간 위에 서서 아득히 먼 저편을 날카로운 눈으로 노려보고 있었다.

글렌 일행과는 아득할 정도로 멀어지고 말았다.

주위로 시선을 돌리자 아래에 펼쳐진 거리가 마치 새카만 심해의 밑바닥처럼 보였다. 이번에는 앞으로 시선을 돌리자 아득히 먼 어둠에 녹아든 지평선 근처에 아마 학교인 듯한 불빛 몇 개가 조그맣게 보였다.

거리로 따지면 대체 얼마나 멀리 떨어진 것일까. 3천…… 아니, 4천은 확실하리라.

이런 장소에서 대체 어떻게 글렌과 루미아를 구한다는 것일까.

시스티나가 암담한 기분에 사로잡힌 순간ー.

"……저격한다."

알베르트가 믿을 수 없는 말을 입에 담았다.

"예에?!"

충격을 받은 시스티나는 놀라서 눈을 부릅떴다.

너무 놀란 나머지 발이 미끄러지는 바람에 밑으로 떨어질 뻔했다.

"저, 저격이라니…… 적을요?! 이, 이런 곳에서?! 마술 저격으로?!"

"그래. 하지만 이 거리에서는 만에 하나 적이 마술적인 방어 조치를 해뒀을 경우, 머리나 심장을 노려봤자 치명상을 입히지 못하겠지. 그러니 자이드가 오른손에 든 지휘봉을 노리겠다."

ー이 사람은 대체 지금 무슨 소릴 하는 거지?

이 거리, 이 어둠속에서 저 눈에 보이지도 않는 표적을…… 저격하겠다고?

시스티나는 이제 알베르트라는 인간을 도무지 이해할 수 없었다.

"조금 전에 확신했다. 자이드는 저 지휘봉으로 악단의 연주를 조종하는 거나. 서 시위봉은 마도기디. 파괴하면 자이드는 악단을 조종할 수 없게 되고…… 무력해지겠지."

"그, 그건…… 그럴지도 모르지만…… 그래도 지휘봉이라니…… 저런 작은 물체를 어떻게 이런 먼 거리에서 저격하겠다는 거죠?"

"피벨. 네가 내 눈이 되어다오."

"……?!"

알베르트의 예상치 못한 부탁에 시스티나는 경악해서 굳어버렸다.

"이 거리, 이 어둠, 극도로 작은 표적…… 나는 모든 의식을 저격 제어에만 집중해야 해. 원견 마술을 멀티태스킹할 여유는 없다. 간이 계약을 통해 일시적으로 내 사역마가 돼서 나와 시각을 동조하는 거다. 피벨. 네가 원견 마술로 포착하면 내가 그자를…… 쏘겠다."

"그, 그런……."

"어떻게 저격할지 자세한 대화를 나눌 여유는 없었다만…… 적어도 글렌은 자이드를 학교 북쪽에 있는 미궁의 숲속으로 끌어들였을 터. 너는 저 숲속에서 자이드의 모습을 찾아서 그 눈으로 포착하는 거다. 무리한 주문이라는 건 알아. 그래도 해."

"무, 무리…… 저한테는 무리예요! 미궁의 숲이라니…… 그건 대충 어디쯤에 있는지 정도밖에 모른다는 거잖아요!"

시스티나는 식은땀을 흘리며 겁을 먹었다.

"어떻게 이런 어둠속에서 저렇게 아득히 먼 곳을…… 더 구나 숲속에 있는 적을 찾으라는 거죠?! 제 원견 마술과 기량으로는 적을 포착할 자신이 없어요! 마, 만약…… 제가 적을 찾지 못하면 어떻게 되는 거죠?!"

"그럼 글렌과 네 친우가 죽겠지."

"……?! 그, 그런…… 알베르트 씨, 지금이라도 선생님이 계신 곳으로 달려가서…… 그래요. 저희의 『슈투름』이라면 가능할지도!"

"이젠 늦었어. 현실을 파악해. 애당초 우리는 저 『마곡』과 가까워지면 마술을 쓸 수 없다. 간신히 늦지 않게 도착한다 쳐도 할 수 있는 일은 아무것도 없어."

알베르트는 날카로운 눈으로 시스티나를 정면에서 응시했다.

"잘 들어. 여기가 바로 『마곡』이 닿지 않으면서도 페지테에서 가장 저격하기에 적합한 높은 위치…… 여기에 있기에 비로소 우리가 할 수 있는 일, 해내야만 하는 일이 생긴 거다."

"……?!"

"피벨. 넌 왕녀를 구하겠다고 결심했겠지? 그래서 글렌에게 가르침을 청하고 힘을 길러온 거겠지? 지금이 바로 그 순간이다. 그 각오는 거짓이었던 거냐?"

"그렇지는…… 하, 하지만 저 자신이…… 만약 제가 저을 찾시 못한다면……"

시스티나는 떨고 있었다.

두려움 때문이 아니었다. 책임의 중대함 때문이었다.

"피벨. 나는 교사가 아니다만…… 한가지 가르쳐주마."

그런 시스티나에게 알베르트가 담담하게 말했다.

"지금 글렌과 내 동료들은 필사적으로 싸우고 있다. 우리에게 전적으로 목숨을 걸고 있지. 특히 노인장과 크리스토프는 너와 오늘 처음 만난 건데도 글렌이 믿는다는 이유 하나만으로 너에게 목숨을 건 거다. 우리는 그 신뢰에 보답해야만 해."

"저, 저도 알아요! 그, 그러니까……! 반드시 성공해야만 하는데……! 그건 저도 잘 알지만……!"

"그게 아니야."

"……?!"

알베르트가 갑자기 자신의 말을 부정하자 시스티나는 어안이 벙벙했다.

"인간은 실패하기 마련이다. 아무리 실패가 허락되지 않은 상황이라도…… 실패는 반드시 일어나. 그러니 실패하지 않는 것만이 꼭 신뢰에 보답하는 거라고 볼 수는 없어. 어떤 상황에서든 반드시 일어나는 실패의 가능성에서 눈을 돌리고 성공만 바라는 건 맹신일 뿐이다. 신뢰가 아니라."

"그, 그럼……?"

"신뢰에 보답한다는 건 책임이라는 중압감을 견디고 행동으로 옮기는 거다. 자신이 해야만 하는 일에서 눈을 돌리지 않고, 도망치지 않고 맞서는 것."

"……?!"

"성공할 가능성이 0퍼센트 라면 그걸 1퍼센트로 끌어올릴 수단을 생각해라. 성공할 확률이 90퍼센트라면 그걸 99퍼센트로 만들 방법을 모색해. 그리고 행동하는 거다. 그게 바로 신뢰에 보답한다는 뜻이지. 적어도 글렌은…… 그 남자는 항상 그렇게 해왔다."

시스티나도 무슨 뜻인지 이해했다. 그러하기에 글렌은…… 항상 결과를 낸 것이다.

신뢰에 보답해야 한다는 중압감에 위축되고 달성 가능성이 현저히 낮은 목표에 겁을 먹은 시스티나는 중요한 중간 과정…… 자신이 해야만 하는 일에서 눈을 돌리지 않고 맞서는 과정을 생략하고 말았던 것이다.

"……아, 알겠……어요! 해볼게요!"

시스티나는 자신의 약한 마음을 질타하며 아득히 먼 곳을 응시했다.

그리고 천천히 원견 마술의 주문을 영창하기 시작했다.

"허억…… 허억…… 허억…… 허억…… 역시 경사면을 오르는 거 힘들어!"

울창하게 우거진 새카만 숲속.

글렌은 완전히 지친 루미아를 업은 채 나무 사이를 빠져나가고 있었다.

산기슭에 걸쳐 있는 곳이다 보니 바닥은 완만한 경사면을 이루고 있었다.

그리고 뒤에서 다가오는 연주, 연주, 마의 선율.

그리고 서서히 가까워지는 수많은 추격자들.

이대로는 따라잡히리라.

"치잇! 루미아, 눈 감아!"

그렇게 판단한 글렌은 섬광석을 꺼내서 집어던졌다.

파악!

눈부신 섬광에 노출된 추격자들은 시각을 잃고 주춤거렸다.

"서, 선생님……."

"조금만 더 버티면 돼! 힘내! 알베르트와…… 하얀 고양이가 반드시 어떻게든 해줄 테니까!"

글렌은 루미아를 격려하면서 한층 더 깊은 숲속으로 나아갔다.

다시 도주극과 추격극이 시작되었다.

그리고 아득히 먼 4천 미드라 저편.

밤바람이 거칠게 부는 시계탑 정상에서…….

'찾았어!'

시스티나는 감은 오른쪽 눈 안쪽으로 보이는 아득히 먼

저편의 광경 속에서 글렌과 루미아의 모습을 비교적 쉽게 발견했다.

글렌이 간간이 섬광석을 쓴 덕분이었다. 새카만 숲속에서 빛이 보이는 곳에 시선을 집중했더니…… 예상보다 훨씬 더 쉽게 찾을 수 있었다.

'하지만 이걸로는 안 돼! 선생님은 찾았지만 중요한 자이드가 안 보여!'

산기슭과 맞닿은 미궁의 숲은 광대했다. 그러다 보니 사각도 굉장히 많았다.

그런 숲 속에서 많은 사람을 이끌고 다니는 것도 문제였으나…… 더 큰 문제는 원견 마술을 다루는 시스티나의 기량이었다.

이 어둠과 거리에 대처하기 위해 초고배율, 초고감도로 설정한 흑마 【어큐레이트 스코프】를 쓴 탓에 시스티나의 원격 시야는 예상했던 것보다 훨씬 더 좁고 흐릿했다.

아주 살짝 시야각이 어긋나기만 해도 목표로 한 지점에서 크게 벗어났다. 시스티나의 정신적인 떨림도 원격 시야에 반영된 탓에 세세한 제어가 전혀 먹히지 않았다.

덤으로 시야를 가로막는 나뭇잎에 투과(透過) 처리를 하느라 노이즈도 심했다.

글렌과 루미아를 몰아붙이는 저 무리 안에 자이드가 있을 테지만…… 찾을 수가 없었다. 이런 최악의 조건으로는 도저히 찾아낼 자신이 없었다.

시스티나의 등골이 초조함으로 얼어붙었다.

"알베르트 씨…… 적을…… 못 찾겠어요. ……어, 어쩌죠?"

대답은 없었다.

알베르트는 이미 의식 레벨을 떨어트려서 저격 준비에 정신을 집중하고 있었다.

눈을 감고 반쯤 편 왼손을 앞으로 대충 내민 자세.

이것이 그 자신을 하나의 정확한 저격 장치로 바꾸는 일종의 자기 암시 의식인 모양이었다.

더는 알베르트의 조언을 기대할 수 없었다. 스스로 어떻게든 하는 수밖에 없었다.

'하지만 어떻게 해야……. 어떻게 해야 내 치졸한 기량으로 저렇게 넓고 먼 장소에서, 저런 많은 사람 속에서 단 한 사람을 찾을 수 있는 거지? 이대로 있다간……'

글렌과 루미아는 처참한 시체로 변모하고 말리라.

이제는 시간문제였다.

글렌이 도망치면서 일일이 섬광석을 쓴 탓에 여기저기에 흩어진 추격자들이 모여들고 있었다.

'어서…… 어서 적의 모습을 찾아야 하는데……! 하지만 어떻게 해야……. 어떻게 해야 찾을 수 있는 거지?! 이런 건 절대로 무리라구!'

이건 이미 광대한 사막에서 모래 알갱이 하나를 현미경으로 찾는 작업이나 다를 바 없었다.

너무나도 어렵고 무모한 목표 앞에서 시스티나는 잠시 이성을 잃을 뻔했지만…….

―성공할 가능성이 0퍼센트라면 그걸 1퍼센트로 끌어올릴 수단을 생각해라.

'맞아……. 한 번 생각해보자. 반드시 방법이 있을 거야…….'

정상적인 방법으로 찾는 건 무리다. 그럼 정상적이지 않은 방법이라면?

무턱대고 찾는 게 아니라. 적이 있을 만한 곳을 추측해보자. 그럼 어떤 식으로 추측해야 좋을까?

그 순간―.

다시 시스티야의 원격 시야에 섬광이 번뜩였다.

글렌이 추격자를 따돌리려고 쓴 섬광석이었다.

'또…… 저건 한시적인 조치에 불과해. ……금방 궁지에 몰릴 거야…….'

하지만 갑자기 머릿속에 번뜩이는 것이 있었다.

'……그래! 선생님이 자신을 일부러 궁지에 모는 짓을 할 리가 없어. ……그렇다면 저 행동에는 틀림없이 무슨 이유가 있을 거야!'

다시 생각해보니 수금 선부터 글렌의 도주 경로도 이상했다. 똑바로 뛰는 게 아니라 추격자를 이리저리 따돌리면서 묘하게 숲속을 돌아서 가고 있었다.

마치 누군가를 찾는 것처럼…….

'잘 생각해보면…… 알베르트 씨라면 이런 악조건 속에서도 자이드의 모습을 찾아냈겠지만…… 난 무리야. 그건 선생님도 알고 계실 터…….'

그렇다면 글렌은 어떻게 움직일 것인가.

'……선생님이라면 분명…… 응. 틀림없어!'

그렇다면 글렌이 이상할 정도로 자주 쓴 저 섬광석의 의미는…….

—야, 하얀 고양이! 잘 들어! 넌 알베르트를 따라 가! 그리고…….

—나를 봐!

그렇다면 조금 전에 헤어질 때 글렌이 남긴 말의 의미는—.

'그렇다면…… 내가 해야 할 일은…….'

시스티나는 기다렸다.

이제 무턱대고 적의 모습을 찾지 않았다.

아득히 먼 어둠속에서 원격 시야로 글렌만 주시하며 기다렸다.

아니, 이러고 있을 때가 아니다.

우연이라도 상관없으니 어떻게든 자이드를 찾아봐야 하는 게 아닐까?

그런 논리적인 충동이 드는 것을 억누르면서…… 오로지 글렌만 주시하며 기다렸다.

이것이야말로 0퍼센트를 1퍼센트로 끌어올릴 유일한 방법 이라고 믿으며…….

…….

……아무래도 시스티나의 예측이 정확했던 모양이다.

잠시 후, 글렌이 섬광석을 쓰는 빈도가 명백히 줄어들었다.

그 대신 시스티나의 원격 시야 속에서 회중시계를 꺼내더 니 시계탑이 있는 이쪽과 몇 번이나 번갈아 보았다. 시간 관 계상 시스티나와 알베르트가 시계탑 꼭대기에 도착했을 거 라고 짐작해서 한 행동으로 보였다.

딱히 글렌과 눈이 마주친 것도, 대화를 나눈 것도 아니었다.

애당초 글렌의 눈에는 어둠속에 잠긴 시계탑의 윤곽조차 보이지 않았으리라.

하지만…….

―너, 확실히 거기 있는 거지? 제대로 우릴 보고 있는 거지?

대화를 나누지 않아도, 아무리 거리가 멀어도.

시스티나는 왠지 모르게 글렌과 의사소통을 한…… 기분

이 들었다.

그리고…….

마술학원 북쪽에 있는 미궁의 숲.
침엽수로 뒤덮이고 산기슭과 인접한 한켠에 암반이 드러난 데다 나무도 자라지 않은 탁 트인 장소.
긴 도주극 끝에…… 글렌과 루미아는 그 장소 한복판에 멈춰 서 있었다.
주위에 흩어진 추격자들이 서서히 포위망을 좁혔다.
그야말로 절체절명의 위기.
"용케도 여기까지 버텼구나. 하지만…… 여기까지다."
"헉…… 헉…… 헉…… 그런 것, 같군!"
하지만 놀랍게도 그 자이드가 글렌 앞에 모습을 드러냈다.

'……세, 세상에……!'
글렌을 믿고 계속 그를 주시했으면서도 시스티나는 현실을 눈앞에 두고 아연실색했다.
글렌의 저 이상한 도주 방식을 보고 혹시나 싶었더니 역시나.
저 산속에서 저격하기에 알맞은 장소를 찾고, 자이드 본인을 그곳으로 유도해서 눈앞까지 끌어내기 위한 움직임이었던 것이다.

그래서 글렌은 자신의 위치를 시스티나에게 전하기 위해 빈번히 섬광석을 썼던 것이다.

루미아를 데리고 다수의 추격자를 피해 도망치면서 저런 신기에 가까운 짓을 벌일 줄이야. 이렇게 실제로 그 광경을 직면했는데도 아직 믿을 수가 없었다.

믿을 수가 없었지만—.

'자이드를…… 포착했어!'

시스티나의 원격 시야가 글렌 앞에 모습을 드러낸 자이드를 포착했다.

그 사실에 심장이 긴장감으로 날뛰기 시작했다.

"……잘했다, 피벨."

알베르트는 눈을 감은 채로 짧게 칭찬했다.

이제야 저격 준비…… 자기 암시 의식이 끝난 듯했다.

"그대로 자이드를 중심으로 시선을 고정해. 뒷일은 나에게 맡겨라."

참으로 믿음직한 말이었지만—.

"하지만…… 저 상태로는 무리예요. ……자이드를 저격할 수 없다구요!"

시스티나는 비통한 목소리로 외쳤다.

자이드의 바로 뒤에 있는 나무가 공교롭게도 알베르트의 사선(射線)을 안전히 방해했다. 저격은 불가능했다.

'이럴 수가…… 여기까지 왔는데……. 운이 없는 것도 정도가 있지!'

글렌과 루미아를 포위한 사람들은 당장에라도 달려들 듯한 기세였다.

루미아가 글렌의 소매를 꽉 붙잡은 모습이 눈에 들어왔다.

그녀의 불안한 심정이 이 거리에서도 느껴지는 듯했다.

'……제발……! 조금만 더…… 조금만 더 오른쪽으로…… 사선을 비워줘요!'

시스티나는 기도하는 심정으로 건너편을 응시했다.

"……안심해. 문제될 건 없다."

하지만 알베르트는 조용히 눈을 감은 채 앞으로 내민 왼손의 검지와 중지를 천천히 뻗어서…… 목표를 겨냥하는 자세를 고정했다.

"하, 하지만…… 저대로는……!"

시스티나는 당황해서 어쩔 줄 몰랐다.

"글렌은 우리를 믿었다. 우리가 적의 모습을 반드시 포착해줄 거라고. ……그렇다면 이번에는 우리가 글렌을 믿을 차례. 그렇지 않나?"

"……예?"

아득히 먼 숲속.

"참 나…… 너희들 하늘의 지혜연구회는 매번 진짜 변변

찮은 짓거리만 벌인다니까! 적당히 좀 해. 나도 화 좀 내볼
까? 아앙?!"

"크크크…… 나불대는 건 거기까지다!"

"칫……."

글렌은 루미아를 등 뒤로 가리면서 서서히 오른쪽 뒤로
물러났다.

그러자 자이드도 글렌을 따라 몸을 돌렸다.

"세상에……! 사선이…… 비었어!?"

자이드가 글렌을 향해 몸을 돌린 덕분에 정말로 아슬아
슬하게…… 바늘구멍 같은 희미한 사선이 생겼다.

"어떻게 안 거죠?! 이대로는 저격이 불가능하다는 걸!"

"이 최고의 기회에 내가 아직 한 발도 쏘지 않았기 때문
이지."

"……?!"

"저 녀석은 내 저격 실력만큼은 일단 신뢰하나 보더군. 내
가 아직 쏘지 않았다는 건 자신들의 위치에 문제가 있어서
라고 경험으로 눈치챈 거다."

시스티나는 그저 경악할 수밖에 없었다.

이건 이미 상대를 믿고 말고의 문제가 아니었다. 이심전심
의 영역이었다.

일베드르는 이런 선새가 뇔 거라고 예상한 것처럼 주문

을…… 영창하기 시작했다.

"《만리(万里)를 내다보는 긍지 높은 뇌제여·─》."

"자, 파티의 피날레다. ……글렌 레이더스. 그리고 엘미아
나 왕녀."

"서, 선생님……?!"

자이드가 주위에 거느린 악단이 악기를 들자 루미아는 불
안한 표정으로 글렌의 옷을 움켜쥐었다.

"걱정하지 마, 루미아."

글렌은 씨익 웃으며 루미아의 머리 위에 손을 얹었다.

그리고 자이드를 똑바로 응시하고 의기양양하게 입가를
끌어올렸다.

"자, 그럼 자이드 씨? 댁은 분명 자신의 우위를 눈곱만큼
도 의심하지 않을 테지만…… 뭐 하나 잊은 거 없수? 내 뒤
에는 말이지─."

"《─·그 왼팔에 든 하늘을 비상하는 뇌창으로·─》."

"─진심으로 아니꼽지만……."

"그만 놈들을 죽여라!"

글렌의 말을 무시하고 자이드가 지휘봉을 높이 든 순간─.

"……최고로 믿음직한 『매의 눈』이 있다는 사실을!"

그 동작을 신호로 글렌은 땅을 박차며 자이드에게 달려들었다.

그 순간—.

"《—·아득한 저편의 원수를 꿰뚫어라》."

아득한 저편에서는 알베르트의 주문이 완성되었다.

알베르트가 흑마【라이트닝 피어스】의 술식과 주문을 독자적으로 개변해서 거의 오리지널에 가까운 영역까지 승화시킨 초장거리 저격용 어설트 스펠이 발동했다.

흑마 개량형【호크아이 피어스】.

그의 손끝에서 눈부신 극광의 뇌격이 방출되었다.

시계탑 꼭대기에서 발생한 뇌격은 어두운 밤을 일직선으로 날카롭게 가로질렀다.

유성처럼 흘러가는 한줄기 섬광.

광속으로 한없이 무한하게 뻗어나가는 한 자루 창이 되어서—.

페지테 상공을 단숨에 일직선으로 가로질러서—.

아득히 먼 저편으로 한없이 빛의 창끝이 뻗어서—.

약 4천 미트라의 거리를 일직선으로 눈 깜짝할 사이에 단축했다.

그리고 몇 그루의 나무를 스치며 바늘구멍 같은 수많은

나뭇가지 사이의 틈새를 돌파해 자이드가 머리 위로 든 지
휘봉을—.

—정확히 관통했다.

마곡에 조종당하는 인간들이 갑자기 움직임을 멈췄다.
연주도 멈췄다. 부러진 지휘봉이 바닥에 툭 떨어졌다.
"앗?!"
자이드는 한순간 무슨 일이 벌어진 건지 몰라 굳어 버렸다.
"내, 내 지휘봉이?! 대, 대체 어디서?!"
동시에 그 전격은 자이드를 향해 달려드는 글렌의 뺨을
스쳤다.
"우오오오오오오오오오오오오오오오!"
하지만 글렌은 전혀 개의치 않고 땅을 박차, 놀라서 몸을
떠는 자이드와의 거리를 좁히고…… 얼굴에 주먹을 때려 박
았다.
"하아아아아아아아아아아아아앗!"
그리고 온 힘을 다해 그 주먹을 끝까지 휘둘렀다.
그 혼신의 일격을 정통으로 맞고 성대하게 날아간 자이드
는 비명을 지를 틈도 없이 단숨에 의식을 잃었다.
전부 끝나고 보니…… 참으로 싱거운 결말이었다.

"……"

변함없이 차가운 밤바람이 부는 시계탑 위에서 임무를 마친 알베르트는 아득히 먼 곳을 응시한 채로 천천히 왼손을 내렸다.

어마어마한 위업을 달성했다는 자부심도, 임무를 달성했다는 흥분도 없었다.

그저 평소처럼 자신이 해야 할 일을 또 하나 끝냈을 뿐.

말없는 그의 등에서 느껴지는 감상은 고작 그뿐이었다.

'괴, 굉장해…… 이게 알베르트 씨……! 선생님이 제국군에 있었을 때의 전우이자…… 선생님이 가장 신뢰했다는 사람……!'

경외심과 전율조차 느껴지는 완벽한 일처리.

글렌이 이래저래 싫은 소리를 하면서도 신뢰하는 이유가 있었다.

'아니, 알베르트 씨뿐만이 아니야. 버나드 씨와 크리스토프 씨…… 그리고 리엘도……. 다들, 선생님이 신뢰할 만한 힘을 가지고 있어. 사실은 선생님도 이런 사람들이 경의를 표하는 굉장한 사람이었던 거야…….'

그에 비해 자신은 이 얼마나 미숙하고 무력한가. 실력으로도, 정신적으로도…….

시스티나는 오늘 밤의 사건을 통해 그 사실을 뼈저리게 실감했다.

'……아직도 멀었구나. 왜 이렇게 먼 걸까……?'

지금까지 글렌과 함께 싸우며 필사적으로 수행을 거듭한 덕분에 조금은 그의 등을 따라잡았다고 생각했다. 조금은 신뢰할 수 있는 존재가 됐다고 생각했다.

하지만 그건 터무니없는 자만이었다. 글렌이 진정한 의미에서 시스티나에게 등을 맡기는 건…… 먼 훗날의 일이리라.

시스티나는 아득히 먼 저편에서 안심한 나머지 흐느껴 울며 글렌에게 안긴 루미아와, 그녀를 부드럽게 쓰다듬어주는 글렌의 모습을 바라보면서 왠지 모르게 속이 시원해진 것을 자각했다.

종 장　연회가 끝난 후

　　……사건이 전부 끝난 후.

　　"야, 이 짜샤! 지금 장난해?!"

　　알베르트와 재회한 글렌이 처음으로 꺼낸 말이었다.

　　"네 저격이 내 뺨을 스쳤잖아! 조금이라도 빗나갔으면 난 죽었을 거라고!"

　　"그야 죽었겠지."

　　알베르트는 자신의 멱살을 잡은 글렌에게 여전히 엄숙한 표정으로 태연하게 말했다.

　　"뭐어?! 뭐야 그게! 너, 왜 그렇게 아무렇지 않게 당연하다는 듯 지껄이는 건데?!"

　　"바보 같은 놈. 부주의하게 사선에 들어온 네 탓이잖아."

　　"뭐라고?!"

　　"애당초 넌 왜 그런 곳으로 적을 끌어들인 거지? 그 산에는 훨씬 더 저격에 알맞은 장소가 잔뜩 있었을 텐데. 저격하는 내 기분도 헤아려줬으면 좋겠군."

　　"크아~! 넌 왜 옛날부터 그 모양……"

　　늘개저럼 짖어대는 글렌과 차갑게 대응하는 알베르트의

구도.

"이 빌어먹을 자식! 난, 역시, 네가, 싫어!"

"우연이군. 나도다."

코웃음을 치면서 서로 고개를 돌리는 두 사람을 보고—.

"저 둘…… 호흡이 맞는 건지 안 맞는 건지 모르겠어……."

"아하하……."

시스티나가 게슴츠레한 눈으로 기가 막힌다는 듯이 어깨를 으쓱이자 루미아가 모호하게 웃었다.

그런 해프닝은 일단 제쳐두고, 자이드의 지휘봉을 파괴하고 무력화한 시점에서 이변을 깨달은 글레이시아와 제토가 철수했고 이브도 제정신으로 돌아왔다.

물론 『마곡』에 조종당한 학생들과 악단 멤버들도 정신을 차렸고—.

"어라~? ……왜…… 우린 이런 곳에 있는 거지?"

"으음…… 분명 이제 곧 피날레 댄스가 시작될…… 예정이었지?"

자이드에게 조종당했던 기억만 쏙 빠진 모양이었다.

그들은 마치 여우에게 홀린 듯한 표정으로 학교에 비틀비틀 돌아갔다.

특무분실은 무사히 피해 없이 적의 중핵 중 한 명을 포획이라는 역사에 남을 위업을 달성했다.

전투 후에 문제가 된 것은 중단된 사교 무도회를 어떻게 마무리 짓느냐였다.

당연히 그런 일이 있었으니 중지하고 싶었지만, 아무래도 학생들에게는 조종당하기 직전까지의 즐거운 기억만 남아있는 모양이었다. 그래서 저마다 뭔가에 씐 것처럼 무도회장에 모여서 댄스 경연대회 우승자의 피날레 댄스를 애타게 기다리는 중이었다.

아무래도 한 번 심층 의식이 『마곡』에 침입당한 자는 한동안 마치 꿈을 꾸는 듯한, 술에 취한 듯한 자각 없는 특수한 정신 상태에 빠지는 모양이었다.

학생들은 자신들이 조금 전까지 북쪽 숲속에 있었다는 기억조차 잊고 있었다. 지금까지 무도회가 중단된 것조차 기억하지 못하는 사람도 있었다.

그런 전후의 사실관계조차 시전자의 입맛에 맞춰서 날조할 수 있는 데다 위화감도 느끼지 못하게 하는…… 여태껏 제국의 수많은 거물을 암살하면서도 그 수법의 정체를 전혀 드러내지 않았던 『마곡』의 무시무시한 위력이었다.

그리고 사건과 관계없는 인간 중에 유일하게 무사했던 사람도 있었다. 학생회장인 리제였다.

『선배는…… 정신을 보호하고, 될 수 있으면 소리를 차단한 상태로 여기서 움직이지 말아주세요!』

오늘 밤의 분위기가 왠지 이상하다는 걸 어렴풋이 눈치챘던 리제는 시스티나가 남기고 간 말에 따라 대기실 안에 정신 방어 결계와 음성 차단 결계를 펼치고 대기했다. 그 덕분에 화를 피한 것이다.

학교 안에 남은 전투 흔적의 은폐 공작도 필요했기에 방심 상태인 이브 대신 현장지휘를 맡은 버나드는, 어쩔 수 없이 리제에게 어느 정도 사정을 밝히고 아무 일도 없었던 것처럼 사교 무도회를 재개해달라는 요청을 했다.

원래 총명한 소녀인 리제는 바로 진상을 파악하고 버나드의 요청을 받아들여 급히 사교 무도회를 재개했다.

물론 그중에는 아무도 기억하지 못하는 공백의 시간을 의아하게 여기는 자들도 있었으리라. 하지만 『마곡』의 남은 힘은 그런 위화감도 서서히, 희미하게 지워버렸다.

꿈을 꾸는 듯한 표정의 참석자들은 리제의 인사로 재개된 사교 무도회를 이쪽이 맥 빠질 정도로 선선히 받아들였다.

그리고—.

"……참 나, 한때는 어떻게 되나 싶었다만……."

글렌과 루미아는 원래 예정대로 무도회장의 관객들이 몽롱한 얼굴로 지켜보는 앞에서 오늘 밤 최후의 이벤트인 피날레 댄스를 추고 있었다.

"……감사해요, 선생님."

루미아는 글렌의 손을 잡고 우아하게 스텝을 밟으며 속삭이듯 말했다.

영원을 보장하는 『호브 드 라 페』는 그토록 산속을 뛰어 다녔는데도 더러움 하나 없이 원형을 유지했다.

"응?"

"저를…… 늘 지켜주셔서……."

글렌을 지그시 바라보는 루미아의 표정은 어딘지 모르게 온화하고 투명했다.

"저 같은 걸 위해서…… 선생님은 항상 필사적으로…… 절 소중히 여겨 주셔서……."

"……아, 그러고 보니 언제더라? 옛날에 약속했었지? 나만 은 네 편이 되어주겠다고. ……음, 뭐냐. 일단 약속했으면 지 켜야 하는 게 당연하니까……."

"후훗…… 거짓말. 선생님은 약속 같은 게 없어도…… 제 가 아닌 다른 누구라도…… 이렇게 필사적으로 지켜주 는…… 분명 그런 분이실 거예요."

"……흥. 네가 날 너무 높이 사는 거라고. 난 전혀 그런 고 상한 인간이 아니야. 친하지도 않은 사람은 비교적 아무래 도 상관없거든?"

글렌은 토라진 얼굴로 루미아의 손을 잡아당겼다.

그러자 루미아는 글렌이 들어 올린 팔 밑에서 부드럽게 회전했다.

"설령 그게 사실이라고 해도……."

루미아는 미소 지었다.

"당신이 제 편이 되어주신 건…… 지켜주신 건 변함이 없는걸요."

한없이 온화하게 미소 지었다.

"감사해요, 선생님. 저는 선생님과 만나서 정말 다행이에요. 이런저런 일이 있었지만…… 오늘 밤의 추억은 분명 제 평생의 보물이 되겠죠……."

"하하, 그건 영광이네."

글렌은 약간 쑥스러운 듯 시선을 돌리고 댄스에 몰두했다.

그래서 눈치채지 못했다.

루미아가 너무나도 행복하게 웃기에 글렌은 눈치채지 못했다.

그 미소 뒤에 숨겨진 우울한 감정을…….

'……역시 난 여기 있으면 안 될지도 몰라…….'

루미아는 그런 생각이 드는 걸 부정할 수 없었다.

이번에는 글렌과 여러 사람의 도움으로 무사히 끝났다.

하지만 다음은? 그리고 그 다음은?

이렇게 다 같이 웃을 수 있는 결말을 약속할 수 있을까.

아니, 그럴 리가 없었다. 이번에는 그저 운이 좋았을 뿐이다.

그렇다.

폐적된 왕녀이자, 꺼림칙한 이능력자.

하늘의 지혜연구회의 눈에 띈 재앙의 근원.

글렌이라면 그런 나를 분명 앞으로도 몸바쳐 지켜 주리라.

설령 이제 그만하라고 애원하도 들어줄 사람이 아니었다.

'그야 그날 내가 반한 사람은…… 그런 사람이었으니까…….'

그래서 좋아하게 된 것이다.

그리고…… 그러하기에 언젠가 글렌은 돌이킬 수 없는 상처를 입고 죽을지도 몰랐다.

분명 자신을 지키기 위해…….

물론 글렌뿐만 아니라 시스티나도, 리엘도, 학교의 모두도.

언젠가 나 때문에…….

―너만 없었다면!

자신과 완전히 얼굴이 똑같은 하얀 머리카락과 이형의 날개를 가진 소녀가 했던 말이 불현듯 떠올랐다.

'아아…… 역시 난…… 여기 있으면 안 되는 인간인 거야…….'

하지만―.

그래도―.

모든 것을 잃고 마침내 손에 넣은 보금자리를…… 나는 정말로 버릴 수 있을까?

아아, 이 얼마나 못된 아이이가

아아, 이 얼마나 이기적인 아이인가.

자신의 존재가 언젠가 반드시 모두에게 재앙을 불러올 것을 알면서도…….

'……그래도 나는 여기 있고 싶어……!'

"……왜 그래? 루미아. 뭐야. 우는 거야?"

갑자기 글렌이 말을 걸었다.

눈가에 살짝 눈물이 고였지만…… 루미아는 한껏 미소를 지어보였다.

"예. 저…… 정말 기쁘고…… 행복해서요……!"

"……그러냐. ……그건…… 다행이네……."

루미아의 그런 속마음을 아는지 모르는지 글렌은 살며시 그녀를 품에 안아주었다.

드디어 끝난 피날레 댄스.

마침내 끝난 길고 길었던 사교 무도회의 밤.

폭음처럼 터진 환호성과 박수가 루미아의 가슴속에 휘몰아치는 온갖 감정을 세차게 씻어주었다.

루미아는 계속 행복하게 웃으면서 글렌의 팔에 몸을 기대고…… 남몰래. 조용히 마음속으로 울었다.

그리고―.

글렌은 사교 무도회가 끝나고 루미아와 시스티나, 그리고 사정이 있어서 그녀들과 함께 살게 된 리엘을 피벨 저택까지

배웅해준 후, 피곤한 몸을 질질 끌다시피 하면서 세리카의 저택으로 가다가 앞에서 인기척을 느끼고 걸음을 멈췄다.

밤의 어둠 속에 같은 간격으로 늘어선 오일식 가로등.

머리 위에서 일렁이는 희미한 조명 밑에 서 있는 인물이 있었다.

"……이브."

"……"

이브는 말없이 글렌을 바라보았다.

'이거 참…… 만나고 싶지 않은 녀석을 만나 버렸구만……'

하지만 아무리 봐도 글렌을 기다리고 있었던 눈치라 무시하지도 못하고 혀를 차면서 머리를 벅벅 헤집은 뒤 짜증스러운 목소리로 말했다.

"……무슨 용건이야? 이제 전부 다 끝났잖아? 냉큼 돌아가."

"……"

이브는 여전히 말이 없었다.

그녀는 뭔가 하고 싶은 말이 있는 눈으로 글렌을 지그시 노려보았다.

"잘됐네. 너답지 않은 실수를 저질렀던 모양인데, 결과적으론 어마어마한 전공을 세운 셈이잖아? 아무튼 네 작전과 지휘로 적 조직의 어뎁터스 오더를 사로잡았으니…… 이걸로 고착 상태였던 조직과의 싸움에도 진전이 있겠지. 너도 무위에서 높이 평가할 거야. 너 혼자만 득봤네."

"······."

"참 대단해. 그러니까 이제 두 번 다시 내 앞에 나타나지 마라. ······그럼 이만."

글렌이 쌀쌀맞게 말하고 이브의 앞을 지나간 순간—.

"······의미 없어."

이브가 불쑥 그런 말을 내뱉었다.

"······아잉?"

무심결에 걸음을 멈추고 이브를 돌아보았다.

"이런 건······ 의미 없어. 전혀. 의미가 없어!"

"······!"

글렌은 살짝 눈을 부릅떴다.

지금까지 어두워서 눈치채지 못했다.

가로등의 희미한 조명을 받고 어둠속에서 떠오른 이브의 얼굴은 눈물로 젖어 있었다. 그녀는 남몰래 조용히 울고 있었던 것이다.

"어?! 너 왜 울고······."

"그야 이런 꼴사납고 비참한 결말이라니······ 이래선 당신보다 내가 더 옳다는 걸 증명할 수 없잖아!"

정말로 영문을 모르겠다. 대체 뭐지? 이 여자.

"왜······ 왜 당신은 변하지 않는 거야?! 『정의의 마법사』를 버리지 않는 거지?!"

"뭐?『정의의 마법사』······? 영문을 모르겠네······. 대체 무슨 소리야? 애당초 난 그딴 건 옛날에 버렸……."

"거짓말!"

이브는 양손을 가슴 언저리에서 쥐고 눈물에 젖은 눈을 질끈 감으면서 격정에 몸을 맡긴 채 외쳤다.

"늘 거짓말만! 당신이 그러니까…… 내가 바보 같잖아! 당신 때문에 난…… 나는!"

그리고 발작을 일으킨 것처럼 어깨를 떨면서 소매로 난폭하게 눈가를 훔쳤다.

"……이브?"

"난 당신 따위 인정 못 해! 언젠가 증명해주겠어! 옳은 건 나! 잘못된 건 당신이었다고! 당신이 찍 소리도 못할 완벽한 결과와 전공으로…… 당신이 선택한 길보다, 내가 선택한 길이 더 위라는 걸……!"

그렇게 감정을 드러내며 말한 이브는 글렌에게서 등을 돌리고 다시 한 번 입을 열었다.

"현실을 제대로 보지 못하고 언제까지나 어설픈 이상에 빠져있는 당신은…… 내 밑에 있으면 돼! 내 지휘에 따라, 내가 하는 말만 듣고 얌전히 싸우기만 하면 된단 말야!"

어안이 벙벙한 글렌 앞에서 단숨에 감정을 쏟아 부은 이브는 갑자기 냉정함을 되찾았다.

"……다시 만나자. 글렌. ……내가 옳았다는 게 증명됐을 때…… 당신은 다시 내 부하로서, 내 밑에서 일하는 거야.

······이건 명령이야······."

그렇게 일방적인 말을 남긴 이브는 어깨를 들썩이며 빠른 걸음으로 떠났다.

글렌은 그런 그녀의 등을 찡그린 얼굴로 쳐다보았다.

"칫······ 아니꼬운 자식이지만, 저 녀석도 이런저런 사정이 있었나 보군. ······아무래도 상관없지만."

제국 궁정 마도사단 특무분실 실장, 집행관 넘버 1《마술사》이브 이그나이트.

그녀의 마음속에 있는 어둠을······ 이 시점의 글렌은 무엇 하나 이해하지 못했다.

"참 나······ 이놈이고 저놈이고 내 뜻대로 되는 일이 하나 없구만······."

글렌의 그런 목소리가 추운 밤에 조용히 울려 퍼졌다.

가로등의 희미하고 덧없는 빛만이 울적해진 그를 계속 지켜봐주었다.

안녕하세요, 히츠지 타로입니다.

『변변찮은 마술강사와 금기교전』 7권이 발매되었습니다.

편집부 및 출판 관계자 여러분, 그리고 이 『변변찮은』을 지지해주신 독자 여러분께 무한한 감사를. 정말 감사합니다!

마침내 7권입니다. 이야기는 마침내 무대 장치와 수수께끼를 독자 여러분께 제시하는 도입부에서, 그 위에 전개를 쌓아올리는 중반부에 돌입했습니다.

이번에는 알자노 제국 마술학원의 사교 무도회를 통해 《광대》 글렌이 과거에 소속됐던 제국 궁정 마도사단 특무분실의 멤버들에게 초점을 맞춘 권이었습니다.

《별》의 알베르트, 《전차》의 리엘은 물론 지금까지 간간이 등장했던 《은둔자》 버나드, 《법황》 크리스토프, 그리고 이번에는 신 캐릭터인 《마술사》 이브가 등장했습니다. 특무분실의 멤버를 묘사할 때 가장 주의를 기울였던 건 역시 뒷세계에서 사는 인물들이다 보니 저마다 일반인의 감성을 빗어난…… 즉, 어딘가 나사가 빠진 듯한 부분이 있도록 한 점입니다. 덕분에 제법 개성이 풍부한 인물들로 완성된 것 같네요. 시스티나와 루미아, 학생들이 사교 무도회라는 화려한 무대에서 빛나는 한편, 비밀리에 펼쳐진 특무분실 멤버들의 싸움. 즐겁게 읽어주셨다면 작가로선 더할 나위가 없겠습니다. 아무쪼록 잘 부탁······.

"그보다 이 7권. 글렌과 알베르트의 그 장면을 쓰고 싶었던 것뿐이지?"(친구 왈)

······아, 그냥 좀 내버려 두세요.

"아니, 야. 히츠지······ 너 말야. 모처럼 이브라는 새로운 여캐를 늘렸으니 말이다? 좀 더······."

시끄럽다고오오오오오오오오오오오오오오!

『변변찮은』은 (아마) 이걸로 된 거라고오오오오오오오!

신 캐릭터인 《마술사》 이브. 작중 최강 캐릭터 중 하나로서 거창하게 등장한 그녀의 가장 큰 불행은······ 『알베르트가 활약하는 권에서 데뷔했다』는 걸지도 모르겠네요······.

히츠지 타로

※ 그 후의 이브 양(망상)
훌쩍
훌쩍
진~짜 옳은 건~
나란 말야~
글렌 따위 인정 못 해~!
…이봐, 크리 도령. 이브 양, 괜찮은 거겠지…?
미성년자였지?
소곤
괜찮을 걸요. 저거 사과 주스니까요.
소곤
소곤
분위기에 취한 거였어?!
그럼 상관없겠군
…이상 후기였습니다. by 미시마 쿠로네

안녕하세요, 역자 최승원입니다.

『변변찮은 마술강사와 금기교전』 7권, 재미있게 읽으셨을까요?

이번 권에서는 앞서 작가님께서 언급하신 것처럼 특무분실 멤버들이 대활약을 펼치는 내용이었습니다. 아, 물론 신 캐릭터인 이브만 빼고요······. 뭐랄까, 아무리 봐도 설정 단계에서부터 상당히 공을 들였다는 게 확 눈에 들어오는 뉴페이스인데 첫 등장부터 취급이 영······ 아, 그리고 보니 이 시리즈에 등장하는 여캐는 대부분 이런 식이었네요. 아무래도 글렌에게 복잡한 감정을 품은 모양인데 작가님께서 언급하신 시리즈 중반부의 시작에 해당하는 7권의 처음을 장식하는 캐릭터인 만큼, 앞으로 자주 등장해서 이미지 쇄신을 하기를 기대해봅니다. 그대로 민폐 캐릭터로 남을지, 아니면 믿음직한 아군이 되어줄지, 그것도 아니라면 혹시 히로인 라인에 들어올지도? 물론 세라의 죽음이 얽혔으니 큰 무리수가 될지도 모르겠습니다만, 개인적으로는 그만큼 많은 가능성을 내포한 캐릭터가 아닐까 싶었습니다.

 그중에서도 특히 활약한 건 역시 알베르트! 정말 본편도 그렇고 후기도 그렇고 작가님이 팍팍 밀어준다는 게 느껴지는 캐릭터네요. 사실 다재다능한 건 맞지만 약간 수수하다는 느낌도 없지 않았는데…… 아니나 다를까 이번 권에서는 그 점을 우려하신 건지 필, 살, 기(?)에 해당하는 마술도 등장했습니다. 최근에는 너무 강해서 그런지 왠지 불안한 플래그가 박히는 것 같아서 저도 조마조마한 심정으로 지켜보고 있네요.

 그럼 이만 짧은 후기를 마치면서 다음 권에서 찾아뵐 수 있기를 바랍니다.

변변찮은 마술강사와 금기교전 7

1판 1쇄 발행 2017년 8월 10일
1판 3쇄 발행 2018년 3월 21일

지은이_ Taro Hitsuji
일러스트_ Kurone Mishima
옮긴이_ 최승원

발행인_ 신현호
편집국장_ 김은주
편집진행_ 최은진 · 김기준 · 김승신 · 원현선 · 김솔함 · 권세라
편집디자인_ 양우연
국제업무_ 정아라 · 고금비
관리 · 영업_ 김민원 · 이주형 · 조인희

펴낸곳_ (주)디앤씨미디어
등록_ 2002년 4월 25일 제20-260호
주소_ 서울시 구로구 디지털로 26길 111 JnK디지털타워 503호
전화_ 02-333-2513(대표)
팩시밀리_ 02-333-2514
이메일_ lnovelpiya@naver.com
ㄴ노벨 공식 카페_ http://cafe.naver.com/lnovel11

AKASHIC RECORDS OF BASTARD MAGIC INSTRUCTOR Vol.7
ⓒTaro Hitsuji, Kurone Mishima 2016
First published in Japan in 2016 by KADOKAWA CORPORATION, Tokyo.
Korean translation rights arranged with KADOKAWA CORPORATION, Tokyo.

ISBN 979-11-278-4212-3 04830
ISBN 979-11-86906-46-0 (세트)

값 7,000원

백수, 마왕의 모습으로 이세계에 1권

아이아츠시 지음 | 카츠라이 요시아키 일러스트 | 김장준 옮김

한창 즐겼던 게임이 서비스 종료를 맞이한 날.
홀로 대보스를 토벌하고 사기급 능력을 입수하는 요시키는
낯선 장소에서 눈을 떴다.
마왕으로 착각할 만한 중2병 장비를 걸친
자신의 캐릭터, 카이본의 모습으로!
심지어 갈피를 잡지 못하는 그의 앞에
요시키의 세컨드 캐릭터, 엘프 류에가 나타나고……?!
그녀와 둘이서 생활하는 동안 그는 알게 된다.
자신이 이 세계에서 신화 수준의 영웅으로 전해져 내려온다는 것을—!

미밍의 모습으도 세세를 누비는
유유자적 여행기, 개막!!

© Takehaya
illustration Poco
Originally published by HOBBY JAPAN

단칸방의 침략자!? 1~22권

타케하야 지음 | 뽀코 일러스트 | 원성민 옮김

소년 사토미 코타로가 홀로서기를 위해 찾아낸 단칸방.
부엌 욕실 화장실 포함에 월세는 단돈 5천엔.
어느샌가 그 방은 침략 목표가 되었다?!

'미소녀', '유령', '외계인', '코스플레이어' 그 누가 상대라해도

"너희에게 이 방을 넘겨줄 수는 없어!"

단 한칸의 방을 걸고 벌어지는 침략일기, 시작합니다!
TV애니메이션 방영 화제작!!

온라인 게임의 신부는 여자아이가 아니라고 생각한 거야? 1~12권

키네코 시바이 지음 | Hisasi 일러스트 | 이경인 옮김

온라인 게임의 여자 캐릭터에게 고백!
→ 아깝네요! 실제로는 남자였습니다☆

그런 흑역사를 감추고 있는 소년 · 히데키는 어느 날 게임 안에서
한 여자 캐릭터에게 고백을 받는다. 설마 그 흑역사가 다시금 반복되는 것인가?!
그렇게 생각했으나, 게임 안에서 내 「신부」가 된 아코 = 타마키 아코는
정말로 미소녀에, 현실과 가상세계를 구분하지 못한⋯⋯다고⋯⋯?!
"안녕, 루시안!"이라니, 하, 하지 마! 창피하니까 캐릭터명으로 부르지 마!
다른 사람들 앞에서도 게임 캐릭터명으로 부르며 게임 속 남편에게 착 달라붙는 아코.
히데키는 너무나도 유감스럽고 위험한 아코를 「갱생」하기 위해
길드의 동료들(※단, 다들 미소녀)과 함께 움직이는데―.

유감스러우면서도 즐거운 일상 ≒ 온라인 게임 라이프가 시작된다!

TV애니메이션 방영 화제작!!

라이트노벨의 새로운 빛! L노벨의 신간은 매월 10일에 발매됩니다. http://cafe.naver.com/lnovel11

Copyright © 2016 Noritake Tao
Illustrations copyright © 2016 ReDrop
SB Creative Corp.

중고라도 사랑이 하고 싶어! 1~5권

타오 노리타케 지음 | ReDrop 일러스트 | 이진주 옮김

"웃기지 마! 이 비처녀가!" 고등학생 아라미야 세이이치는
교내에서 제일가는 불량 학생 아야메 코토코의 말썽에 휘말린 사건을 계기로
아야메 코토코가 끈덕지게 따라다니는 상황에 처하게 되고, 심지어 고백까지 받는다.
그러나 세이이치는 신념에 따라 그것을 거절한다.
"야겜의 히로인 말고는 흥미 없어." 미인이지만 중고라는 소문이 도는
코토코는 아예 논외였다. 그것으로 포기하리라고 생각했건만······.
"반드시 네 이상이 돼주겠어."
그렇게 선언한 코토코는 게임의 히로인과 같은 트윈테일 미소녀로 변신!
이건 대체 무슨 야겜? 인가 싶을 만큼 억지스러운 방법으로 세이이치에게 접근한다!!
불량소녀와 오타쿠.
얽힐 일이 없을 터였던 두 사람의 이야기는 어디로 향할 것인가?!

『소설가가 되자』에서 화제가 된,
「사실은 일편단심 순정 소녀」계 러브코미디!!

라이트노벨의 새로운 빛! L노벨의 신간은 매월 10일에 발매됩니다. http://cafe.naver.com/lnovel11